Ähnlichkeiten mit lebenden Personen
sind zufällig und ungewollt .
Sollten Sie anderes vermuten, verklagen Sie mich .
Die erzählten Peinlichkeiten
gehören unbedingt in die Öffentlichkeit
und sind die beste Werbung für das Buch .

EIN NACKTER ARSCH KRACHT DURCH DIE DECKE

Heike U. Schmidt

Heike U. Schmidt, geboren 1960,

Absolventin der Handelshochschule Leipzig, seit Anfang der 90er Jahre

selbständige Hausverwalterin und Immobilienmaklerin in Thüringen.

Auf amüsante Art werden Geschichten zwischen Witz und Wahnsinn

über kuriose Mieter und geldgierige Vermieter erzählt.

www.heikeuschmidt.de

info@heikeuschmidt.de

Bibliografische Information der Deutschen Nationalbibliothek:

Die Deutsche Nationalbibliothek verzeichnet diese Publikation in der

Deutschen Nationalbibliografie; detaillierte bibliografische Daten sind im Internet

über http://dnb.dnb.de abrufbar.

© 2021 Heike U. Schmidt

Cover, Satz: Sabine Schäfer

Herstellung und Verlag: BoD – Books on Demand, Norderstedt

ISBN: 978-3-7543-9769-5

Ständig klingelt mein Telefon .

Aus den Gesprächsfetzen der Anrufer am anderen
Ende der Leitung erfahre ich oft nur einzelne
Satzbausteine wie »Mord und Totschlag«, »Leichenfund«,
»Blutspuren im Treppenhaus«, »Dealer«
oder »Sondereinsatzkommando im Anmarsch« .

   Ich habe keinen fragwürdigen Bekanntenkreis und ich bin
nicht als Ermittlerin in einem Dezernat für Gewaltverbrechen
oder im psychologischen Notdienst tätig .
Ich bin Hausverwalterin und Immobilienmaklerin in einer
beschaulichen Kleinstadt im grünen Herzen Deutschlands,
in Thüringen .
Sehen Sie mich jetzt ja nicht in einem schicken Kostüm,
High Heels, mit Pradahandtasche und Cabriolet!
Das bin ich nicht!

Meine kleine Firma, also meine Mitarbeiterin Tina
und ich, verwaltet knapp vierzig Wohn- und Geschäftshäuser.
Wir sind normalerweise Schreibtischtäter.
Unser Job besteht in der Erstellung der jährlichen
Betriebskostenabrechnungen .
Dazu kommen tropfende Wasserhähne, verstopfte
Toiletten und defekte Heizungen .

Aber neben diesen Alltäglichkeiten begleiten uns
leider auch tragische Erlebnisse wie Totschlag,
plötzlicher Kindstod, Alkoholismus, häusliche Gewalt
und Zwangsräumungen .
Menschliche Abgründe sind uns nicht fremd .
Wir werden oft mit Schicksalen der Mieter konfrontiert,
die einen manchmal erschauern lassen .

Wir kennen unsere Mieter alle persönlich .
Wir betreiben keine Nummernverwaltung wie in Großstädten .
Unsere Mieter sind die lamentierenden Omas,
die frechen Singles, die fordernden Intellektuellen
und die juristisch geschulten Pädagogen .
Ausserdem haben wir es mit den allseits beliebten
Hausbesitzern zu tun, die immer einen scharfen Blick auf
ihren Geldbeutel haben .

Falls Sie einer unserer Mieter oder Eigentümer sind,
seien Sie vorgewarnt, Sie könnten sich auf den
folgenden Seiten wiederfinden!

Wundern Sie sich nicht, wie genau wir
über Sie Bescheid wissen, besser als die Polizei,
das Finanzamt oder andere Institutionen .
Wir behalten unser Wissen (meistens) für uns .

Normalerweise hätten Sie mit uns eigentlich wenig
Kontakt, von Wohnungsein- und Auszug mal abgesehen .

Die Betriebskostenabrechnung schicken wir per Post
oder E-Mail. Trotzdem klingelt unser Telefon ständig .
Da gibt es die Beschwerden über lärmende Nachbarn,
über Schlägereien in der Erdgeschosswohnung
und über Drogendealer im Dachgeschoss .
Die Spielformen der Beschwerden sind unendlich .

Natürlich gibt es auch nette Mieter,
anständige Eigentümer, Normale, Tolerante und die,
die sich um alles selbst kümmern .
Die genießen unseren vollen Respekt und werden hier
auch kaum Erwähnung finden . Sie sind es, die wir immer
mit ihren jeweiligen Anliegen vorrangig und bevorzugt
bedienen, das sollten Sie unbedingt wissen .

Auf den folgenden Seiten werden wir die Geschichten
der Freaks, der Zänkischen und der Unverschämten,
der Gierigen und der Geizigen, der Bösen und der
Frechen erzählen .

Und das ist sicher nicht Ihre Geschichte - oder?

INHALT

WÜNSCHELRUTE

Ein seriöser, stadtbekannter Geschäftsmann bat um einen Termin in unserem Büro. Pünktlich, schick angezogen und mit sehr viel Charme begrüßte er mich. Gekonnt schlug er auf dem Stuhl gegenüber die Beine übereinander. Ein kleines, buntes Tüchlein steckte in seinem Jackett.

»Sie haben eine Wohnung angezeigt, die interessiert mich.«
Ich bemühte mich um ein dienstleistungsfreundliches Lächeln.
»Und ich habe mir die Wohnung schon einmal angesehen.«
Nanu, wie geht denn das? Ohne mich? Mein Interesse war geweckt.

»Ich habe einfach geklingelt«, ergänzte er.
Das liebe ich besonders, Aufdringlichkeit und Eigeninitiative ohne Rücksprache – das mögen wir Hausverwalter! Das gibt in der Regel Ärger mit den Eigentümern.

Ich wollte ihn rügen, aber scheinbar ahnte er das und winkte freundlich ab,

»Keine Angst, ich kenne die Mieter, sind Kunden von mir. Die ziehen weg, haben sie mir doch alles selbst erzählt.«

Gut, dann wollte ich nicht so sein.

»Aber die Wohnung hat eine ganze Menge Mängel.«
Prima, das Meckern geht los.

»Ich habe mir Notizen gemacht.« Galant zog er ein größeres Blatt aus der Innentasche seines Jacketts.

Sollte ich mitschreiben oder nach einer Kopie fragen? Abwarten.

»Erstens, der alte textile Belag muss raus. Für mich geht nur ein Naturprodukt. Ich dachte an einen Kokosbelag, natürlich mit einem ökologisch abbaubaren Kleber verarbeitet und in meiner Lieblingsfarbe blau.

Zweitens, müssen die Wände mit Spezialfarbe gestrichen werden.«

Er reichte mir eine Visitenkarte.

»Hier die Malerfirma, die ich gerne dafür hätte. Die genaue Bemusterung sollte dann vor Ort erfolgen. Sie schreiben gar nicht mit?«

»Ich mache mir gerne eine Kopie Ihrer Aufzeichnungen, einverstanden?«

Er nickte gönnerhaft.

Wie sollte ich das denn bitte dem Eigentümer verklickern?

Die Wohnung war in einem Topzustand. Anderer Fußboden, neue Wände und das mit einer Firma, die keiner kennt. In Blau. Der Ärger war vorprogrammiert.

»Sie wissen schon, dass es sich um eine Mietwohnung handelt, die in einem sehr guten Zustand ist? Ihre Forderungen sind mit enormen finanziellen Aufwendungen verbunden. Das wird dem Eigentümer nicht gefallen.«

Er winkte lässig ab: »Mit dem werde ich mich schon einigen. Einen kleinen Obolus werde ich beisteuern. Aber das wichtigste kommt ja noch.«

Noch mehr Forderungen?

»Ich müsste erst probeschlafen.«

In dem Bewusstsein der Wirkung seines Satzes machte er gekonnt eine kurze Pause.

Probeschlafen? Das war auch für mich neu. Gab es in meinem Büro eine versteckte Kamera?

Ich konterte todernst:»Wie läuft das mit dem Probeschlafen?«
Ziemlich lässig antwortete er:»Ich habe das schon mit den
Vormietern geklärt. Ab morgen sind die raus und dann komme
ich mit meiner Liege und schlafe da drei, vier Nächte.«

»Probeschlafen, darf ich fragen, warum?«

Hundertprozentig ist das die versteckte Kamera und ich schaue
mich daher vorsichtig im Büro um.

»Ja wissen Sie, die Energieströme...«

Nichtwissend nickte ich artig.

»...nur nachts kann ich feststellen, wie die Energieströme
laufen. Außerdem habe ich einen Wünschelrutengänger bestellt. Der kommt in den nächsten Tagen und wird die Wohnung
prüfen.«

Prompt rutschte mir ein»Was kostet der?« heraus.

»3000 €«, erhielt ich zur Antwort.

Genau jetzt verfluchte ich meinen Beruf, denn meine Energieströme rechneten hoch. Einmal die Woche so ein Event würde
für ein mehr als erfülltes Freizeitleben reichen.

Für 3000 € würde ich mich auch richtig anstrengen und das Ganze sogar seriös herüberbringen.

Ich konnte nicht anders:»Gibt es viele solcher Wünschelrutengänger?«

»Einige seriöse und auch unseriöse«, antwortete er.

Ich wäre genau die Richtige. Ich versprach ihm, den Kontakt
mit dem Eigentümer herzustellen und komplimentierte ihn aus
dem Büro, meinem Energiekreis. Als mein Lachen zu laut wurde,
wollte Tina wissen, was los sei.

»Wir müssen unser Aufgabenfeld erweitern, ich hätte da schon
einen Plan.«

Der Vermieter und Wohnungseigentümer zeigte sich überraschend verständnisvoll und zahlte den blauen Fußboden-

belag, mehr jedoch auch nicht. Der neue Mieter absolvierte erfolgreich das Probeschlafen und übernahm letztlich die Wohnung einschließlich der restlichen Kosten.

Ein halbes Jahr später bat mich der Mieter um einen Termin. Er erschien wieder im schicken Outfit im Büro, diesmal jedoch deutlich nervöser als bei unserem vorherigen Energiekreistreffen.

»Bitte schließen Sie die Tür, Ihre Mitarbeiterin muss nicht hören, was ich zu sagen habe.«

Als würde ich ihr im Anschluss nicht sowieso berichten, warum ich die Tür schließen sollte.

»Ich möchte die Wohnung wieder kündigen.«

Innerlich verdrehte ich die Augen. Blauer Belag, das gibt ein Theater bei der Suche nach einem geeigneten Nachmieter.

»Was ist passiert?«, fragte ich.

»Ich bin einem Scharlatan aufgesessen.«

Schon wurde ich neugierig.

»Ich kann kaum noch schlafen. Ich habe eine zweite Wünschelrutenbegehung der Wohnung veranlasst, mit einem zertifizierten Wünschelrutengänger.«

Schon wieder ratterten die Energiezahlen durch meinen Kopf.

»Die Energieströme, eine Wasserader, jedenfalls geht das dort für mich gar nicht. Ich selbst schlafe schon seit einigen Wochen auf einem Campingplatz in der Nähe.«

Die pure Verzweiflung war ihm anzusehen, das war echt.

Nachdem ich die fristgemäße Kündigung angenommen hatte, gab ich ihm noch ein tröstendes: »So richtig leicht haben Sie es nicht«, mit auf den Weg nach draußen.

Darauf entgegnete er beim Verlassen meines Energiekreises nur noch: »Wenn Sie einmal ein geeignetes Objekt für mich haben, rufen Sie mich unbedingt an.«

Unkommentiert schloss ich die Bürotür hinter ihm.

HAND IN HAND

Natürlich habe ich Vorurteile.

Lehrer sind prinzipiell vorlaut. Mit ihrem rechtlichen Halbwissen, glauben sie, mir die Welt erklären zu dürfen. Jede Betriebskostenabrechnung wird bis ins Detail geprüft. Dann kommen sie ins Büro und wühlen sich durch die Belege. Immer mit diesen strafenden Blicken, die sonst auf unartige Schüler fallen.

Es war Freitag und das Telefon klingelte.

»Wir möchten gerne eine Wohnung besichtigen, die wir auf Ihrer Seite im Internet gefunden haben. Wir glauben, das ist unsere Traumwohnung.«

›Glauben‹ ist schon mal gut. Freitagnachmittag? Ich schaute auf die Uhr. Schade, kein Feierabend. Aber so ist das. Besichtigungen am Feierabend und am Wochenende sind erfolgversprechender. Leute, die Miete zahlen, müssen das Geld ja erst verdienen.

Ich flötete durch das Telefon: »Wann haben Sie sich denn genau vorgestellt, die Wohnung zu besichtigen?«

»Jetzt gleich, in einer halben Stunde.«

Blitzentscheidungen vermeide ich in der Regel. Überstürzter Aktionismus führt nur sehr selten zu dauerhaften Mietverhältnissen.

»Darf ich Sie fragen, was Sie beruflich machen?«

Eine erste Castingrunde am Telefon erspart mir oft unnötige Wege.

»Wir sind beide Lehrer und haben schon Schulschluss. Wir machen uns sofort auf den Weg. Eigentlich sind wir schon unterwegs.«

All meine Prinzipien warf ich in diesem Moment über den Haufen.

»O.K., in einer Stunde bin ich vor Ort.« Noch diktierte ich die Regeln.

Das Paar stand an der Grundstücksgrenze, Hand in Hand und sehr schön anzusehen. Beide waren mittleren Alters. Er, etwas dicklich, mit Seitenscheitel. Sie, durchschnittlich, eher farblos. Sie winkten mir freundlich zu und begrüßten mich, ohne sich jedoch voneinander zu lösen.

Ich zeigte auf das höher liegende Haus: »Wir müssen 60 Stufen aufwärts und im Haus dann noch in die dritte Etage.«

Sehr sportlich. Entschlossen erklommen sie den Treppenberg. Ich folgte unauffällig. Sie hatten noch nicht alle drei Räume gesehen, da war der Lehrer schon ganz verzückt.

»Parkett, Schiebetüren, ein toller Blick - ganz, wie wir uns es vorgestellt haben, nicht Schatzi? Das wird unsere Traumwohnung.«

Ihr fehlten glatt die Worte. Sie nickte nur begeistert.

Hand in Hand drängten sie sich in das kleine Bad.

Ich unterdrückte ein Grinsen und stellte sie mir zu zweit unter der Dusche vor. Hand in Hand. Ob das was werden wird?

Die Begeisterung der beiden dauerte an.

Er griff mit der freien Hand in sein Jackett und präsentierte mir zwei Gehaltsnachweise. Er hatte das Sagen, eindeutig.

»Hier haben Sie alles, was Sie von uns brauchen. Wissen Sie, wir haben uns von unseren Ehepartnern getrennt und das wird unser neues Heim, nicht Schatzi?«

Die Alarmglocken in meinem Kopf fingen an zu läuten. Zwei Lehrer, die Haus und Hof verlassen. Ob das gut geht? Ich ignorierte die Glocken.

Er erklärte weiter: »Wissen Sie, wir lassen alles zurück. Ich habe ja ein Einfamilienhaus. Nur meine Eisenbahn, die nehme ich mit.«

Er zeigte auf eine Wand. »H0, alles Sammlerstücke. Die werden wir genau hier in Vitrinen aufstellen.«

Keine Ahnung, ich kannte mich nicht aus.

Zaghaft und mit weinerlicher Stimme meldete sie sich zu Wort: »Ich habe einen Stubentiger, kein Freigänger. Mein Mann ...«, sie korrigierte sich sofort nach seinem strafenden Blick, »besser gesagt mein Exmann, hat mich mit ihm zusammen rausgeworfen.«

Ich großmütig: »Einen Stubentiger, das geht schon. Da hat der Vermieter sicher Verständnis.«

Ein Blick auf die Gehaltsnachweise hatte alle meine Zweifel beseitigt. Lehrer waren zwar nervig, aber sichere Zahler.

»Kommen wir zum Geschäftlichen, wann können wir einziehen? Am liebsten wäre uns sofort, nicht wahr Schatzi?«

Schatzi nickte nur wieder. Ihre Hauptsorge war geklärt.

»Naja wir haben heute Freitagnachmittag. Das Büro ist bereits geschlossen. Meine Mitarbeiterin kann nächste Woche den Vertrag vorbereiten. Sie zahlen die Kaution und dann steht Ihrem Einzug nichts mehr im Weg.«

Er brauste auf: »Nächste Woche erst? Wie lange dauert das denn? Wieso nicht jetzt, heute? Ich habe alles mit, auch Bargeld.«

Ich schüttelte den Kopf: »Definitiv nicht heute, ich habe noch andere Termine. Ich habe Sie lediglich eingeschoben.«

Er versuchte es etwas freundlicher: »Bitte, bitte, wenigstens gleich am Montag, nach der Schule, das muss doch gehen?«

Ich lenkte ein: »Gut, dann am Montag im Büro. Der Vertrag wird vorbereitet sein. Bringen Sie die Kaution und die Personalausweise mit. Dann sind wir schnell fertig und können nach Vertragsunterzeichnung die Wohnungsübergabe machen, einverstanden?«

Er nickte. Zufrieden war er nicht.

Plötzlich ließ sie seine Hand los und verschwand im Bad.

»Ich muss mal Pippi, das geht doch hier?«

Sie machte nicht mal die Tür zu.

Mir blieb die Luft weg.

Er überspielte die peinliche Situation und rief laut: »Dann müssen wir übers Wochenende wieder ins Hotel, Schatzi.«

Nicht mal die Hände hat sie sich gewaschen.

Schatzi und er verschwanden in den Sonnenuntergang und ich zum nächsten Termin, nach Hause.

Wir hatten uns für Montag, 14:00 Uhr im Büro verabredet.

Tina hatte den Vertrag vorbereitet.

Ich kam von einem Auswärtstermin und ich war pünktlich.

Das Paar saß bereits im Vorzimmer. Ein kleines Tischchen, mit einer Stechpalme dekoriert, trennte die zwei einzigen Wartestühle. Trotzdem schafften sie es, hinter der Palme Händchen zu halten.

Ich verkniff mir ein Lachen. »Alles klar?«, überspielte ich fröhlich die Situation.

Die Stimmung wurde vom Oberlehrer, ich hatte ihn in Gedanken zu diesem befördert, aufgegriffen. »Wir haben den Vertrag gelesen, alles bestens. Die Kaution ist bei Ihrer Kollegin hinterlegt. Also können wir ja gleich zur Übergabe schreiten.«

Meinen Blick beantwortete Tina bejahend. Ich konnte sie schlecht fragen, ob dafür die Händchen gelöst wurden.

»Gut, dann treffen wir uns in einer viertel Stunde am Objekt. Sie haben sicher ein Auto mit?«

Über die Stechpalme hinweg zog der Oberlehrer Schatzi an der Hand und sie verließen einig das Büro.

Ich erklärte Tina: »Hast du das gesehen? Der lässt sie gar nicht mehr los.«

Tina rollte nur mit den Augen: »Die sind schon eine knappe Stunde hier und haben auf dich gewartet.«

Am Haus hatten die beiden schon den Aufstieg vollbracht.

Ich schloss schnaufend die Wohnungstür auf. »Wir müssen jetzt ablesen, Wasser, Strom und Heizung.«

Genau das war in dieser Wohnung beschwerlich. Die Wärme-mengenzähler mussten einzeln abgelesen werden. Das machte ich selbst, halb auf dem Boden liegend.

Sie standen, natürlich Hand in Hand, hinter mir und beobachteten mich aufmerksam. Die Kalt- und Warmwasserwerte hatte Tina eingetragen. So musste ich wenigstens im Bad nicht auf die Knie fallen. Die Zähler waren dort auf beiden Seiten unter dem WC installiert. Kontrolle ist wichtig.

»Prüfen Sie bitte selbst, ob meine eingetragenen Werte mit den Zählerständen übereinstimmen.«

Sie quetschten sich tatsächlich zusammen ins Bad und lagen Hand in Hand unter dem Klo. Innerlich sehr belustigt, wechselte ich ins Nachbarzimmer und rief ihnen die Werte zu. Mit hochrotem Kopf tauchten sie wieder im Flur auf. »Stimmt alles, können wir jetzt endlich die Schlüssel bekommen?«

»Klar doch. Nach den Unterschriften bin ich weg und Sie haben Ihre Traumwohnung ganz für sich allein. Ich brauche natürlich beide Unterschriften.«

Blitzschnell lösten sie sich voneinander und unterschrieben das Protokoll auf dem Fensterbrett.

Mit einem Lächeln auf meinen Lippen sprang ich die Stufen vor dem Haus hinunter. So viel Spaß hatte ich lange nicht. Hand in Hand unter der Kloschüssel. Ich hätte das fotografieren sollen.

Ein Jahr später traf ich beide im Büro an. Sie standen natürlich Hand in Hand am Empfangstresen und hämmerten auf meine Mitarbeiterin Tina ein.

Schatzi wurde richtig frech:»Wir sind jetzt verheiratet und möchten den Mietvertrag geändert haben. Unser gemeinsamer Name soll jetzt dort stehen. Das verlangen wir.«

Umfangreiche Erklärungen unsererseits, dass dies für den Vertrag irrelevant sei, liefen ins Leere. Für sie war das bedeutend und sie bestanden auf der Vertragsänderung. Und so änderten wir.

Endlich, Hand in Hand, verließen sie das Büro.

Zum Jahreswechsel haben wir prinzipiell Urlaub. An der Büroeingangstür in der ersten Etage hing ein entsprechendes Schild. Täglich holte ich die Post und schaute nach dem rechten. In der ersten Januarwoche kommen die meisten Wohnungskündigungen an. Die Feiertage sind für manche Familien zu stressig. Zu viel Nähe, zu viele Erwartungen, da knallt es eben.

Der Oberlehrer saß auf den Treppenstufen vor meinem Büro, allein. Als er mich sah, stürzte er aufgeregt auf mich zu.

»Ich warte schon eine halbe Stunde auf Sie.«

Ich wies auf das Schild. »Wir haben diese Woche Urlaub, steht doch hier. Was gibt es denn so Dringendes? Über Handy bin ich zu erreichen, steht auch hier. Ist etwas mit Ihrer Frau passiert?«

Irgendwo musste sie ja sein. Sonst kannte ich beide nur im Händchendoppelpack.

Er griff sich meine rechte Hand und hielt sie mit beiden Händen fest. »Sie müssen mir helfen. Ich muss die Wohnung kündigen. Ich kann keinen Tag länger mit dieser Hexe die gleiche Luft atmen.« Er drückte meine Hand fester.

Ich schaute ihn streng an: »Würden Sie bitte meine Hand loslassen?«

Nichts, im Gegenteil, sein Händedruck wurde immer stärker.

»Nur Sie können mich retten. Ich habe alles verloren. Mein Haus, meine richtige Frau, meine Eisenbahn, einfach alles.«

»Lassen Sie mich bitte los und zwar sofort.« Ich war stocksauer und bereit, ihn mit meiner freien Linken zu attackieren.

Ich versuchte es noch lauter und deutlicher: »Sofort loslassen, jetzt!«

Endlich hatte er kapiert und fing an zu heulen.

»O.K., haben Sie die Kündigung mit? Dann geben Sie mir diese.«

Er zog einen Umschlag aus der Jacke. »Können wir nicht reingehen und reden?«

Meine Hand spannte noch. »Nein, ich bin nur auf dem Sprung hier.« Ich öffnete den Umschlag und überflog den Text.

»Es fehlt die Unterschrift Ihrer Frau.«

Er brauste sofort auf. »Das geht nicht. Ich will mit dieser Frau nichts mehr zu tun haben. Das müssen Sie klären. Helfen Sie mir. Diese Hexe ist mein Untergang.«

Ich schüttelte den Kopf. »So läuft das nicht, ich nehme Ihre Kündigung zur Kenntnis, zum heutigen Termin. Sie bringen noch die Unterschrift Ihrer Frau, meinetwegen auf einer Kopie. Das ist gesetzlich vorgeschrieben. Ich bin Hausverwalter, kein Scheidungsanwalt. Reichen Sie die Unterschrift in den nächsten Tagen nach. Ich muss jetzt los.«

Ich hatte die Bürotür gar nicht erst aufgeschlossen. Mit einem Verrückten alleine im Büro, das kam nicht infrage. Das Jahr fängt ja gut an. Ich drehte mich auf dem Absatz um und ließ den heulenden Oberlehrer einfach stehen.

Einige Tage später war die von Schatzi, der Hexe, unterschriebene Kündigung in der Post.

Nach drei Monaten war die Übergabe der Wohnung vollzogen. Telefonisch hatte der Oberlehrer zuvor angefragt, ob seine Anwesenheit ausreichen würde. Ich war nicht scharf auf private Dramen anderer Leute. Die Übergabe war kurz und schmerzlos. Er hatte alle Daten abgelesen und ein Protokoll vorbereitet. Wir sparten uns den Smalltalk. Nur Fakten zur Sache.

»Wohin und an wen soll ich die Betriebskostenabrechnung schicken?«

Er entgegnete nur: »Am besten unter einen Brückenbogen.«

Ich schaute ihn fragend an.

»Ich wohne jetzt bei einem Kollegen zur Untermiete.«

Ich notierte mir die Adresse. Nach ›Schatzi‹ fragte ich nicht.

Allein, mit hängenden Schultern, stolperte er aus seiner Traumwohnung die Treppe hinunter.

MORD UND TOTSCHLAG

Und das im wahrsten Sinne des Wortes. Im Juli 2012 kam ich aus dem Sommerurlaub. An meinem ersten Arbeitstag fragte ich Tina obligatorisch: »Was war los?«

Tina wirkte entspannt. »War alles ruhig. Bis auf ein paar Beschwerden wegen ein bisschen viel Gebrüll in der Straße, neben dem Hotel, vermutlich im Dachgeschoss, genauer gesagt, in der Wohnung unseres Hausmeisters und seiner Freundin.«

Das liebe ich, wenn der Ärger von den eigenen Leuten fabriziert wird. Wir verwalten in dieser Straße sowohl das besagte Miethaus als auch das direkt angrenzende Nachbarobjekt, ein kleines Hotel.

Eine Stunde später tauchte mein Hausmeister planmäßig im Büro auf.

Wegen der eingegangenen Beschwerden stellte ich ihn direkt zur Rede.

Unbeeindruckt erzählte er ziemlich freimütig und gelassen.

»Ich kümmere mich um jemanden. Er ist vorbestraft. Das ist im Auftrag einer Rechtsanwältin, so eine Art Resozialisierung. Da wird´s auch mal laut.«

»Du betreust einen Vorbestraften?«

»Ja, ganz offiziell. Alles in Absprache mit der Anwältin.«

Ich konnte es nicht fassen. Da hatte wirklich jemand den Bock zum Gärtner gemacht.

Erst vor kurzem war mein Hausmeister selbst im Fokus der Kriminalpolizei gewesen. Zwei ziemlich ruppig auftretende Zivilbeamte waren bei mir im Büro vorstellig geworden, um über meinen Hausmeister gewisse Informationen einzuholen.

»Wo hält sich der Mann zurzeit auf?«, hatte mich einer der beiden Beamten gefragt.

»Warum wollen Sie das wissen?«, hatte ich gekontert.

»Das dürfen wir Ihnen nicht sagen.«

»Dann weiß ich auch nicht, wie ich Ihnen helfen kann.«

»Aber er ist doch bei Ihnen beschäftigt?«

»Ja, als Pauschalkraft, auf 400-€-Basis, ganz offiziell.«

»Dann müssen Sie auch wissen, wo er sich aufhält.«

»Muss ich nicht. Der Hausmeister arbeitet selbstständig. Mülltonnenwechsel, Hausflurpflege, Kleinreparaturen, nach den Vorgaben eines wöchentlichen Arbeitsplans.« Mein Ton wurde etwas patziger.

So ging es eine ganze Weile hin und her, bis sie endlich mit der Sprache herausrückten. Mein Hausmeister war nirgendwo polizeilich gemeldet gewesen. Es war aber auch kein Geheimnis, wo er seine Nächte verbrachte.

»Meines Wissens nach wohnt er bei seiner Lebensgefährtin, in der Bahnhofstraße.«

»Sie sind verpflichtet …«, hatte sich einer der beiden Beamten aufgeplustert.

»Ich bin gar nichts«, fiel ich ihm ins Wort. »Es sei denn, Sie sagen mir endlich, was los ist.«

Ich wollte schon wissen, warum sie ihn suchten. »Hat es etwas mit Gewalt, Diebstahl oder Missbrauch zu tun?«

»Nee, so schlimm ist es nicht.«

»Etwas Politisches?«

»Nee, auch nicht.«

Dann konnte es auch nicht so schlimm sein. Dafür war das Auftreten der beiden Beamten einfach zu lässig.

Wir einigten uns jedenfalls darauf, dass ich dafür Sorge tragen würde, dass mein Hausmeister sich bei seiner Freundin polizeilich anmelden und außerdem den Beamten anrufen würde.

Als die Bürotür von außen geschlossen wurde, griff ich zum Telefon.

Mein Hausmeister wirkte darüber keinesfalls beunruhigt, dass er gesucht wurde.

»Dann melde ich mich eben an. Ich beziehe keine Leistungen vom Staat. Es geht um eine alte Sache, schon lange her.«

Mehr bekam ich aus ihm nicht heraus.

»Du meldest dich jetzt auf dem Einwohnermeldeamt, danach rufst du die zwei von der Kripo an, ich will keinen Ärger und schon gar nicht mit der Polizei.«

Es wurde langsam Zeit seinen Background detaillierter zu erkunden: »Hast du überhaupt eine Krankenversicherung?«

»Nee, brauche ich nicht.«

»Spinnst du? Was machst du, wenn du krank bist?«

Er wurde etwas bockig: »Ich bin nicht krank. Ich bin auch noch nie ausgefallen.«

Das stimmte. Er machte als Hausmeister einen guten Job und hatte überraschenderweise sichtlich Freude am Putzen. Die Häuser und Hausflure waren in einem guten Zustand und er war bei den Hausbewohnern beliebt. Er galt als hilfsbereit und zuverlässig. Oft bat er um mehr Putzmittel, um Treppenhäuser und Fahrstühle auf Hochglanz bringen zu können. Ich würde ihn schon in die richtige Spur bringen.

»Es wird Zeit, dass wir dein Leben ordnen. Nächste Woche

reden wir über eine Festanstellung und dann melde ich dich bei der AOK an.«

Wie versprochen, legte er mir am nächsten Tag die polizeiliche Meldebescheinigung vor. Er hatte auch bei der Kripo angerufen. Es schien sich alles positiv zu entwickeln. Jedenfalls gab es keine weiteren Beamtenbesuche.

Aber zurück zu der Aussprache.

»Du betreust also einen Vorbestraften?«

Er erklärte emsig: »Wir zusammen, meine Freundin und ich, kümmern uns gemeinsam.«

»Und das äußert sich in lautem Gebrüll in eurer Wohnung, am helllichten Tag? Was hat der Vorbestrafte denn verbrochen?«

Seine Antwort kam etwas zögerlich: »Brandstiftung.«

Es lief mir kalt über den Rücken. »Einen Brandstifter in meiner Hausverwaltung. Ihr spinnt wohl?«

Er zuckte mit den Schultern.

Ich schnappte nach Luft: »Der schläft doch nicht etwa in eurer Wohnung?«

»Manchmal schon.«

Ich wurde laut und sehr deutlich: »Ich werde mich nicht auf Diskussionen einlassen. Der Mann betritt das Haus nie wieder. Egal, was ihr noch für Nebenjobs habt. Sonst bist du bei mir raus, verstanden?«

Ich erwartete keine Antwort. Einen Brandstifter, ich konnte es nicht fassen.

Mein Hausmeister nickte und versprach kleinlaut, dass der Typ nicht mehr auftauchen werde.

Die Objektkontrolle nach meinem Urlaub verlief mehr als zufriedenstellend. Alle Häuser waren in einem Topzustand.

Ich beruhigte mich und stellte auf Normalbetrieb um. Ich

sicherte meinem Hausmeister zu, wenn er seine nebenberuflichen Kapriolen unterließe, würde ich ihn einstellen. Mit festem Wohnsitz und einem Arbeitsvertrag würden wir das schon hinkriegen. Ich wollte einen ordentlichen Bürger aus ihm machen.

Weniger erfreut war ich über seine Freundin. Die hatte er ein paar Monate zuvor angeschleppt und sich für sie eingesetzt.

Er bettelte damals förmlich: »Chefin, Sie haben doch eine freie Wohnung mit Fahrstuhl?«

Sie stand immer ganz still neben ihm. Zart, gebrechlich und schüchtern, circa 30 Jahre alt.

Ich hatte Mitleid. Ein unscheinbares Wesen. Eine junge Frau mit einem unheilbaren Rückenleiden, arbeitsunfähig.

Die Wohnung wurde vom Amt bezahlt und die Mietzahlung stellte demnach kein Problem für die Hausverwaltung dar.

Der Eindruck war trügerisch. Nachdem der Mietvertrag unterschrieben war, war es auch vorbei mit ihrer zurückhaltenden Art. Sie konnte eindeutig anders. Mit scharfer Zunge und frechem Auftreten, oft auch mit einer Alkoholfahne, forderte sie ihre Interessen ein. Sie scheute sich nicht davor, in meinem Büro herumzubrüllen. Auch ich fiel regelmäßig auf gut vorgebrachte, schauspielerische Leistungen herein. Sie war eine Frau mit zwei Gesichtern und einer Vorliebe für alkoholische Getränke.

Was predige ich meiner Mitarbeiterin Tina Woche für Woche? Lass dein Herz zu Hause. Es zählt nur der Verstand, nur die Tatsachen, keine Gefühle, niemals.

Dienstag früh, zu früh, rief eine Mitarbeiterin aus dem Hotel an: »Komm schnell. Mach das Radio an, am besten Antenne Thüringen, dann wirst du es schon hören. Mord und Totschlag. Jedenfalls solltest du dringend kommen, dringend!«

Das kannte ich. Irgendetwas war immer dringend.

Die Mitarbeiterin des Hotels erwartete mich aufgeregt im Foyer. Der Eingang des Nachbarhauses war nur zwei Meter entfernt.

»Du glaubst nicht, was heute Nacht los war. Im Nachbarhaus war die ganze Nacht Bewegung. Erst ist die Polizei rein ins Treppenhaus. Dann kam dein Hausmeister raus. Der erzählte nur etwas von Stress mit seiner Alten, du weißt schon. Während er vor der Tür auf ein Taxi wartete, erzählte er, dass seine Alte wieder total besoffen sei und spinne. Er werde bei einem Kumpel schlafen. Dabei hat er sich noch gewundert, dass ein Polizeiauto vor der Tür stand und meinte noch: »Was ist denn hier los, was machen denn die Bullen hier?«

Als das Taxi kam, stieg er ein und fuhr davon. Ein paar Sekunden später kam die Polizei aus dem Hauseingang heraus, packte die Freundin vom Hausmeister in den Streifenwagen und fuhr ebenfalls davon. Vorhin haben sie im Radio gesagt, in der Kleingartenanlage in der Oststadt wurde eine eingegrabene Leiche gefunden. Sie hätten einen Verdächtigen festgenommen. Der Verdächtige ist dein Hausmeister.«

Der kleinstädtische Buschfunk lief an, parallel auch das überregionale Medienkarussell. Ich musste handeln, schnell und pragmatisch.

Zunächst instruierte ich die Hotelmitarbeiter: »Keiner gibt Interviews, sonst gibt's Ärger mit mir, richtigen Ärger.«

Ich rief im Büro an: »Tina, mach sofort einen Zettel an die Bürotür:

Wir haben Urlaub! Derzeit geschlossen.

Licht aus, Anrufbeantworter an und Tür zuschließen. RTL, MDR, Sat1, egal wer sich meldet, wir sind nicht zu erreichen.«

Meine Instruktionen waren richtig, denn das vorabendliche Fernsehprogramm berichtete schon ausführlich und es kursierten die ersten Horrorversionen in den Medien.

Glücklicherweise konzentrierte sich die Boulevardpresse dann doch auf die Kleingartenanlage, den Fundort der Leiche. Die Hotelmitarbeiter hielten sich an das Sprechverbot. Die Wohnung des Hausmeisters und seiner Freundin wurde mehrere Tage von der Kripo in Beschlag genommen. Tagelang gingen sie in ihren weißen Anzügen rein und raus.

Wie es der Zufall so wollte, renovierten wir zu dieser Zeit die direkte Nachbarwohnung der Hausmeisterfreundin. Baustellenbedingt war ich häufig vor Ort und lief daher den Ermittlern des Öfteren über den Weg. Mein Hausmeister und seine Freundin befanden sich in Untersuchungshaft.

Klar wollte ich aus erster Hand wissen, was los war. Ich stellte mich den Beamten als Hausverwalterin und Arbeitgeberin des Verdächtigen vor und versuchte Kontakt herzustellen. Aber die Beamten blieben wortkarg und distanziert. Nur einmal sprachen sie mich an. Sie interessierten sich für den Keller, der zur Hausmeisterwohnung gehörte. Aber der offen einsehbare Lattenverschlag fand letztlich kaum polizeiliches Interesse.

Auf zum Frontalangriff. Ich rief bei der Kripo an und forderte einen kompetenten Kontakt. Schließlich handelte es sich um meinen Mitarbeiter, der im Übrigen auch noch im Besitz aller für die Hausverwaltung notwendigen Schlüssel der von uns betreuten Objekte war. Ich hatte keinen Erfolg. Wenigstens konnte ich das besagte Schlüsselbund bei der Polizei abholen.

Ein paar Tage später war ich vor Ort, um den Fortschritt meiner Baustelle in Augenschein zu nehmen. Da tauchte meine Mieterin, die Freundin des Hausmeisters, in Begleitung zweier Kripobeamten auf. Die drei nahmen den Fahrstuhl und ich huschte im letzten Moment mit in die Kabine. Sie sah aus wie immer, hilflos und kränklich. Mein Mitleid hielt sich in Grenzen und ich konnte mich nicht zurückhalten:»Was ist überhaupt los? Mord und Totschlag in meiner Verwaltung? Wieso ist mein Hausmeister in Haft? Was habt ihr verbrochen?«

Ihre Augen blitzten mich böse an:»Ich kann doch nichts dafür.« Die Beamten stellten sich schützend vor sie und schnauzten wiederum mich an:»Lassen Sie die arme Frau in Ruhe. Sie sehen doch, die ist völlig fertig.«

Ich antwortete trotzig:»Ich werde ja wohl noch sagen dürfen, was ich denke. Wenn es Ihnen nicht passt, können Sie gerne die Treppe nehmen.«

Die Beamten schüttelten verständnislos die Köpfe. Der Fahrstuhl erreichte sein Ziel und die Beamten verschwanden mit der Frau in der Wohnung.

Ich war sauer.

Der Rummel um das Verbrechen nahm überhand. Inzwischen gab es wildeste Gerüchte. Das Opfer soll zur rechten Szene gehört haben, möglicherweise ein Racheakt. Das Opfer sei lebendig begraben worden. Ein Krimineller sei von der Polizei blutüberströmt aufgegriffen worden und so weiter.

Es blieb wenig Substanzielles. Die Presse war sich mittlerweile einig. Ein Unbekannter wurde erschlagen und begraben. Hauptverdächtiger war mein Hausmeister. Haftbefehl wurde erlassen.

Nach und nach wurden mehr Details bekannt. Meine ach so kranke Mieterin, die Freundin des Verdächtigen, war es selbst, die nachts die Polizei angerufen und von einer vergrabenen Leiche in der Kleingartenanlage geschwafelt hatte. Die Originaltonaufnahme des Anrufs wurde mehrfach in diversen TV-Sendungen vorgespielt.

»Wir haben ihn verschachert«, sagte die Hausmeisterfreundin doch tatsächlich auf der Tonaufnahme. Ja wirklich, verschachert.

Für mich hörte sich das an, als sei sie wie üblich besoffen gewesen.

Infolge des Anrufes waren zwei Beamte am selben Abend noch zu ihr gefahren. Die Beamten wählten den Treppenhausweg in die vierte Etage. Mein Hausmeister war nach dem Streit mit seiner Freundin zu seinen Nachbarn in die zweite Etage gegangen. Von dort aus hatte er sich ein Taxi bestellt. Als er das Haus verließ, nahm er nicht die Treppe, sondern den Aufzug. Vor der Haustür angekommen, hatte er sich zunächst noch über das leere Polizeifahrzeug gewundert, ist dann jedoch mit dem bestellten Taxi zu seinem Kumpel gefahren.

Stunden später wurde er im Schlafanzug bei seinem Kumpel in der Nähe des Kleingartens festgenommen. Laut der veröffentlichten Informationen sollte mein Angestellter diesen Unbekannten mit vielen Schlägen niedergestreckt und in einem Schuppen des Kleingartens vergraben haben, genauer in einem bereits ausgehobenen Loch für ein Trockenklo, ungefähr einen Meter tief.

Die Parzelle gehörte seiner Freundin. Der Leichnam war stark verwest. Die Kripo vergrub einige Tage später ein halbes Schwein, um im Nachhinein den genauen Todeszeitpunkt feststellen zu können. Das war natürlich spektakulär, besonders für die Medien. Ein Tatwerkzeug wurde nie gefunden. Zeugen gab es nicht.

Die Freundin wurde nach wenigen Tagen auf freien Fuß gesetzt und tauchte im Hausflur vor ihrer Wohnung auf. Er blieb in Haft.

Komisch, sie schien gar nicht im Fokus der Ermittlungen zu stehen. Sie hatte doch die Polizei darüber informiert, wo die Leiche zu finden war. Ihr Zustand war desolat. Ohne ihren Lebenspartner schien sie die Kontrolle über ihr Leben zu verlieren. Betrunken torkelte sie durch das Haus, bettelte und drohte den Nachbarn lautstark mit Selbstmord.

Einen Mieter, der ihr den Zutritt zu seiner Wohnung verwehrte, bezichtigte sie der Körperverletzung. Sie zeigte ihn an. Die Anzeige verlief im Sande. Der zu Unrecht beschuldigte Mieter zog frustriert aus.

Eines Tages rief mich ein Bewohner des Hauses an: »Die will jetzt aus dem Fenster springen. Sie hat schon allen Bescheid gesagt. Sogar die Kripo hat sie angerufen. Kommen Sie schnell, die macht das ganze Haus verrückt. Die Polizei weiß Bescheid und ist unterwegs.«

Wenige Minuten später war ich vor Ort. Die kleine Wohnung war voller Menschen. Ich zählte neun Personen. Die angebliche Selbstmordkandidatin, die zwei Kripobeamten, die ich im Fahrstuhl kennengelernt hatte, zwei weitere Polizisten, der Nachbar, der mich angerufen hatte, ein Notarzt der Fahrer des Notarztwagens und ich.

Ich suchte sofort telefonisch Hilfe beim Amtsgericht. Eine halbe Stunde später kam jemand.

In dieser Zeit rannte sie konfus im Wohnzimmer im Kreis und stoppte vor dem verschlossenen Fenster. »Ich halte das nicht mehr aus. Ich kann mit dieser Schuld nicht leben.«

Genau diese Worte habe ich aus ihrem Mund gehört. Und natürlich Geheule und Gejammere ohne Ende.

Sie wurde in die Psychiatrie eingewiesen.

Ich rechnete und hoffte auf mehrere Wochen, weit weg von Haus und Wohnung. Vergebens. Die fachliche Bewertung der Klinik sah das anders. Nach drei Tagen wurde sie nach Hause geschickt, ohne Befund. Durchschaut.

Ich traf sie zufällig im Hausflur.

Grinsend nahm sie die Wohnung wieder in Beschlag.

Ich musste etwas unternehmen, das ging so nicht weiter. Kündigen konnte ich nicht, dafür fehlte mir die rechtliche Grundlage. Das musste sie schon selbst tun.

Als sie wieder mal besoffen im Haus unterwegs war, nutzte ich die Gunst der Stunde. Ich jubelte ihr eine vorbereitete Kündigung unter, sie unterschrieb. Geschafft.

Denkste. Drei Tage später bekam ich ein Schreiben vom Anwalt, der mich der Nötigung bezichtigte und die Kündigung in ihrem Namen zurückzog. Clever war sie auch noch.

Als ich sie das nächste Mal im Hausflur antraf, zischte sie mich giftig an: »So nicht. Sie kriegen mich nie los.«

Da war es wieder, das zweite Gesicht.

O.K., neuer Versuch. Ich schrieb an das Amtsgericht und regte die Bestellung einer rechtlichen Betreuung dieser labilen Person an. Offensichtlich stellte sie für sich und andere eine Bedrohung dar.

Meine Bitte wurde umgehend erfüllt. Ein Betreuer wurde bestellt und nahm sofort Kontakt zu mir auf. Und dieser Betreuer bewegte sich genau auf ihrer Welle.

»So eine arme Frau. Ich weiß gar nicht, was Sie haben. Sie braucht unbedingt Hilfe. Mit Ihnen kann sie wohl nicht rechnen. Ich werde eine neue Wohnung für sie suchen. Die Wohnung ist mental wegen des Tötungsdelikts zu negativ belastet. Sie kommt ja gar nicht zur Ruhe.«

Genau das fand ich auch, ich konnte meine Begeisterung kaum verbergen.

Er war sichtlich berührt vom Schicksal meiner Mieterin.

»Ich werde mich um alles kümmern.«

Der fängt gleich an zu heulen. Schon wieder hat sie einen neuen Willigen eingefangen, unglaublich.

Tatsächlich zog sie wenige Wochen später aus. Der Betreuer organisierte alles. Vorher gab es einen heftigen Streit.

Sie war der Ansicht, sie könne die bereits vor ihrem Einzug in der Wohnung vorhandene Küche mitnehmen. Sie beschimpfte mich frech als Betrügerin. Als ich ihr erklärte, dass die Küche zur Wohnung gehöre, schrie, diskutierte und bockte sie. Ohne Erfolg.

Zur Übergabe brachte sie einen dubiosen Typen mit, der nun wirklich das Klischee eines Kriminellen erfüllte. Tätowiert, mit Achselhemd und bösem Gesicht.

Das sollte mich vielleicht einschüchtern, funktionierte aber überhaupt nicht. Vor dem Wohnhaus schnauzte ich ihn an, als er das Treppenhaus betreten wollte: »Sie kenne ich nicht. Sie sind nicht mein Vertragspartner, also haben Sie hier nichts zu suchen.«

Zack war die Haustür vor seiner Nase zugeschlagen.

Sie forderte: »Der gehört aber zu mir.«

»Heute nicht. Wo ist denn der nette Betreuer? Der gehört zu dir.«

Der Betreuer klopfte in diesem Moment an der Hauseingangstür und kam dazu. Der böse Bube blieb draußen und wir schritten zur Tat.

Die Wohnung war nicht geputzt, die Küche in einem saumäßigen Zustand, schimmlige Lebensmittel im Kühlschrank.

Dem Betreuer war diese Situation offensichtlich unangenehm, sprach er doch ständig im Büro vor, dass ich alle Mahnverfahren wegen offener Forderungen fallen lassen solle.

Ich signalisierte deutlich: »Nun schon gar nicht mehr, bei diesem Saustall werde ich nichts fallen lassen.«

Letztendlich war die Betreuung für beide Seiten erfolgreich. Nach und nach wurden die offenen Forderungen sogar beglichen.

Das Betreuungsverhältnis wurde intensiviert, erzählte man sich bereits.

In Vorbereitung des Gerichtsprozesses bot ich dem Rechtsanwalt meines Hausmeisters meine Hilfe an. Ich war bereit, wohlwollend für seinen Mandanten auszusagen. Immerhin war ich seine Arbeitgeberin. Ob er unschuldig war, konnte ich nicht beurteilen. Aber Mord und Totschlag, so richtig traute ich ihm das nicht zu.

Einen Menschen totschlagen oder, besser gesagt, niederschlagen und lebendig vergraben? Neun Mal sollte er mit einem scharfkantigen Gegenstand auf das Opfer eingeschlagen haben. Und das Opfer hatte überlebt. Mein Hausmeister war trotz seiner hageren Statur ein starker Kerl. Das hatte er bei mir im Job oft genug bewiesen. Er war keine Person mit mangelnder Durchschlagskraft, so makaber das auch klingen mag.

Der Prozess fand ein knappes Jahr später statt, im April 2013, in Meiningen. Ich ersparte mir die Anwesenheit. Die Presse berichtete täglich. Letztendlich gab es nur Indizien und ich vertraute der Fähigkeit seines Anwalts. Schlüsselperson im ganzen Prozess blieb die Freundin des Hausmeisters, meine ehemalige Mieterin.

Laut Prozessbeobachter und Presse hatte der Prozess illustre Phasen. Auf die Frage, woher die Lebensgefährtin gewusst habe, wo sich die Leiche befindet, soll diese tatsächlich gesagt haben, sie habe davon geträumt.

Ich wäre in schallendes Gelächter ausgebrochen.

Sie wurde in der Presse beschrieben, wie auch ich sie kennengelernt hatte: hilflos, klein und laut Gericht auch suchtkrank.

Sie setzte durch, dass ihr Freund während ihrer Aussage den Gerichtssaal verlassen musste, aus emotionalen Gründen, wie sie sagte. Wieder eine schauspielerische Glanzleistung.

Ihre Glaubwürdigkeit wurde nie geprüft.

Der Verteidiger beantragte ein psychiatrisches Gutachten. Das wurde vom Gericht abgelehnt.

Sie bestätigte in ihrer Aussage, dass sie gemeinsam die Rente des Opfers im Auftrage einer Anwältin verwaltet hatten.

Laut Presse machte diese Anwältin von ihrem Zeugnisverweigerungsrecht Gebrauch. Dass die Anwältin die Betreuung des Opfers an meinen Hausmeister übertragen hatte, war unstrittig. Kreditkarte und Sozialversicherungsausweis wurden folglich auch bei ihm sichergestellt. Für mich logisch, wenn offiziell eine Betreuung bestellt war.

Zusammen hätten der Hausmeister und seine Freundin sich an dem Konto des Getöteten bedient und diesem lediglich kleine Beträge von dessen Rente zugeteilt.

Das Opfer, ein 33-jähriger alkoholabhängiger Obdachloser, war vorbestraft gewesen, unter anderem wegen Brandstiftung. Geistig war er wohl zurückgeblieben.

Es gab nur einen positiven Leumund für meinen Hausmeister, den Vorsitzenden der Kleingartenanlage. Der beschrieb ihn, wie auch ich ihn kennengelernt hatte, als hilfsbereit und freundlich. Er nannte ihn einen Mann mit einem goldenen Händchen für den Garten, den er über alles geliebt habe.

Mein Hausmeister leugnete die Tat. Er habe mit dem Tod des Opfers nichts zu tun. Erklärungen oder Stellungnahmen darüber hinaus gab er nicht ab. Er schwieg konsequent.

Er wurde zu einer Haftstrafe von zwölf Jahren verurteilt. Man befand ihn des Totschlags für schuldig. Für Mordmotive wie Heimtücke oder Habgier habe es zwar Hinweise gegeben, davon sei das Gericht aber nicht überzeugt gewesen.

Ich kann nicht beurteilen, was zu diesem Urteil geführt hat. Schuldig oder nicht schuldig?

Für mich blieben eine ganze Menge Fragen ungeklärt.

Stand der laute Streit in der Wohnung des Hausmeisters während meines Urlaubs in direktem Zusammenhang zu der Tat?

Warum wurde mein Hausmeister als ehemaliger Kleinkrimineller für einen anderen Vorbestraften als rechtlicher Betreuer in Vermögensangelegenheiten eingesetzt?

Warum hatte er die Leiche in seinem geliebten Kleingarten vergraben?

Wer war bei der Tötung dabei?

Wo war die Tatwaffe?

Welche Rolle hatte seine Freundin wirklich gespielt und warum ging sie straffrei aus?

Nach der Urteilsverkündung habe ich ihn im Gefängnis in Suhl besucht. Ein Kraftakt. Im Vorfeld hatte mich das Gefängnis immer wieder an die Staatsanwaltschaft verwiesen. Erst nach mehrfacher telefonischer Nachfrage wurde mir eine Besuchserlaubnis erteilt. Mir war nicht klar, warum ich gegenüber der Staatsanwaltschaft meine Besuchsabsicht rechtfertigen musste. Er war ja verurteilt.

Eine Stunde Sprecherlaubnis, Justizvollzugsanstalt Suhl, Spitzname Haus Waldblick.

Mein Hausmeister freute sich sichtlich über meinen Besuch.

Natürlich hatte ich jede Menge Fragen an ihn: »Wie hast du dich gefühlt nach dem Schuldspruch? Immerhin zwölf Jahre«.

»Was soll ich sagen, mein Anwalt neben mir ist fast zusammengeklappt. Ich dachte, der kriegt einen Herzkasper im Gerichtssaal.«

Das war für mich keine Antwort und ich bohrte nach: »Warum hast du dich vor Gericht zu nichts geäußert, schließlich war das doch der Garten deiner Freundin?«

Er winkte ab: »Bei der Voruntersuchung gab´s Krach mit der Staatsanwältin. Ich habe mich mit der richtig angelegt, volles Programm. Mein Anwalt hat mir daraufhin geraten, ich sollte die Klappe halten. Es gäbe sowieso nichts Konkretes gegen mich, keinen einzigen Beweis. Mich hat erst die Alte reingerissen. Jetzt vertraue ich voll und ganz auf die Berufung. Ich krieg einen neuen Anwalt, der muss das besser machen. Es kommt alles in Ordnung, Chefin. Die sollten erstmal den Geisteszustand von ihr überprüfen. Die hat nur Mist erzählt. Ich war's nicht und eingegraben hab´ ich den auch nicht. Schon gar nicht im Garten. Ich habe da in den letzten zwei Wochen vor der Verhaftung meine Freizeit verbracht.«

Er fasste sich an den Kopf: »Ich schlaf doch nicht neben einer Leiche, nee. Wenn ich nach der Berufung draußen bin, kann ich doch wieder bei Ihnen arbeiten?«

Er wirkte optimistisch. Nur einmal verlor er kurz die Fassung. Er fragte mich konkret nach seiner Freundin. Ich war nie gut im Lügen.

Vorsichtig wählte ich meine Formulierung: »Sie ist ausgezogen und unter gerichtliche Betreuung gestellt worden.«

»Na und sonst so?«

»Sie hat wohl einen neuen Verehrer.«

Er sprang impulsiv vom Stuhl auf.

»Was? Einen anderen Kerl? Wen denn? Und mich hat sie nie rangelassen.«

Ich fragte verwundert: »Du warst nie mit ihr in der Kiste?«.

Er bekam einen hochroten Kopf, beherrschte sich aber sofort wieder.

Obwohl ich nachhakte, bekam ich keine weitere Antwort. Ich wollte ihn nicht aufregen und wiegelte das Thema ab: »Du warst eben ihr Beschützer und Freund und hast dich um sie gekümmert.«

Er hoffte auf die Berufung. Immer wieder rief er aus dem Knast in unserem Büro an und zu den Feiertagen schickte er Postkarten. Wir haben ab und zu mit Geld für Zigaretten geantwortet.

Nach der gescheiterten Berufung hoffte er auf ein Wiederaufnahmeverfahren.

In diesem Zusammenhang rief in meinem Büro ein dubioser Anwalt an: »Mein Mandant hat gesagt, Sie würden ihm helfen.

Überweisen Sie mir 4000 €, dann kann ich was für die Wiederaufnahme tun.«

Meine Nachfrage, wie denn seine Hilfe aussehen würde, beantwortete er mit dem Aufknallen des Hörers.

Es gab kein Wiederaufnahmeverfahren.

Zwölf Jahre sind eine lange Zeit. Wir haben seit Jahren keinen Kontakt mehr. Aber in regelmäßigen Abständen werden wir an alles erinnert. Dafür sorgen unter anderem TV-Sendungen über spektakuläre Kriminalfälle. Die Sensation bestand im Wesentlichen in dem halben Schwein, welches auf dem Gelände der Kleingartenanlage vergraben wurde, um so den Todeszeitpunkt des Opfers genauer bestimmen zu können.

Es wurde erzählt, dass unsere ehemalige Mieterin weiterhin in postalischem Kontakt zum Totschläger gestanden habe. So lange, bis auch der Antrag auf Wiederaufnahme des Verfahrens abgelehnt wurde. Keine Ahnung, ob das stimmte.

Auftauchende Gerüchte über einen anderen Täter verschwanden nach und nach. Der Verurteilte wurde aus Suhl verlegt und stieg angeblich in dem neuen Knast zum Kalfaktor auf, mit seiner Arbeitseinstellung kein Wunder.

Ich hoffe, er fasst nach Verbüßung der Haftstrafe wieder Fuß und kann sein Leben neu ordnen, weit weg von seiner ehemaligen Freundin.

HAUSTIERE

Unsere Erfahrungen in der Hausverwaltung mit Haustieren beschränken sich nicht auf Katzen und Hunde. Zu diesen Tieren gibt es nichts Befremdliches zu berichten.

Die Hundefreunde bitten wir, ihren Liebling zur Besichtigung mitzubringen. Denn am Telefon sind es immer »kleine, niedliche, friedliche, nie lärmende Tiere«. Aber in der Wirklichkeit sieht es meistens anders aus. So können wir vor Ort entscheiden. Denn welcher kinderreiche Nachbar wünscht sich schon einen furchteinflößenden, kläffenden Pitbull im Haus?

Bei Katzen haben die Interessenten oftmals das Zählen verlernt. Es ist selten der kleine Haustiger aus dem Tierheim. Oft sind es dann doch zwei oder drei oder viele Katzen, die mit einziehen sollen. Darunter kann eine Wohnung leiden und das nicht zu knapp.

Es gab da ein kleines Haus, mit dreizehn Katzen. Als die Mieterin verstarb, war der Gestank nach Katzenpisse kaum zu ertragen. Sämtliche Türen und Fußböden waren irreparabel zerkratzt.

Zu Beginn meiner Tätigkeit, vor vielen Jahren, erhielt ich einen Anruf eines aufgeregten Mieters. Glücklicherweise waren Fotohandys noch nicht so verbreitet wie heute. Ich hätte das Übel gar nicht sehen wollen.

Der aufgeregte Mieter verwies auf einen Zeugen aus seinem Freundeskreis und beschrieb die Situation mehr als nur glaubhaft. Sein Anruf war mehr ein Aufschrei als eine übliche Schadensmeldung:»In meinem WC saß eine Ratte, als ich den Deckel öffnete. Sie schaute mich direkt an. Vor Schreck habe ich erstmal den Deckel fallenlassen und meinen Kumpel geholt. Zusammen haben wir dann mit einem Besenstiel vorsichtig den Deckel angehoben. Wir konnten noch sehen, wie sie in den Abfluss abgetaucht ist.«

Das haute mich um. Ich wollte mir die Situation nicht bildlich vorstellen. Eine Ratte im WC, die sich durch die Kanalisation bis in den ersten Stock eines Mehrfamilienhauses hochgearbeitet hatte. Gott sei Dank verschwand sie dahin, wo sie hergekommen war.

Allgemein bekannt ist, dass Ratten intelligent sind und an ihre Artgenossen gerne Hinweise auf Ausflugsmöglichkeiten weitergeben.

Der Mieter war außer sich, verständlicherweise. Jeder Toilettenbesuch wurde für ihn zum Horrortrip. Wahrscheinlich war es allein die Vorstellung, dass ein in Panik geratenes Rattenvieh während einer Sitzung möglicherweise schmerzhaft zubeißen könnte.

Was also tun?

Es war ein altes Haus. Ich fragte mich überall durch. Die Experten wimmelten mich ab. Der Grundtenor war, dass das gar nicht stimmen konnte, wir wären ja schließlich nicht in New York.

Aber warum sollte ich dem Mieter keinen Glauben schenken? Wer würde solch eine Horrorstory erfinden?

Es war nicht mein erstes Rattenproblem.

In einem anderen Altbau wurde Jahre zuvor ein neuer Schacht für Toiletten angebaut. Die Abflussrohre wurden über vier Etagen in einem Trockenbauschacht jeweils direkt hinter dem WC verlegt. Die scharrenden Geräusche der aufsteigenden Ratten waren im Bad deutlich zu hören.

Damals konnten wir das Problem lösen. Wir rotteten das Rattennest im Keller aus und verschlossen den aufsteigenden Schacht mit Glaswolle, Quarzsand und Beton.

In diesem Fall ging es aber um ein wassertaugliches Tier, sozusagen mit Direktanschluss zum Badezimmer des Mieters.

Ich fragte mich, wie solche Probleme in Großstädten gelöst werden?

Die Fachleute der Schädlingsbekämpfung wiesen mich ab. Keiner konnte oder wollte so richtig helfen, immer nur Kopfschütteln.

Selbst das Internet bot damals keine Alternativen. Das Problem mit dem Einbau von Rückstauventilen zu lösen, erschien wenig erfolgversprechend. Das konnte unter Umständen von der Ratte eher wie eine sich öffnende Tür verstanden werden. Öffnet sich das Ventil, so öffnet sich für die Ratte eine Tür. Sie hätte dann nur warten müssen, bis sich diese Tür wieder öffnet. Was aber, wenn sie den Rückweg nicht findet? Das wäre viel schlimmer. Sie hätte notgedrungen ihren Ausflug auf die gesamte Wohneinheit ausdehnen müssen, vielleicht mit Familienanhang. Das wäre eine mittlere Katastrophe gewesen.

Ein pfiffiger Handwerker schlug eine Alternative vor.

»Schauen Sie, die Ratte stemmt sich mit dem Rücken gegen die eine Rohrseite und tippelt mit den Füssen dann im Rohr nach oben, wie ein Bergsteiger in einer Felsspalte. Wenn das Rohr jetzt an einer Stelle etwas dicker wäre, ginge das nicht mehr.«

Er wollte im Keller so eine Art Revisionsbeule einbauen.

Ich argumentierte: »Aber Ratten können schwimmen und sich doch dann sozusagen einfach nach oben schwemmen lassen?«

Er beschwichtigte mich: »Ich habe das mal gelesen. Lassen Sie es uns doch versuchen.«

Was hatte ich für eine Wahl? Der Mieter saß über der Ratte und mir im Nacken. Irgendetwas musste ich unternehmen.

Wir bauten eine riesige Ausdehnung im Keller ein und hofften. Glücklicherweise wurde die Ratte nie wieder gesehen.

Den Mieter beruhigten wir mit aufwendigen, fachlichen Erklärungen. Trotzdem kann ich mir nicht vorstellen, dass er das unsichere Gefühl auf der Kloschüssel jemals wieder losgeworden ist. Aber er blieb uns noch jahrelang als Mieter erhalten.

Anzahl und Größe sind die entscheidenden Kriterien für Haustiere in der Hausverwaltung. Das gilt nicht nur für Hunde und Katzen. Bei allen Tierarten müssen die Details genau hinterfragt werden. Die Gespräche mit den Mietinteressenten fangen dabei immer harmlos an.

»Sie haben einen Kanarienvogel? Das ist kein Problem. Das muss nicht im Mietvertrag vermerkt werden.«

»Naja, eigentlich sind es 48 Kanarienvögel. Wir gestalten ein ganzes Zimmer zur Voliere um. Das ist dann auch kein Problem, oder?«

48 Piepmätze! Wollen Sie der Nachbar von 48 Kanarienvögeln sein? Ich nicht, ein Mietvertrag kam also nicht zustande.

Schwieriger wird die Lage, wenn es um geschützte Tiere geht, wie zum Beispiel den Marder. Was ein Mardermännchen für eine zerstörende Wirkung haben kann, ist unvorstellbar. Ganze Dachböden kann er auseinandernehmen. Die Geräuschkulisse ist für die Anwohner der naheliegenden Wohnungen geradezu beängstigend. Nachts raubt sie einem den Schlaf.

Wir konnten durch wiederkehrende Anrufe in der Hausverwaltung feststellen, dass selbst nach der erfolgreichen fachmännischen Vertreibung des Marders Mieter nachts vereinzelt auch weiterhin Phantomgeräusche wahrgenommen haben.

Lebendfallen können helfen, manchmal. Sie dürfen aber nicht vergessen, um das gefangene Tier auszusetzen, müssen Sie mit ihm eine sehr, sehr lange Reise unternehmen. Anderenfalls ist der Marder noch vor Ihnen wieder zu Hause.

Waschbären können ebenso zur Plage werden. Schauen Sie sich die Greifhände dieser Tiere an.

Ein Bekannter von mir hatte mit einer Lebendfalle einen Waschbären gefangen. Die mit einer Decke verhüllte Falle transportierte er in seinem Kombi, denn er wollte den Waschbären in der Ferne aussetzen. Eindrücklich schilderte er, wie sehr das Tier gestunken habe. Noch eindringlicher schilderte er aber, dass er während der Fahrt im Rückspiegel beobachten musste, wie geschickt dieses Tier mit seiner Pfote an der Verriegelung des Käfigs hantierte. Als ihm bewusste wurde, dass diese schmalen fünf Finger jeden Moment den Entriegelungsmechanismus lösen würden, wurde ihm himmelangst. Umgehend fuhr er den nächstmöglichen Parkplatz an und entließ das Tier in die Freiheit. Sicherlich war das Kerlchen schon vor ihm zu Hause.

Auch in Thüringen gehören Waschbären mittlerweile zu den nächtlichen Besuchern von Gärten und Mülltonnen.

Zehn Jahre zuvor lachte ich noch, als ich den Bericht eines hessischen Radiosenders hörte. Ein Mann wollte seinen Hausmüll in der dafür vorgesehenen Tonne entsorgen. Als er den Deckel der ersten Tonne öffnete, saß darin ein Waschbär. Wütend knallte er den Deckel wieder zu. Er hob den Deckel der zweiten Tonne, doch in dieser saßen zwei weitere Exemplare, in der dritten Tonne angeblich sogar drei. Letztlich resignierte er und soll den Müll wieder mit in die Wohnung genommen und diesen dann am nächsten Tag auf seiner Arbeitsstelle entsorgt haben.

In heißen Sommern ist es wichtig, richtig zu lüften.

Eine meiner vernünftigeren Mieterinnen rief an. Sie klärte ihre Probleme in der Regel selbst. Ihre Stimme klang aufgeregt: »Ich habe 15, ja 15 Fledermäuse in meinem Schlafzimmer.«

Ich hatte sofort das Bild von Alfred Hitchcocks Film ›Die Vögel‹ im Kopf und es schüttelte mich.

Sie flehte: »Ich brauche Ihr O.K., unser Schlafzimmer zu verbarrikadieren, mit Fliegengittern. Ich muss in die Rahmen bohren.«

Ob das ausreichend sein würde? Das wagte ich zu bezweifeln.

Sie erzählte weiter: »Stellen Sie sich vor, mein Mann und ich lagen gemeinsam im Bett. Wegen der Hitze lassen wir nachts die Fenster offen. Kurz vor dem Einschlafen sah ich einen Schatten an der Zimmerdecke. Ich war nicht richtig wach, mein Mann schon. Leise flüsterte er: ›Schatz, hier sind jede Menge Fledermäuse.‹

Ich war sofort hellwach und versteckte mich unter der Bettdecke. Fledermäuse! Ich war mitten in einem Horrorfilm angekommen. Das sind doch diese kleinen giftigen Blutsauger.«

Die Familie wohnte eine Straße von mir entfernt.

Mein Gott, ich habe schon Probleme, wenn eine Mücke im Schlafzimmer über meinem Kopf surrt. Allein das brachte mich zur Raserei. Und dann erst ein Schwarm Fledermäuse. Noch am gleichen Tag wollte ich im Baumarkt einreiten, um auch bei mir geeignete Gegenmaßnahmen zu ergreifen. Ich hörte weiter zu.

»Mit der Bettdecke bin ich ins Wohnzimmer geflüchtet. Mein Mann hat alles gefilmt und die Viecher gezählt. Genau 15 Stück, grausig, nicht? Soll ich Ihnen das Video schicken?«

Lieber nicht. »Nein, machen Sie alles, was notwendig ist. Vielleicht nehmen Sie besser engmaschigen Draht. Ob ein Fliegengitter ausreicht, wage ich zu bezweifeln. Und wie ging es weiter?«

»Ich war total aufgeregt und bin unter der Decke ins Wohnzimmer auf die Couch geflüchtet. Am Morgen danach waren

sie ausgeflogen, nicht ohne jede Menge Schweinerei zu hinterlassen. Ich habe alles geputzt, seitdem aber nicht wieder dort
geschlafen.«

Ich legte fest: »Machen Sie alles, was notwendig ist und reichen Sie die Belege bei mir ein. Die Hausverwaltung übernimmt
die Kosten.«

Wir waren uns einig.

Ich musste los, in den nächsten Baumarkt.

WOHNUNGSSUCHE

Es gibt Mieter die ständig umziehen. Nicht wegen Mietschulden oder anderen Vorkommnissen. Nein, ganz normale, artige Mieter brauchen nach zwei oder drei Jahren eine Luftveränderung. Es ist wie eine Sucht.

In den vielen Jahren habe ich mehrere solcher Ehepaare erlebt. Nirgends haben sie es länger ausgehalten. Manche sind bis heute auf der Flucht, auf Wohnungsflucht.

Ich würde es verstehen, wenn sich die persönlichen Verhältnisse geändert haben: ein Kind ist ausgezogen, die Treppen zur Wohnung sind zu hoch, aber darum geht es nicht. Es ist die Veränderung an sich. Oft sind es die Frauen, die dies durchsetzen. Die tiefen Seufzer und rollenden Augen der Ehemänner bleiben uns nicht verborgen.

Üblicherweise ist die Wohnung die weibliche Domäne. Dann hofft der Gatte, wenigstens über das nächste Fahrzeug entscheiden zu dürfen.

Der erste und wichtigste Schritt ist die Begründung gegenüber dem Verwalter.

»Ich wohne im Erdgeschoss. Wenn ich auf dem Balkon sitze, schauen die Menschen auf mich herab. Das halte ich nicht mehr aus. Menschlich ist das nicht zu verkraften. Ich brauche diese herablassenden Blicke von oben nicht. Ich hätte hier nie einziehen dürfen. Die Wohnung passt nicht zu mir.«

»Der Vermieter guckt immer so komisch. Der will uns nicht haben.«

»Meine Frau kann die Nachbarin nicht ausstehen. Schon wenn die sich im Hausflur treffen …«

Die Ausreden waren vielfältig. Kein Problem. Finden wir eine neue Wohnung. Oft wollen die Mieter im Bereich unserer Hausverwaltung bleiben. Mit unserer Arbeit waren sie zufrieden. Die nachfolgende Entscheidung für die neue Wohnung fällt oft schnell und unüberlegt. Dann kann das Spiel in einigen Jahren wieder von vorne beginnen.

Gut fürs Geschäft, schlecht für den Geldbeutel der Mieter. Denn Umzug kostet nun mal. Irgendwann verschwinden diese Suchenden aus unserem Verwalterkreis, zu anderen Hausverwaltungen oder oft auch in andere Städte.

Und es gibt die ewig Suchenden, die nie umziehen. Sie können sich einfach nicht entscheiden.

Zehn Jahre lang habe ich ein kinderloses Ehepaar betreut. In dieser Zeit schauten sie sich wirklich jede Zwei- oder Dreiraumwohnung in unserem Städtchen an, die auf dem Wohnungsmarkt zur Verfügung stand, nicht nur in unserer Hausverwaltung.

Eine Vorauswahl anhand der Daten und Zeichnungen war mit ihnen nicht möglich. Sie wollten alles sehen.

Oft herrschte anfängliche Begeisterung. »Das ist doch genau das, was wir suchen. Alle Vorstellungen sind erfüllt. Die nehmen wir. Bereiten Sie den Vertrag vor. Wir sind so glücklich.«

Er war ein nicht unwichtiger Mitarbeiter der Stadtverwaltung. Sie war Hausfrau. Für jede fünfte Wohnung erstellten wir nach der Zusage einen Mietvertrag.

Dann kam die Absage, kurz vor der Unterschrift.

»So schön ist sie doch nicht. Es ist ein Zimmer zu viel.«

Weitersuchen.

»Es ist ein Zimmer zu wenig. Auch die Küche sollte nicht offen sein.«

Weitersuchen.

»Ich weiß nicht. Die Küche könnte ruhig offen sein. Aber eine Badewanne in unserem Alter ist zwingend.«

Drei Monate später hieß es: »Wichtiger ist eine Dusche. Mein Mann kommt nicht mehr aus der Wanne.«

Die Ausreden beim Absagen waren immer das Gegenteil von dem, was sie vorher als Bedingung gestellt hatten.

Ich wusste, dass sie bei den anderen Maklern genauso unterwegs waren. Deshalb fing ich an, Besichtigungstermine abzusagen oder auf unbestimmt zu verschieben. Ich wimmelte sie ab.

»Schade, die Wohnung ist schon weg.«

Prompt folgte der Vorwurf: »Das war unsere Traumwohnung. Die hätten wir in jedem Fall genommen. Das finden wir nicht in Ordnung. Sie kümmern sich nicht ernsthaft.«

Stimmte. Das war keine sinnvolle Beschäftigung. Dieses Ehepaar unterlag einem Zwang, der zu keinem Ende führen würde. Als ich einige Termine verweigerte, gab Tina aufgrund ihrer Erfahrungen zu bedenken: »Zeig denen lieber, was sie wollen. Der Mann sitzt beim Bürgermeister auf dem Schoß und macht uns schlecht. Also egal, was dabei rauskommt. Das gibt jede Menge negatives Gerede über uns.«

Ich war artig und hörte auf Tina. Es ging noch zwei, drei Jahre so weiter. Dann schmiss ich das Ruder rum und wurde energischer. Als der Mann zwecks Terminabsprache im Büro auftauchte, eskalierte die Situation.

Er ging mich an: »Sie lassen sich telefonisch seit Wochen verleugnen. Ich hatte in Ihrem Büro um Besichtigungstermine gebeten und bekomme keine Reaktion. Was für eine Unverschämtheit.«

Ich war ihm gegenüber ziemlich abgeklärt.

»Wissen Sie, wir suchen jetzt seit fast zehn Jahren nach einer Wohnung für Sie und Ihre Gattin. Die Wohnung, die Sie suchen, die gibt es gar nicht. Die müsste ausschließlich für Sie gebacken werden. Aber eigentlich haben Sie gar keine dauerhaften Vorstellungen von dem, was Sie wollen. Mal ist die Bude zu groß, mal zu klein, mal mit Wanne, mal mit Dusche …, mal zu dick, mal zu dünn. Das hat doch alles keinen Sinn, nicht für mich jedenfalls. Bleiben Sie, wo Sie sind. Hat ja die letzten Jahre auch gereicht oder? Genießen Sie Ihr Leben. Ihr Ruhestand steht doch an, habe ich in der Zeitung gelesen. Und wenn doch, suchen Sie bitte mit den anderen 30 Maklern, die es hier gibt. Wir jedenfalls werfen das Handtuch, definitiv.«

Er riss entsetzt die Augen auf und wollte gerade zum Gegenangriff übergehen. Aber Tina hatte das laute Gespräch verfolgt und kam mir zur Hilfe. Sie grätschte ins Büro und ließ ihn nicht zu Wort kommen.

»Chefin schnell, eine Havarie im Hotel. Sie sollen sofort kommen, eine Überschwemmung.«

Schwuppdiwupp war ich raus aus dem Büro und ließ ihn stehen.

Tina berichtete mir im Nachhinein von seinem Abgang. Er drohte ihr: »Das wird ein Nachspiel haben. Da können Sie sich drauf verlassen.«

Schon am nächsten Tag klingelte im Büro das Telefon. Tina gestikulierte mit den Armen und flüsterte: »Er will den Chef der Firma sprechen.«

Ich gab ihr ein Zeichen zum Durchstellen.

»Ich wollte den Firmenchef, um mich über Ihr ungebührliches Verhalten zu beschweren und nicht Sie.«

»Ich bin selbst die Chefin. Es bleibt dabei, Sie werden sicher auch ohne meine Hilfe zu Recht kommen. Alles Gute, auf Wiedersehen. Unhöflich, aber konsequent. Für mich war die Sache gegessen.«

Für meine Mitbewerber nicht unbedingt. Angestellte Makler hatten es besonders schwer. Von einem Berufskollegen wollte ich es genauer wissen: »Warum besichtigt ihr immer wieder mit denen? Ihr wisst doch, was los ist. Das wird nie etwas.«

Der Mitbewerber winkte ab: »Er hat sich schon ganz oben beschwert. Wir müssen. Er sitzt in so vielen Gremien und überall macht er uns schlecht.«

Da ist sie wieder, unsere Grundregel: Lieber Käpt'n auf 'nem kleinen Schiff, als Leichtmatrose auf 'nem großen Dampfer.

Natürlich gab der Typ nicht auf. Über Dritte versuchte er Besichtigungen in meinen Objekten zu vereinbaren. Keine Chance, wir haben aufgepasst.

Er wurde Rentner und seine Macht versiegte.

Sie sind nie aus ihrer alten Wohnung ausgezogen.

EIN NACKTER ARSCH KRACHT DURCH DIE DECKE

Wie es der Zufall wollte, war ich vor vielen Jahren am Kindertag mit einer heiklen Aufgabe betraut. In einem Miethaus sollte eine Heizung installiert werden und dazu war eine Schornsteinsanierung notwendig.

In allen Wohnungen sollte der Handwerker die Wandöffnungen des Schornsteinschachts verschließen. Mit Ausnahme einer Wohneinheit war alles fertig. In dieser Wohnung lebte eine vierköpfige Familie: Vater, Mutter und ein Zwillingspärchen.

Der Vater war stadtbekannt. Er war groß, stark und nicht der Hellste. Seine äußere Erscheinung war furchteinflößend. Er arbeitete in der Tourismusbranche und kam jeden Nachmittag pünktlich mit einem guten Trinkgeld nach Hause, stets betrunken.

Dort erwarteten ihn die bildhübschen, neunjährigen Zwillingsmädchen und eine ansehnliche Ehefrau. Auch sie war dem Alkohol sehr zugetan.

Nach seiner Ankunft war sie mit dem Trinkgeld unterwegs, um alkoholischen Nachschub zu beschaffen.

Dennoch waren die Zwillinge fröhliche Mädchen und sahen stets aus, wie aus dem Ei gepellt.

Ich hatte das Problem der Schornsteinsanierung vorab mit ihr besprochen und einen Termin mit dem Handwerker für den ersten Juni, den Kindertag, vereinbart.

Nachmittags wollte ich mit dem Handwerker anrücken und die Sache wäre in einer knappen Stunde erledigt gewesen.

»Trotzdem klären Sie das noch mit meinem Mann, der will wissen, was in der Wohnung passiert.«

»Selbstverständlich, mache ich doch gern.«

Abends wollte ich nicht klingeln, also passte ich ihn morgens ab.

Er war einverstanden: »Geht schon.«

Ich hatte grünes Licht. Aufatmen.

Die Hauseigentümerin war eine alte Dame, die ich sehr schätzte. Sie war eine Geschäftsfrau im Ruhestand, weit über 70.

In altdeutscher Schrift pflegte sie einen regen Briefkontakt mit mir. Verabredungen und Vereinbarungen hielt sie zuverlässig ein und trotz oder vielleicht wegen ihrer ausgebufften Verhandlungsweise war sie mir nach und nach ans Herz gewachsen.

Sie fegte die Straße stets selbst, ob Sommer oder Winter. Während sie fröhlich den Besen schwang, ließ sie mich an ihren Lebensweisheiten teilhaben.

»Bewegung ist wichtig. Wichtiger als beim Arzt rumzusitzen. Ich habe in meinem Leben nur zwei Ärzte kennengelernt, den Zahnarzt und den Frauenarzt.«

Mit viel Engagement und einer gewissen Sturheit hatte sie ihr Eigentum über die DDR-Ära gerettet. Es war eines der größten Häuser unserer Innenstadt und über 100 Jahre alt. Sie ging nun die Sanierung des Hauses schrittweise an.

Pünktlich zur verabredeten Zeit klingelte ich an der Wohnungstür der Familie. Neben mir der bestellte Handwerker mit Werkzeug, Mörtel und kleinen Steinen zum Verschluss der Schornsteinlöcher.

»Kommen Sie herein, wir essen gerade.«

Im Wohnzimmer saßen die Zwillinge auf dem Sofa. Die Mutter tänzelte um uns herum und zeigte auf den Schornstein.

»Hier bitte. Ist doch Kindertag heute, da gibt's ein Festessen bei uns.«

Das sah ich. Die Mädels saßen vor riesigen Eisbeinen mit Sauerkraut und Kartoffeln. Portionen, die für einen Erwachsenen kaum zu bewältigen waren.

Die Mutter lallte, ihr Schwips war offensichtlich: »Fein, nicht? Ein richtiger Feiertag für uns.«

Die Mädchen hauten rein.

Der Handwerker ging zur Sache.

Ich bemühte mich um Handreichungen, aber er winkte ab.

»Das schaffe ich schon allein. Lassen Sie mal.«

O.k., dann nicht. Amüsiert beobachtete ich die Kinder beim Vertilgen des Eisbeins. Unbeschwert widmeten sie sich der riesigen Aufgabe.

Die Mutter wollte mich beschäftigen.

»Schauen Sie nur, unsere Toilette ist immer noch über den Flur. Zwar auf dieser Etage, aber wir müssen ...«

»Ja, aber nicht mehr lange«, kürzte ich ab. »Die Hauseigentümerin hat schon mit der Sanierung begonnen. Sie sind die Nächsten. Auch Ihre Toilette wird an das Bad in der Wohnung angegliedert. Das wird schick.«

Sie verdrehte die Augen: »Und wer macht den Baudreck weg? Ich nicht.«

Das war mir klar, aber ich hatte keine Lust auf Diskussionen mit Angetrunkenen. Ich trat die Flucht an.

»Ich muss noch schnell ins Erdgeschoss, da wird schon umgebaut, etwas absprechen. Bin gleich wieder da.«

Ich verschwand ins Treppenhaus nach unten. Auf einmal hörte ich die schwere Haustür zuschlagen. Jemand polterte die Treppe hoch.

Der Lärm stoppte in der Wohnung im ersten Obergeschoss. Ich ahnte Schreckliches. Ich rannte hinterher.

Der Familienvater betrat die Wohnung, stürzte ins Wohnzimmer und sah mit seinem alkoholisierten Tunnelblick nur den fremden Mann.

Er brüllte sofort los: »Komme ich einmal früher nach Hause, was finde ich vor? Einen fremden Kerl in meinem Wohnzimmer.« Zielgerichtet und mit der Faust im Anschlag wankte er auf meinen Handwerker zu.

Ich sprang dazwischen und schrie ihn an: »Das ist der Handwerker, der die Schornsteinlöcher verschließt. Ich habe Sie um Erlaubnis gefragt. Der ist mit mir hier!«

Den Kindern schienen Gefühlsausbrüche nicht fremd zu sein. Ohne Regungen arbeiten sie sich an den Eisbeinen vorwärts.

So schnell gab er nicht klein bei und tänzelte mit drohenden Gesten um den Handwerker herum.

»Ausreden. Sag schon, wer bist du? Was machst du hier?«

Der Handwerker schnappte ängstlich seine zwei Eimer und flüchtete. Im Rausgehen rief er mir noch zu: »So nicht, nicht mit mir.«

Der Familienvater beruhigte sich und fiel auf die Couch.

»Ah, heute ist Kindertag, wo ist denn mein Eisbein? Er warf seiner Frau einen Fuffi zu, mit dem Auftrag Nachschub zu besorgen.«

Versuch fehlgeschlagen, ich verschwand.

Wenige Tage später hatte ich Erfolg. Vormittags wurden die Löcher geschlossen, von einem anderen Handwerker.

Der WC-Umbau für diese Wohnung musste außerplanmäßig vorgezogen werden. Ein spektakuläres Ereignis ging dem Voraus und ich hatte das Vergnügen dabei zu sein.

Ich war vor Ort und mit der Organisation einiger Arbeiten im Erdgeschoß betraut, als es ein lautes Donnern im Hausflur gab. Wir rannten alle sofort dem Geräusch entgegen, um zu sehen, was los war. Es war kaum zu glauben.

Der besoffene Familienvater war mitsamt seiner Kloschüssel, auf der er gerade saß, ein Stockwerk tiefer gerauscht.

Die Zwischendecke zum ersten Stock war durchgefault. Er landete punktgenau auf der WC-Anlage im Erdgeschoss.

Die Tür der Erdgeschosstoilette wurde von innen aufgestoßen. Sehen konnte man zunächst nur eine riesige Staubwolke. Dann kam er wie Phönix aus der Asche mit nacktem Hintern und heruntergelassener Hose. Unfassbar. Beide Kloschüsseln waren zerschlagen, eine Fallhöhe von fast drei Metern.

Er schrie uns an: »Nicht mal in Ruhe scheißen kann man hier!«

Weder er, noch sein nackter Hintern zeigten nur eine einzige Schramme. Er schüttelte sich, zog die Hose hoch und wackelte nach oben.

Ich konnte mich vor Lachen kaum halten, natürlich erst, als er in sicherer Entfernung verschwunden war.

Wenige Wochen später zog die Familie ohne jede Vorankündigung über Nacht aus und hinterließ der alten Hausbesitzerin ein Chaos.

Zimmer voller Unrat, brusthoch mit verdreckter Kleidung vollgestopft. In der Küche waren neben alten Eisbeinknochen und anderen vergammelten Lebensmitteln bereits Würmer und Fliegen in vollem Einsatz.

Die Hauseigentümerin lehnte fremde Hilfe ab. Tagelang füllte sie Unmengen von blauen Säcken und beräumte Schritt für Schritt die Wohnung.

Danach wurde saniert.

ANTIAUTORITÄRE ERZIEHUNG

Kindertherapeutin - ein wunderbarer Beruf, vor allem, wenn man sich dem Kindeswohl widmet.

Eine harmlose Mieteranfrage war der Beginn des Desasters.

Nicht weit von meinem Zuhause entfernt, gab es ein altes, saniertes Dreifamilienhaus mit sehr großen Wohnungen. Täglich fuhr oder lief ich dort vorbei. Die Mieter kannte ich persönlich.

Die Erdgeschosswohnung wurde frei und ich sollte einen Nachmieter beschaffen, mein Alltagsgeschäft.

Eine Dame meldete sich und zeigte Interesse. Sie wollte mit ihrer erwachsenen, alleinerziehenden Tochter und ihrer kleinen Enkelin einziehen. Die Wohnungsgröße gab diese Mehrgenerationenlösung durchaus her. Die Familie erschien seriös und solvent. Ich sah keine Probleme.

Das Ansinnen der Interessentin, einen Raum für therapeutische Tätigkeiten zu nutzen, wälzte ich auf die einzuholende behördliche Genehmigung ab. Sofern diese vorliegen sollte, hatte der Hauseigentümer keine Einwände.

Einige Detailfragen waren bereits geklärt. Die Kindertherapeutin würde höchstens ein oder zwei Sitzungen pro Tag abhalten. Nur vereinbarte Termine, also keine Warteschlangen an der Haustür.

Sie legte eine behördliche Genehmigung vor. Und los ging es. Wochen und Monate nach dem Einzug, verlief alles ohne nennenswerte Kontakte zur Hausverwaltung.

Besonders sympathisch waren mir immer die Mieter der mittleren Etage des Wohnhauses, eine Familie mit zwei Kindern.

Im Dachgeschoss war ein junges Ehepaar eingezogen, das auch immer freundlich winkte, wenn sie mich mit dem Auto vorbeirauschen sahen.

Ein dreiviertel Jahr später erbaten die Mieter der mittleren Wohnung einen offiziellen Termin im Büro. Das war ungewöhnlich. Vielleicht hatten sie Interesse am Ankauf des Hauses?

Der Eigentümer hatte einen möglichen Verkauf innerhalb der nächsten Jahre signalisiert. Kauf bricht Miete nicht, heißt es immer so schön juristisch.

Solche Eigentümerwechsel waren selten eine Gefahr für die Mieter. Neue Eigentümer, oft Kapitalanleger, schätzen solvente Mieter mit langjährigen Mietverhältnissen.

Das Ehepaar wirkte zum Termin verhärmt und deprimiert. Nur sehr zögerlich trugen sie ihr Anliegen vor.

»Wir gehören nicht zu dem Typus Nörgler oder Meckerer, das wissen Sie. Es ist ein altes Haus und wir lieben den Charme alter Dielen, die restaurierten Türen und den Stuck an der Decke. Aber was sich in den letzten Wochen und Monaten entwickelt hat, können wir kaum noch ertragen.«

Ich war verdutzt. Gab es nun doch Warteschlangen mit schwer erziehbaren Kindern vor der Tür? Nein, es ging nicht um die gewerbliche Nutzung. Es ging um die Familie selbst.

»Wir bekommen wöchentlich immer mehr Vorschriften, wie wir uns im Haus verhalten sollen. Das Spielen im Garten ist unseren Kindern nur noch zu eingeschränkten, festgelegten Zeiten erlaubt. Mein Sohn darf mit seinem Musikinstrument nur noch zwei Stunden in der Woche üben. Diese zwei Stunden sind genau vorgegeben. Die Klingel darf zwischen 13:00 und 16:00 Uhr nicht mehr betätigt werden.«

Traurig und deprimiert, den Tränen nahe, trugen beide im Wechsel ein Verbot nach dem anderen vor.

Ich war kurz vor der Explosion und reagierte sofort.

»Erstens, es ist ein Mietshaus. Zweitens, sind uns Kinder willkommen, ausdrücklich. Drittens, hat keiner das Recht, außerhalb der üblichen Hausordnung, andere Mieter zu bevormunden.«

Ich fragte nach: »Hat das mit den Sitzungen der Therapeutin zu tun?«

Das Ehepaar schüttelte energisch die Köpfe. »Nee, die haben untereinander eigene Probleme. Ständig gibt es Streit. Die Kleine schreit und weint ununterbrochen.«

»Ist sie krank?«

»Krank nicht, aber total verzogen. Die schmeißt sich ständig überall hin und schreit die ganze Bude zusammen.«

Zynisch ergänzte der Ehemann: »Wahrscheinlich ist die Kleine selbst der größte Therapiepatient.«

Seine Frau schüttelte mahnend mit dem Kopf: »Das geht uns nichts an, aber die Verbote gehen einfach zu weit. Wir wollten das Haus eigentlich in ein paar Jahren kaufen. Jetzt überlegen wir hingegen auszuziehen. Das kann auf Dauer niemand aushalten, ständig neue Einschränkungen. Zuvor haben wir uns sehr wohl gefühlt, aber jetzt? Unsere Kinder dürfen sich nicht mehr frei auf dem Grundstück bewegen, alles ist verboten.«

Ich kochte vor Wut: »Das werde ich klären und zwar unmissverständlich. Ich verspreche Ihnen, dass ändert sich und zwar kurzfristig.«

Ich sah den beiden an, dass sie nicht viel Vertrauen in meine Ansage hatten.

»Wir wollen keinen Nachbarschaftskrieg. Das ist nicht in unserem Sinne. Lieber ziehen wir aus. Sie sollten nur wissen, was auf unsere Nachmieter zukommt.«

Ich versuchte sie zu beschwichtigen: »Geben Sie mir eine Chance, ehe Sie sich anderweitig orientieren. Ich bekomme das hin.«

Traurig trabten sie von dannen.

Ich gebe doch nicht langjährige, gute Mieter auf und bleibe dafür auf einer hysterischen Familie sitzen, die mir den Hausfrieden zerstört. So geht das nicht.

Es war eine schwierige Situation. Klar konnte man mit Abmahnungen und Aussprachen versuchen die Situation zu verbessern. In der Regel war das aber aussichtslos. Ein Querulant bleibt ein Querulant. Temporäre Verbesserungen reichten hier nicht.

Ich bestellte die Mieter der Erdgeschosswohnung ins Büro und sie kamen gleich alle drei zusammen. Sehr gut. Die therapierende Großmutter, die alleinerziehende Tochter und das Enkelkind, eine Frauenfamilie mit Problempotential.

Ehe ich überhaupt loslegen konnte, bekam ich eine Galavorstellung, die die Beschreibung des benachbarten Ehepaares weit übertraf. Das Mädchen schmiss sich auf den Fußboden des Büros, strampelte mit den Beinen in der Luft und schrie Mutter und Großmutter abwechselnd an. Diese wiederum lächelten mich an und erklärten mir, dass die negative Energie aus der Kleinen entweichen müsse. Ein Bilderbuchbeispiel für alternative Erziehungsmethoden.

Ich lehnte mich zurück und genoss die Lehrvorführung. Es ergab sich ja auch gar keine Chance, das Gespräch zu eröffnen. Die Kleine, zwei oder drei Jahre alt, hatte Ausdauer, keine Frage.

Nach einigen Minuten verlor die Therapeutin selbst die Geduld und wandte sich ihrer Tochter zu. Die innerfamiliären Spannungen waren mehr als offensichtlich. Die Tochter sollte mit dem Kind ins Vorzimmer des Büros wechseln. Dies wiederum führte zu einem lauten und sehr emotionalen Disput zwischen Mutter und Tochter.

Mir wurde klar, dass die Beschwerde der Nachbarn eine maßlose Untertreibung darstellte. Vor mir saß eine hysterische Familie, die sich gegenseitig tyrannisierte.

Plötzlich war es der Oma zu viel. Tochter und Enkelin wurden von ihr lautstark aus dem Büro verbannt.

Ich atmete auf, Zeit loszulegen. Hier war eine substantielle Veränderung notwendig. Mit netten Belehrungen würde ich nicht weiterkommen. Meine Zurückhaltung explodierte förmlich: »Sie machen anderen Mietern im Haus Vorschriften. Sie als Kindertherapeutin verbieten den Nachbarskindern den eigenen Garten zu nutzen oder auf ihren Musikinstrumenten zu üben. Sie schränken die Außenkontakte anderer Mieter ein. Sie verbieten per Aushang, Lieferanten oder auch der Post zwischen 13:00 und 16:00 Uhr zu klingeln.«

Mittlerweile stand ich fast hinter meinem Schreibtisch: »Was bilden Sie sich eigentlich ein, wer Sie sind? Kein strenger Hauseigentümer würde sich so benehmen. Sie werden genau heute aufhören, die Mieter zu schikanieren, ab sofort. Und Sie werden sich eine neue Wohnung suchen. Überdenken Sie Ihre familiäre Situation sowie die gewerbliche Nutzungskombination. Anderenfalls werde ich mit den Behörde Kontakt aufnehmen, damit diese hinterfragt, ob Ihnen die Genehmigung zur Ausübung Ihrer beruflichen Tätigkeit vor Ort zu entziehen ist. Wollen Sie das? Sie wollen Kinder therapieren, verbieten aber den Nachbarskindern das Spielen. Haben Sie mal überlegt, wie Ihre familiäre Streitkultur, die offensichtlich auch laut ist, die anderen Hausbewohner belastet? Sie werden sich verändern und zwar umgehend.« Ich war in Fahrt: »Wir verzichten auf jegliche Kündigungsfrist. Sie suchen sich etwas Neues. Es war ein Fehler, Sie als Mieter zu akzeptieren. Es war mein Fehler und diesen werde ich korrigieren. Ich werde mir genau überlegen, was zu tun ist, das können Sie mir glauben.« Dramatisch beendete ich meinen Monolog: »Morgen werde ich vor Ort sein. Die Verbotszettel sind alle entfernt und ich persönlich werde mit den Kindern im Garten spielen und Sie werden das anstandslos tolerieren. Provozieren Sie mich nicht, ich kann sehr hartnäckig sein, das verspreche ich Ihnen.«

Die Kindertherapeutin war nach und nach immer kleiner geworden. Ihre Versuche, mich zu unterbrechen, hatte ich mit energischen Handbewegungen unterbunden.

Es gab keinen Ärger mehr und tatsächlich zogen Kind, Enkelkind und Großmutter zwei Monate später aus, in getrennte Wohnungen, wie ich erfuhr.

Für die Wohnung waren schnell neue Mieter gefunden. Sie hatten auch Kinder und der Hausfrieden war wiederhergestellt.

Ein paar Jahre später kauften die Mieter der mittleren Wohnung dem Eigentümer das Haus ab und übernahmen richtigerweise selbst die Verwaltung des Hauses. Sie waren kluge und angenehme Leute, ohne Frage.

PANICROOM

Normalerweise vereinbart Tina im Büro alle meine Termine. Natürlich gibt es Ausnahmen. Sie hat Urlaub oder frei. Außerhalb der Öffnungszeiten wird meine Handynummer auf dem Anrufbeantworter angesagt.

Ein Mann bat mich persönlich um einen Besichtigungstermin. Ich sollte mir ein Objekt in einer hessischen Kleinstadt anschauen, nicht weit entfernt, nahe der alten innerdeutschen Grenze.

Außer mir wusste niemand von dieser Verabredung.

Pünktlich klingelte ich am Gartentor. Ein großes Haus, an einer Kreuzung mitten im Ort. Es hatte optisch so gar nichts mit einem Einfamilienhaus gemein.

Ein Mann, um die 40, öffnete das Gartentor.

»Vor dem Tor können Sie nicht stehen bleiben. Es ist eine Bundesstraße. Bitte fahren Sie in den Hof!«

Er winkte mich mit meinem Fahrzeug in den hinteren Hofbereich. Dort und im angrenzenden Garten war jede Menge Spielzeug verstreut. Der Mann stellte sich vor und bat mich ins Haus. Er war Vater einer fünfköpfigen Familie. Frau und Kinder waren nicht zu sehen, sicher auf der Arbeit und in der Schule.

Das Erdgeschoss bestand aus einem riesigen Wohnzimmer, bestimmt zweihundert Quadratmeter groß. Ein ungewöhnlicher

Raum mit seltsamer Ausstrahlung. Die Möblierung war eigenartig. Aber der grüne Daumen war nicht zu übersehen. Mit riesigen Pflanzen hatten die Eigentümer erfolgreich versucht, die Größe des Raumes optisch zu brechen.

Etwas mürrisch, aber nicht unbedingt unfreundlich bot er mir einen Tee an. Er verschwand ins Nebenzimmer, sicher in die Küche.

Inzwischen beäugte ich die seltsame Räumlichkeit genauer. Eine eigenartige, holzgetäfelte Wandgestaltung, überdimensionierte Deckenlampen, fast schon historisch. Der Steinfußboden war alt, aber gekonnt aufpoliert. Seltsam, alle Fenster waren vergittert.

Er kam mit dem Tee. Ich zeigte auf die Fenster: »Wie kommt das, diese Vergitterung?«

»Das Haus war früher die ortsansässige Bank. Wir haben das Haus preiswert im Rahmen einer Immobilienausschreibung erworben.«

Das erklärte einiges, die Kubatur, die Gitter und die Raumgestaltung.

»Wie lange wohnen Sie hier schon?«

»Drei Jahre.«

»Und was kann ich für Sie tun?«

»Wir kommen aus der Hauptstadt und hatten uns das Leben auf dem Land komplett anders vorgestellt.«

Der Berliner Dialekt war mir nicht entgangen. Aus der Großstadt in ein hessisches Kaff im ehemaligen Zonenrandgebiet. Sehr mutig.

Er wirkte verbittert. »Das Haus an sich ist nicht das einzige Problem. Ich habe hier schon so viel Geld und Arbeit reingesteckt, aber es bleibt ein kalter, ungemütlicher Bau, eine Bank eben.«

Das konnte ich nachvollziehen.

»Die Vergitterung haben Sie nicht entfernt?«

»Nur hinten, in den ehemaligen Bürobereichen. Dort sind heute Kinderzimmer. Hier vorn, im großen Schalterraum, noch nicht. Das ist extrem aufwendig. Eine Flex reicht da nicht aus. Da müssen Sie schon mit Schweißgeräten ran. Ich mache alles selbst. Meine Frau verdient das Geld, ich führe den Haushalt, bisher zumindest. Aber das Haus und das Ambiente setzen uns doch sehr zu. Mit meiner Ehe steht es nicht zum Besten. Die Frau ist mit den Kindern zurück nach Berlin, letzten Monat. Sie wollte nur noch weg von hier. Die Bauern hier haben uns komplett gemobbt. Soziale Kontakte, Fehlanzeige! Da wir nicht kirchlich sind, ist dauerhaft nichts gelaufen. Wir haben uns angestrengt, wirklich. Haben sogar ein Gartenfest organisiert. Einige waren da, aber einmal und nie wieder. Meine Frau hatte 20 km entfernt einen guten Job, aber das war's auch. Sie will, dass ich das Haus verkaufe. Deswegen habe ich Sie angerufen.«

Die Sorgen waren ihm ins Gesicht geschrieben.

»Wie lange hat das Objekt vorher leer und zum Verkauf gestanden?«

»So um die 15 Jahre!«

»Haben Sie finanziert oder konnten Sie das Haus bezahlen?«

»Halb und halb. Das Haus war ziemlich preiswert. Einiges haben wir schon reingesteckt.«

»Haben Sie mal mit dem Ortsbürgermeister gesprochen? Haben Sie ihn um Hilfe gebeten?«

»Nee, habe ich noch nicht.«

Es war offensichtlich, hier musste ein Wunder her. 15 Jahre Leerstand! Die Bank hatte einen Dummen gesucht und in dieser Familie gefunden. Der niedrige Preis hatte die Großstädter angelockt.

Ich stand auf. »Wir schauen uns alles an, dann werde ich etwas sagen können.«

Er zeigte mir die Zimmer, die Küche, die Nebenräume. Einiges war gemacht, einiges war liegengeblieben. Aber wohnlich wirkte hier gar nichts. Ich konnte die Stimmungslage der Familie nachvollziehen. Schließlich hatte ich alles gesehen, dachte ich. Im Wohnzimmer winkte er mich in eine Ecke.

»Schauen Sie hier.« Er öffnete eine mit Holz verkleidete Tür. »Kommen Sie.«

Ich trat in einen dunklen Raum. Er schloss von innen die Tür und knipste das Licht an.

»Das war früher der Tresorraum, spannend, nicht?«

Oje, ein Raum mit Metallwänden. Mir war nicht entgangen, dass die wuchtige Tür aus Stahl mindestens 20 cm dick war.

Sein Kommentar: »Wenn Sie eine Leiche verschwinden lassen oder jemanden gefangen halten wollten, ist das der ideale Raum.«

Er zeigte auf die Wände. »Keine Fenster, kein Ton dringt nach außen. Die Entsorgung des Raumes würde mich ein Vermögen kosten, deshalb ist alles geblieben, wie es war.«

Mich beschlich ein mulmiges Gefühl. Wenige Tage vorher hatte ich den Film ›Panicroom‹ mit Jodie Foster gesehen. Der Raum war diesem sehr ähnlich.

Es war ein ideales Gefängnis. Hier war nichts, außer der kalte Stahl, er und ich. Ein vorsichtiger Blick auf mein Handy bestätigte mir, kein Empfang.

Er blühte förmlich auf und grinste mich an. Ich fand das überhaupt nicht spaßig. Mir brach der Schweiß aus. Kein Handyempfang, mein Auto im Hinterhof. Keiner wusste, wo ich war, ein prima Abgang. Hier würde mich weder jemand vermuten, noch suchen. Mindestens 15 Jahre lang vermisst. Ganz ruhig durchatmen.

»O.K., habe ich jetzt alles gesehen, können wir wieder?«

Er lachte mir ins Gesicht: »Komisches Gefühl hier drin, nicht?«

»Ja, ja.«, ich versuchte locker zu wirken. Gelang mir nicht.

Er schwang die schwere Tür auf und geleitete mich mit einladender Geste in das riesige Wohnzimmer.

»Sorry, ich wollte Sie nicht erschrecken.«

»Ist schon gut. Gehen wir an die frische Luft und reden.«

Im Hof, in der Nähe meines Autos, wieder mit Handyempfang, gab ich ihm mein Resümee.

»Ganz ehrlich und offen, dass hier ist kein Ding für einen Makler. 15 Jahre Leerstand sprechen für sich. Ich gebe Ihnen folgenden Rat, gehen Sie zum Bürgermeister und bitten Sie ihn um Hilfe. Vielleicht hat er einen Plan für eine zukünftige Nutzung. Setzen Sie das Haus selbst ins Internet. Ein Makler schreckt hier eher ab. Und legen Sie keinen Preis fest. Pokern Sie nicht zu hoch, Hauptsache weg mit der Bude. Räumen Sie das Haus und ziehen Sie zu Ihrer Familie nach Berlin, das ist wichtiger. Suchen Sie sich jemanden in der Nachbarschaft, geben Sie ihm den Schlüssel. Er kann nach dem Rechten sehen und Besichtigungen durchführen. Bezahlen Sie ihn dafür. Mehr kann ich Ihnen nicht raten.«

Ich reichte ihm die Hand. »Alles Gute für Sie.«

Er wollte meine Unkosten entschädigen. Ich winkte ab und fuhr vom Hof. Mir saß der Schreck vom ›Panicroom‹ noch in den Gliedern. Natürlich vollkommen unbegründet.

Der Mann war arm dran, aber mit Sicherheit keine Gefahr für Leib und Leben.

Was hatte ich aus dieser Geschichte gelernt? Irgendjemand sollte immer wissen, wo ich gerade etwas besichtige. Es wäre nicht schön, wenn ich im Nichts verschwinden würde, oder?

NERVENSÄGEN

Nicht das, was Sie denken. Nicht die üblichen Probleme, den sonntags rasenmähenden Nachbarn, auch nicht den musikhörenden Teenager im Dachgeschoss. Unsere Erfahrungen sind wesentlich subtiler.

Ich lag in der Badewanne, das Telefon klingelte. Es war wenige Minuten nach 22 Uhr. Ich sah auf das Display und erkannte ›Familie Nervensäge‹.

Gut, heute würde ich rangehen, aber nur ausnahmsweise.

Er rief durch das Telefon: »Hören Sie das?«

»Ich höre nichts.«

»Na diesen Lärm. Das müssen Sie doch auch durch das Telefon hören?«

Ich wollte nichts hören. Ich kannte die Mieter dieses Mehrfamilienhauses. Alles ziemlich nette Leute, ein harmonisches Miteinander – mit Ausnahme einer problematischen Familie. Und genau diese war jetzt am Telefon.

Ein Achtfamilienhaus mit Garten. Ab und zu trafen sich dort einzelne Parteien auf ein Bier. Kein Jugendclub, alles vernünftige Erwachsene, die zusammensaßen. Meines Erachtens nach nicht mal der Anflug einer Ruhestörung. Aber diese Nervensägen sahen das eben anders.

Er meckerte weiter: »Wir liegen im Bett und können nicht schlafen.«

Das konnte ich mir gut vorstellen. Die zwei gingen kurz vor zehn ins Bettchen und dann wurde gemeinsam gewartet. Immer mit dem Blick auf den Wecker. Und endlich war es soweit: zehn, neun, acht, sieben ... 22 Uhr. Sie hielten sich im Ehebett an den Händen und Schlag zehn ging es los.

»Liebling, psst, hörst du was?«

»Klar Liebling höre ich das!«

Und schwupp griffen sie zum Telefonhörer und riefen mich, ihren Hausverwalter, an.

Inzwischen kannte ich diese Anrufe und ziemlich amüsiert plantschte ich weiter in meiner Wanne.

Das Telefon auf laut gestellt, antwortete ich belehrend: »Ich habe es schon zigmal gesagt. Sie wissen, dass eine Abmahnung nur erteilt werden kann, wenn eine gewisse Beweiskraft für das Fehlverhalten der anderen vorliegt. Die Lärmbelästigung muss objektiv bestätigt werden. Dazu brauchen Sie Zeugen oder eine Anzeige bei der Polizei mit der entsprechenden Tagebuchnummer.«

»Die Polizei kommt gar nicht mehr, wenn wir anrufen.«

Warum wohl? Jede Woche ein alberner Anruf wegen nichts, die Beamten hatten sicher ernsthaftere Probleme zu lösen.

Ich flötete: »Das Gerät zur Lärmmessung hatte auch keine signifikanten Ergebnisse gebracht. Alles war im grünen Bereich.«

Er wurde wütend: »Das Gerät war kaputt, was Sie da angebracht haben. Es hat gar nicht ausgeschlagen. Und überhaupt, die Beschwerde meines Sohnes haben Sie auch nicht bearbeitet.«

Ich verdrehte die Augen. »Ach ja, die Schnarchtöne aus der Nachbarwohnung.«

Der Junge war natürlich von seinen Eltern infiltriert. Er hörte Dinge, die kein anderer hören konnte.

Es handelte sich bei diesem Haus um einen Neubau. Wir hatten dem Bauamt das mit der Hellhörigkeit vorgetragen. Die hatten uns ausgelacht. Noch dazu, weil nur diese eine Beschwerde vorlag, sonst keine. In einem Achtfamilienhaus!

Ich wollte das Gespräch zur späten Stunde beenden.

»Ich möchte jetzt auch schlafen gehen, es ist alles gesagt.«

»So nicht, wir haben schließlich auch Rechte und wenn Sie nichts unternehmen, werden wir die Miete kürzen.«

»Wenn Sie eine gerichtliche Auseinandersetzung anstreben, kann ich Ihnen das nicht verbieten. Ein aufwendiges Gutachten ist in diesen Fällen sehr hilfreich und in der Regel auch sehr teuer. Bezüglich der 22 Uhr werde ich mit den anderen Mietern noch einmal das Gespräch suchen. Und jetzt wünsche ich eine gute Nacht.«

Klar war das nervig, aber um des lieben Friedens willen versuchte ich ein letztes Mal die Parteien zu besänftigen.

Eine Mieterversammlung wurde angesetzt. Alle, außer den Nervensägen waren anwesend. Aha, die direkte Konfrontation wurde vermieden, Feiglinge.

Die anderen Mieter hatten einen Sprecher erkoren, einen vernünftigen Mitfünfziger.

»Wir feiern hier keine Orgien, nur ein Feierabendbierchen, keine Musik, kein Trallala. Irgendwann fängt die Brüllerei aus dem Fenster an, oft schon vor zehn. Dabei flüstern wir nur noch, wirklich. Die warten richtig und dann geht es los: ›Ruhe, Ruhe‹. Er ist wie ein Bekloppter. Früher waren die zwei oft in unserer Runde dabei. Eines Tages war damit Schluss warum auch immer. Seit diesem Zeitpunkt haben wir nur noch Ärger. Wir haben angeboten, nur freitags und samstags bis zehn im Garten zu sitzen. Selbst das haben sie verworfen. Die suchen die Konfrontation. Wir sind schließlich hergezogen, weil eine Gartennutzung ausdrücklich im Mietvertrag steht und haben es satt, uns schikanieren zu lassen. Besser wäre es, wenn sie ausziehen würden. Da sind wir uns alle einig.«

Das sah ich ein, alle gegen einen, das ging auf Dauer nicht gut.

»Ich weiß ja, sie rufen auch abends um zehn bei mir an. Ich werde mit ihnen sprechen.«

Der Sprecher trat bestimmt, aber nicht ungehalten auf. »Dann sagen Sie auch dem Sohn, der soll mich in Ruhe lassen. Er will mein Schnarchen durch die Wände hören. Wir haben einen Hörtest gemacht. Selbst in unserer Wohnung hört man durch die Wände absolut nichts. Die haben alle drei eine Meise.«

Das Gespräch hatte nichts gebracht, die Fronten waren verhärtet.

Selbst die Polizei ignorierte die lachhaften Beschwerden und ich war mit meiner Weisheit am Ende.

Die drei Nervensägen wurden ins Büro einbestellt.

»Es tut mir leid. Ich kann in keiner der von Ihnen eingereichten Beschwerden einen substantiellen Verstoß gegen die Hausordnung erkennen. Vielleicht sollten Sie eine einvernehmliche Lösung mit den anderen Parteien suchen. Ich werde die Gartennutzung nicht verbieten. Schließlich haben Sie noch vor Monaten selbst mitgefeiert.«

Der sechzehnjährige Sohn kam mir sofort frech: »Was ist mit der Schnarcherei? Ich kann nicht schlafen.«

»Hören Sie doch auf. Wir haben sowohl im Schlafzimmer als auch in Ihrem Zimmer Lärmmessungen durchgeführt. Null signifikante Ergebnisse.«

Er blieb dabei: »Dann haben Ihre Geräte nichts getaugt.«

»Wissen Sie, an allem sind die anderen schuld. Sie sollten überlegen, ob für Sie nicht eine Veränderung angebracht ist. Ich werde die anderen Mieter nicht disziplinieren. Wenn Sie sich im Haus nicht einigen, dann ist es eben so.«

»Dann werden wir die Miete mindern.«

»Tun Sie das. Die Angaben der geeichten Geräte, die häufigen Anzeigen bei der Polizei könnten vor Gericht auch gegen Sie verwendet werden. Überlegen Sie gründlich. Das würde die Situation im Haus nur eskalieren lassen.«

Die Diskussion brachte kein Ergebnis. Einen Monat später erreichte mich der Anruf einer anderen Hausverwaltung mit einer freudigen Wendung. Familie Nervensäge suchte sich eine neue Wohnung.

»Hatten die Mietschulden bei Ihnen?«

Wahrheitsgemäß bestätigte ich. »Nein, nie.«

»Sonst noch Probleme?«

»Sind ein bisschen lärmempfindlich.«

»Kein Problem, die ziehen ins Dachgeschoss. So weit oben können sie nichts hören.«

Einige Tage später kam die Kündigung: Hurra!

Kurz nach dem Auszug luden mich die Mieter zu einem Gartenfest ein. Ein schöner Abend. Den Nachmieter haben sie selbst organisiert, es gab nie wieder Probleme.

Jahre später rief mich der aufmüpfige Sohn an, mittlerweile war er erwachsen: »Sie haben eine Wohnung im Angebot, die ich gerne anmieten würde.«

Schnell, zu schnell antwortete ich. »Die ist schon vermietet.«

»Ich habe doch noch gar nicht gesagt, welche. Haben Sie etwas gegen mich? Die Diskriminierung von Mietern ist verboten. Ich kann gegen Sie vorgehen!«

»Tun Sie das. Mir egal, sind alle vermietet, versuchen Sie es woanders. Auf Wiedersehen.«

Lachend legte ich auf. Nicht noch einmal.

SWINGERKLUB

Was hat eine Hausverwaltung mit Erotik zu tun? Das hatte ich mich auch gefragt. Wir verwalten alles Mögliche. Aber weder ein Bordell, noch ein Saunaklub gehörten zuvor zu unserer Kundschaft.

Ein Geschäftsmann wurde vorstellig, nachdem er vorab telefonisch um einen Termin gebeten hatte. Es ging um eine Beratung.

»Wie kann ich Ihnen helfen?«

»Ich besitze ein dreistöckiges Miethaus am Stadtrand. Alles bestens saniert. Das Objekt ist an die Betreiberin eines Swingerklubs vermietet. Ich möchte wissen, ob der Mietpreis angemessen ist oder ob ich die Etagen lieber wieder als Wohnungen vermieten sollte? Der laufende Mietvertrag steht demnächst zur Verlängerung an.«

Ho, ho, ein Swingerklub.

»Wie kommen Sie gerade auf mich?«

»Sie sind mir empfohlen worden.«

Ich wollte gerne wissen, wer mich als Sachverständige für Swingerklubs empfohlen hatte. Ich grinste. Das würde sich auf dem Firmenschild sicher gut machen, besonders in unserer Kleinstadt.

»Gern. Wir können uns vor Ort treffen. Die erste Beratung ist bei mir prinzipiell kostenlos. Schauen wir doch, ob wir zusammenkommen.«

»Wie wäre morgen Abend?«

Ich erschrak. »Abends? Nein, ich möchte den Betrieb nicht live erleben. Wie wäre es vormittags, so um acht oder um neun?«

Ich konnte mir nicht vorstellen, dass zu so früher Stunde der Klub schon seine Türen öffnete, nicht mitten in der Woche.

Er war einverstanden, nannte mir die genaue Adresse und wollte mich vor dem Haus erwarten.

Auf dem Heimweg entschloss ich mich, einen kleinen Umweg zu fahren. Im Vorbeifahren wollte ich den Klub schon vorinspizieren. Ich wollte wissen, wie so ein Laden von außen aussieht. Neugierig, langsam fahrend, sondierte ich das Terrain. Hätte ja sein können, dass ich dieses oder jenes Fahrzeug vor Ort identifizieren konnte.

Ein unscheinbares Mehrfamilienhaus, keine rote Laterne, nichts Sichtbares, was auf die Branche hingewiesen hätte. Eine dezente Einfahrt in den Hof, maximal für drei oder vier Autos.

Am nächsten Tag stand ich pünktlich um neun vor der Haustür des Klubs.

Ich hatte mein Auto in einer Nebenstraße geparkt. Vorbeifahrende Bekannte mussten mich ja nicht unbedingt hier zuordnen.

Der Besitzer wartete schon und begrüßte mich mit Handschlag. Er wirkte seriös und freundlich, keinesfalls sah er wie ein Zuhälter des Rotlichtmilieus aus.

Wir kamen ins Gespräch. Er hatte das Objekt während einer Zwangsversteigerung gekauft, saniert und an die Betreiberin vermietet.

»Kommen Sie, ich zeige Ihnen alles. Fangen wir im Keller an.«

Ich war überrascht. Der gesamte Keller war hochwertig gefliest, ein Raum mit einem großen Whirlpool ausgestattet, eine moderne Sauna und verschiedene Wellnessliegen. Alles sehr ordentlich und gepflegt.

Er zeigte mir die Einheit im Erdgeschoss. Hell, freundlich, wohlriechend. Ein größeres Zimmer mit einer runden Ledercouch in der Mitte, einer kleinen Bar und einem Großbildschirm. Alles geschmackvoll und picobello sauber. Auf der Theke stand eine Getränkekarte.

»Darf ich?«

»Natürlich.«

Die Preise für Sekt, Bier und Softgetränke waren moderat. Die angrenzenden, kleineren Zimmer dienten wohl als Rückzugsmöglichkeiten, dachte ich mir. Insoweit bezog ich mein Wissen aus dem Fernsehprogramm.

Im Obergeschoss war die Wohneinheit ähnlich eingerichtet, nur die Wandfarben variierten. Auch wieder alles blitzsauber.

Der Hausbesitzer bot mir einen Platz auf der runden Couch an. Aber ich zog dann doch einen Barhocker am Tresen vor, setzte mich und gab mich seriös.

»Und wie sind die Mietbedingungen?«

Er legte mir den Mietvertrag vor. Ich überflog die Mietsumme und die Quadratmeter.

»Das ist ein Top-Preis, dass bekommen Sie nie, wenn Sie die Wohnungen einzeln vermieten. Auch schade für die Einbauten im Keller, die wären überflüssig. Das Dachgeschoss habe ich noch nicht gesehen, das müssten wir noch anschauen, dann kann ich abschließend urteilen. Wollen wir?«

Er winkte ab. »Nein, das geht nicht. Die Mieterin stellt für das Hausprogramm Damen zur Verfügung. Die schlafen in der oberen Wohnung. Die ist genau wie die mittlere Etage ausgestattet.«

Ich grinste ihn an: »Also doch ein Bordell.«

»Nein, aber das gehört dazu, das Klientel erwartet das.«

Jetzt wurde ich neugierig.

»Wie wird denn das Klientel akquiriert?«

»Zeitungsannoncen und online im Internet, länderübergreifend.«

Ich ließ nicht locker:»Was heißt das konkret?«

»Wir sind wenige Kilometer von Hessen entfernt und rekrutieren dort das Gros der Kundschaft.«

Ich lachte ihn an.»Wir, Sie sind doch eingebunden?«

»Nein, nicht wirklich. Ich habe nach der Wende einige Häuser im Osten gekauft, saniert und schaue regelmäßig nach dem rechten.«

»Geht mich nichts an. Sie selbst sind clever. Sie brauchen weder mich, noch einen Makler. Der Mietvertrag ist optimal. Wenn die Dame pünktlich zahlt, verlängern Sie unbedingt, am besten bis zum jüngsten Tag. Nicht mal eine Betriebskostenabrechnung ist notwendig, die Dame zahlt alles selbst. Kein Grund für Sie, etwas zu verändern.«

Er wirkte zufrieden.

Dachte ich mir doch, er wollte nur Bestätigung.

»Danke, schicken Sie mir die Rechnung für die Beratung.«

»Das war Service und mir den Spaß wert. Jetzt habe ich wenigstens eine reale Vorstellung von einem Swingerklub. Übrigens bin ich positiv überrascht, alles sehr modern, sauber und geschmackvoll. Nichts mit Rotlicht und gehäkelten Sofadecken, finde ich gut. Wenn Sie mal was Richtiges für mich haben, rufen Sie ruhig wieder an.«

An diesem Tag hatte mir meine Mitarbeiterin einen weiteren Termin im Hessischen eingetragen, nur wenige Kilometer entfernt.

Ein bestimmt langweiliger Ausflug im Vergleich zum Swingerklub. Bester Laune fuhr ich aufs Dorf, um einen Bauernhof zu besichtigen.

Der sollte mitsamt Nebengebäuden und Ländereien verkauft werden. Das war zwar nicht mein Spezialgebiet, aber ich konnte mir das ja unverbindlich anschauen.

Mein Allerweltsname führte oft zu Verwechslungen, aber ich war konkret angefordert worden.

Ein gesetzter Mann empfing mich am Hoftor. Er schaute grimmig.

Mit ein paar lockeren Sprüchen würde ich den Alten schon aufmischen.

»Richtig schön hier. Gehört alles Ihnen und Sie wollen verkaufen? Wie groß ist das Areal?«

Er murmelte eine unverständliche Zahl in seinen Bart.

Ich zeigte auf die Scheune: »Die würde ich gerne mal von innen sehen.«

Er riss die Augen auf: »Die Scheune?«

»Warum nicht, sieht doch sehr ordentlich aus, gute Bausubstanz.«

Er schüttelte energisch den Kopf und lief in Richtung Haustür. »Nein, wir gehen ins Haus.«

Das kam mir komisch vor. Ich folgte in respektablem Abstand. Vor der Haustür wurde ich unsicher. Hier war kein Mensch, außer uns beiden. Ein Blick auf mein Handy hatte mir gezeigt, dass es keinen Empfang gab. Nicht dass ich einem Massenmörder zum Opfer fallen würde.

»Ach wissen Sie, ich würde gerne erst die Ställe besichtigen. Das Haus können wir zum Schluss anschauen, wenn ich die Unterlagen einsehe.«

Er drehte sich um: »Welche Unterlagen?«

»Na, hat Ihnen das meine Mitarbeiterin nicht gesagt? Ich brauche Grundbuchauszug, Flurkarte, die Hausunterlagen.«

Er schüttelte ärgerlich den Kopf: »Was für Unterlagen? Das geht Sie doch gar nichts an. Ich dachte, Sie …«

Seine Handbewegung war eindeutig.

Das war's. Weg hier. So schnell saß ich noch nie in meinem Auto. Rein, Zentralverriegelung und los. Ich stand unter Schock. Mit zunehmendem Abstand zum Hof entspannte ich mich. Was für ein Tag!

Zukünftig sollten wir bei telefonischen Terminabsprachen noch mehr ins Detail gehen.

Als an einem anderen Tag eine Prostituierte im Büro vorsprach, war ich ein interessierter Zuhörer.

»Ich suche eine Zwei- bis Dreiraumwohnung. Ich arbeite nur tagsüber, nicht nachts, nicht an Sonn- und Feiertagen.«

Sie war dezent und elegant gekleidet. Sie zog aus ihrer Tasche einen Arbeitsvertrag und legte ihn mir vor.

»Ich arbeite für eine überregionale Agentur auf Provisionsbasis. Hier ist mein Vertrag, alles ganz offiziell.«

Ich kam mir vor wie in einem Bewerbungsgespräch für einen Bürojob. Der Vertrag umfasste mehrere Seiten. Da war die Rede von Gesundheitscheck, Mindestvergütung, Abrechnungsmodus, Urlaub und Regelungen bei Krankschreibungen. Der hätte glatt die Zustimmung aller Gewerkschaften gefunden.

Ich war baff.

»O.k., das ist aber dann eine gewerbliche Tätigkeit.«

Sie bestätigte: »Ja, natürlich, ich bin angemeldet. Das war Voraussetzung für meinen Vertrag.«

Ich nickte unwissend und brachte meine Einwendungen vor.

»Gewerbliche Tätigkeit im Wohnraum entspricht einer Umnutzung. Die müsste genehmigt werden und dann gibt es natürlich die Sperrzone. Laut Stadtsatzung ist Ihre Tätigkeit auf ein bestimmtes Territorium begrenzt.«

Sie beharrte auf Ihrer Position: »Ich habe eine Wohnung im Aushang gefunden. Die würde mir zusagen.«

»Welche denn?«

Sie hatte sich die Anzeige einer alten Villa herausgesucht.

Schon sah ich vor meinen Augen das rote Licht im Fenster blinken. Nicht zu vergessen die Bürgerinitiative, bestehend aus Eigentümern und Mietern des gesamten Umfeldes, die bei mir Sturm laufen würde.

»Ich finde es gut, wie professionell ...«, im gleichen Moment wurde mir die Doppeldeutigkeit des Wortes bewusst, »... Sie vorbereitet sind. Aber in einem Wohnhaus mit sechs Parteien sehe ich keine Chance. Sie können mir gerne Ihre Karte hierlassen oder eine Telefonnummer, dann suche ich für Sie eine Alternative.«

Freundlich verabschiedete Sie sich von mir: »Nein, ich wollte genau da hin. Dann sehe ich mich anderweitig um.«

Zack ließ sie ihren Vertrag in der Tasche verschwinden, den ich gar zu gerne zu Studienzwecken kopiert hätte.

Schade, das wäre doch in diesem Spießerhaus ein Mordsspaß geworden und mein Hausmeister hätte mich über das hiesige Klientel bestimmt auf dem Laufenden gehalten.

AUTOSCHIEBER

Es fängt immer alles mit einem Anruf an.

Diesmal ein Anruf der Hausmeisterin. »Du solltest kommen, der ganze Hausflur ist voll Blut. Hier ist etwas passiert. Die Blutspur geht ins erste Obergeschoss. In die Wohnung von dem Russen.«

Vielleicht war es nicht so schlimm. Der Typ war nett. Ich fuhr hin.

Die Hausmeisterin wartete aufgeregt: »Inzwischen weiß ich Bescheid. Es hat gestern Abend eine Schlägerei im Hausflur gegeben. Wahrscheinlich mit dem Russen aus der ersten Etage und noch ein paar undurchsichtigen Typen. Ich habe geklingelt, macht aber keiner auf.«

»O.k., war die Polizei da?«

»Keine Ahnung.«

»Klingeln wir nochmal.«

Null Reaktion. Ich hatte seine Telefonnummer und versuchte mein Glück. In der Wohnung war kein Klingeln zu hören.

Eine Frau mit gebrochenem russischem Akzent ging ans Telefon.

»Was iist?«

»Ich würde gerne meinen Mieter sprechen.«

»Waruum?«

»Das werde ich ihm selbst sagen.«

»Niicht geht.«

»Wieso?«

»Iist krank, in Krankenhaus.«

»Wann wird er wieder zu sprechen sein?«

»Iich nicht weiß.«

Und zack hatte sie aufgelegt. Ich rief nochmals an, vergebens.

Der Typ hatte seine letzte Miete nicht gezahlt und die Blutspur ließ nicht das Beste vermuten.

Ich vertagte vorerst das Problem und entschied mich für abwarten. Vielleicht taucht er in den nächsten Tagen wieder auf.

Drei Tage später rief wieder die Hausmeisterin an.

»Im Haus schleichen mehrere undurchsichtige Typen herum, wahrscheinlich wollen die in die Wohnung von dem Russen. Aber es bleibt alles dunkel.«

»Check mal den Elektroanschluss im Keller. Vielleicht ist der Strom abgestellt.«

Sie bestätigte: »Stimmt, ist abgestellt.«

»O.K., ich überlege mir etwas.«

Am nächsten Tag stand ich vor der Wohnung. Klopfen und Klingeln und ein erneuter Anruf führten zu keiner Reaktion.

Ich hatte ein Schreiben vorbereitet und klebte es an die Wohnungstür:

HAVARIE in der Wohnung!
Bitte dringend bei der Hausverwaltung melden!
Sonst erfolgt eine NOTÖFFNUNG!

Wir warteten zwei Tage ab, wieder ohne Reaktion. Ich rief den Schlüsseldienst an und ließ die Wohnung öffnen. Das Schloss wurde ausgetauscht und ich wagte vorsichtig einen Blick in die Zimmer. Niemand da, Gott sei Dank!

Dafür gab es mehrere Luftmatratzen, Schlafsäcke und Pizzakartons. Bier- und Wasserflaschen, Unterlagen, KFZ-Briefe, Nummernschilder und jede Menge Unrat.

Oh je, das sah eindeutig nach Problemen aus. Ich schloss die Wohnung wieder ab, erneuerte das Datum auf dem Havarieschild und fügte meine Handynummer hinzu.

Inzwischen war auch die zweite Miete nicht bezahlt worden, somit war ein Kündigungsgrund vorhanden. Aber wohin sollte ich die Kündigung schicken? Wieder abwarten.

Am nächsten Tag klingelte mein Telefon.

»Ich hätte gerne den Schlüssel für die Wohnung meines Freundes.«

»Aha und wer ist Ihr Freund?«

»Na der im ersten Stock«, stotterte jemand am anderen Ende der Leitung.

»Name?«

»Ich komme hin, dann geben Sie mir den Schlüssel. Ich habe eine Vollmacht.«

Endlich ein Kontakt, ich stimmte sofort zu.

»O.K., dann sehen wir uns in einer Stunde vor Ort.«

Sicherheitshalber nahm ich meine Hausmeisterin mit.

Ein lässiger Typ im Overall tauchte auf. Ich kannte ihn vom Sehen, ein Schrauber aus der Gebrauchtwagenszene.

Ein Lächeln erschien auf meinem Gesicht: »Die Vollmacht hätte ich gerne.«

»Mein Kumpel ist aus dem Krankenhaus direkt nach Weißrussland zurück. Ich soll mich um alles kümmern. Die Vollmacht kommt noch per Fax. Und überhaupt, was für eine Havarie liegt denn vor?«

Ich blieb höflich: »Aha, dann können wir ja auf das Fax warten. Aber lassen Sie uns schon mal einen Blick in die Wohnung wagen.«

Ich schloss auf. Der Typ lief unbeteiligt durch die Zimmer. Er wusste scheinbar genau Bescheid und ließ sich nichts anmerken.

Ich grinste ihn an: »Interessante Möblierung, nicht wahr? Sieht böse aus und der ganze Unrat.«

Er tat desinteressiert und zuckte mit den Schultern.

»Keine Ahnung, ich soll nur den Schlüssel übernehmen. Im Kühlfach hat er Geld deponiert. Schauen wir mal nach, ob es noch da ist.«

»Oh gut, dann können wir davon die Mietschulden begleichen. Wieviel ist dort deponiert?«

»10.000.«

Ich öffnete den Kühlschrank, abgestellt und leer, logisch - ohne Strom.

»Hier ist nichts.«

Der Typ wurde frech: »Vielleicht haben Sie das Geld genommen?«

Ich nickte: »Möglich, dann lassen wir das mal die Polizei klären, damit kein Verdacht an mir hängenbleibt.«

Ich griff demonstrativ zum Handy und fragte meine Hausmeisterin nach der Telefonnummer der Polizei.

Er hob die Hände: »Stopp. Vielleicht hat seine Frau das Geld schon geholt.«

Wieder grinste ich ihn an: »Aha, oder die Typen, die hier die letzten Tage genächtigt und diesen Saustall fabriziert haben. Ganz zu schweigen von der Klopperei im Hausflur.«

Meine höfliche Phase war beendet: »Ich sage Ihnen, wie das jetzt hier läuft. Morgen um die gleiche Zeit kommen Sie mit den zwei offenen Mieten. Dann räumen Sie die Wohnung. Wenn Sie Ihren Verdacht gegen mich wiederholen sollten und es morgen irgendwelche Probleme gibt, werde ich die Polizei hinzuziehen. Verstanden? Also bis morgen, gleiche Zeit, gleicher Ort.«

Pünktlich stand er am nächsten Tag vor der Haustür, mit großen Taschen und blauen Säcken.

»Die Mieten?«

Er hatte tatsächlich das komplette Geld mit.

»Bekomme ich eine Quittung?«

»Ja klar. Und hier unterschreiben Sie mir bitte die Kündigung der Wohnung im Namen Ihres Freundes.«

Er zählte mir das Geld vor und unterschrieb die Kündigung. Ich schloss auf.

Er wollte nachträglich verhandeln.

»Was ist mit der Kaution? Wird die nicht verrechnet?«

»Können Sie vergessen. Schauen Sie sich hier um. Blutflecken an den Wänden, die Schlüssel alle weg, komplett verdreckt und einen Nachmieter habe ich auch nicht von heute auf morgen. Immerhin verzichte ich auf die Kündigungsfrist.«

»Das ist nicht fair.«

»Da haben Sie Recht, also Dienst nach Vorschrift.«

Ich griff wieder zum Handy.

Er winkte ab: »Okay, ich räume. Lassen wir das.«

In weniger als einer Stunde war alles leergeräumt.

Die Angelegenheit war geklärt, auf meine Weise.

KIND IN GEFAHR

Ein Anruf.

Es war die Geschäftsführerin eines von uns verwalteten Hotels.

»Können Sie kommen? Wir haben hier ein ungewöhnliches Problem.«

»Wichtig?«

»Ich denke schon. Es geht um ein Kind aus dem Nachbarhaus, das Sie verwalten.«

O.K., die fünf Minuten Fußweg sind kein Weltuntergang. Also trabte ich los. Im Hotelrestaurant saß ein kleiner Junge am Tisch, um die drei Jahre alt und alle Frauen der Frühschicht versammelten sich um ihn herum.

»Was ist los?«

Die Chefin erklärte: »Wir haben den Müll rausgebracht und eine Zigarette geraucht. Uns hat fast der Schlag getroffen. Der Kleine hat halbnackt direkt auf der Straße hinter einem Bus gesessen und mit dem Auto gespielt.« Sie zeigte auf ein Plastespielzeug.

»Der Busfahrer hätte ihn gar nicht sehen können. Der startete gerade. Wir sind in letzter Minute dazu gekommen. Wenn der rückwärtsgefahren wäre, hätte es ein Unglück gegeben.«

Sichtlich waren die Frauen aufgewühlt.

Ich war beunruhigt. »Ein Glück, dass ihr eingegriffen habt. Das hätte furchtbar ausgehen können. Was kann ich tun?«

»Viel sagt er nicht. Wir haben ihn gefragt, wo er wohnt. Er hat auf das Nachbarhaus gezeigt, das durch Sie verwaltet wird. Stimmt doch?«

»Ja, stimmt. Habt ihr mal geklingelt?«

»Ja, klar, überall und Sturm. Ist aber niemand zu Hause. Wir haben ihm erst mal was angezogen und ihn versorgt.«

Das sah ich. Er saß schmatzend vor einem Glas Kakao und belegten Brötchen. Der Junge wirkte weder verängstigt, noch verkrampft.

Die Hotelchefin berichtete weiter: »Er sagt immerzu ›danke‹ und lächelt, nennt aber leider keinen Namen. Er hatte nur eine Unterhose an. Ich hatte noch Wechselklamotten von meinem Sohn im Auto. Die haben wir ihm erst mal angezogen.«

Drei Mütter ließen den mutterlosen Jungen nicht aus den Augen. Stimmt nicht, mit mir waren wir schon vier Mütter.

»Soll ich die Polizei rufen?«

»Nein!«, kam es wie aus einem Munde.

»Wir müssen herausbekommen, in welcher Etage er genau wohnt. Ich rufe im Büro an. Tina soll die Hausakte ziehen und nachschauen.«

Tina war auch Mutter und wenige Minuten später mit der Akte vor Ort.

»Ist doch wichtiger oder?«

Ich nickte bestätigend. Jetzt waren wir schon fünf.

Die Hausunterlagen belegten, dass es nur ein Kleinkind im Nachbarhaus gab, in der ersten Etage. Tina hatte den Hauseingangsschlüssel mitgebracht. Wie umsichtig. Wir klingelten an der Haustür, danach an der Wohnungstür. Hier war definitiv niemand zu Hause.

»Rufen wir die Mieter an, ein junges Ehepaar.«

Zwei Telefonnummern sind hinterlegt. Anrufbeantworter bei der Mutter, beim Vater kam kein Ruf an.

Ich machte einen Vorschlag: »Wir müssen die Behörden einschalten.«

Die Hotelchefin antwortete: »Ja, aber wir wissen doch gar nicht, was los ist. Warten wir ab, bis die Mutter sich meldet.«

Eine Hotelmitarbeiterin meldete sich bockig zu Wort: »Welche Mutter denn? Das ist doch keine Mutter. Das Kind könnte tot sein, wenn der Busfahrer zurückgesetzt hätte.«

»Ja, ich weiß. Aber es kann den Eltern auch was passiert sein. Definitiv wissen wir nicht, ob er in diesen Haushalt gehört, das vermuten wir nur.«

Ich betrachtete den Jungen. Er sah aus wie ein Engel, blonde Haare, bildhübsch.

Die Mütter diskutierten laut. Das erste Angebot kam auf den Tisch: »Ich würde ihn mit nach Hause nehmen, bis alles geklärt ist.«

Ich griff ein: »Leute das geht nicht. Das ist Kindesentführung. Wir kriegen jede Menge Ärger.«

Die Nächste mischte sich ein: »Na und. Der Ärger ist es mir wert. Ein Kind am Busbahnhof allein auf die Straße lassen. Das ist unverantwortlich. Wie ist er denn überhaupt da hingekommen?«

»Ich schätze, er ist beim Spielen aus der Wohnung gelaufen und die Tür ist zugefallen. Wahrscheinlich ist er einfach weiter auf die Straße gelaufen.«

Ich konnte mich dunkel an eine ähnliche Situation in meiner Kindheit erinnern: »Kindern passieren solche Dinge.«

»Jaja, aber nicht am Busbahnhof.«

Die Hotelchefin hatte Recht.

Ich hatte eine Idee: »Ich habe eine Bekannte beim Jugendamt, die könnte uns helfen.«

Der Junge hatte inzwischen aufgegessen und strahlte uns an.

Ich telefonierte mit dem Jugendamt und erklärte die Umstände:
»Was sollen wir tun?«

»Du bist sicher, dass er aus dem Nachbarhaus kommt?«

»Ziemlich sicher.«

Ich nannte ihr Name und Adresse und wollte es genauer wissen:
»Waren die Eltern schon mal auffällig?«

»Dürfte ich dir nicht sagen, selbst wenn.«

»O.K., dann sag mir, was wir machen sollen. Hier stehen fünf Mütter in Kampfposition. Wir geben ihn nur raus, wenn sich jemand ernsthaft kümmert. Sonst nehmen wir ihn alle mit nach Hause.«

Sie lachte: »Schon gut. Hast du versucht, die Eltern zu erreichen?«

»Habe ich natürlich. Kein Kontakt. Ich habe auf den Anrufbeantworter gesprochen. Bisher hat sich nichts getan.«

»In Ordnung, ich kümmere mich und bin spätestens um 14 Uhr vor Ort. Falls die Eltern auftauchen, ruf mich sofort an. Könnt ihr euch bis dahin um den Jungen kümmern?«

»Natürlich, gern.«

»Wirkt er ängstlich oder verstört?«

»Nein, wir haben ihn angezogen und versorgt.«

»Wieso angezogen?«

»Na, er hatte nur eine Unterhose an. So saß er auf der Straße.«

»Oh je, ich bin spätestens 14 Uhr da und übernehme den Jungen, alles klar?«

»So machen wir es.«

Ich informierte die Mitarbeiterinnen des Hotels. Die waren sichtlich enttäuscht.

Die Chefin sprach für alle: »Och, wir hätten ihn alle mitgenommen. So ein braver und hübscher Junge.«

»Gut, bis 14 Uhr bleibt er hier. Kümmert euch, ich komme dann wieder.«

Tina und ich mussten zurück ins Büro.

»Machen wir sicherheitshalber einen Zettel an die Wohnungstür, dass die Eltern Bescheid wissen.«

Tina winkte ab: »Wenn die Eltern im Hotel auftauchen, gibt es sowieso Ärger. Die werden sich was anhören müssen. Das soll mal lieber das Jugendamt klären.«

Kurz vor zwei war ich zurück im Hotel.

Der Junge war richtig aufgetaut und fing an zu plappern.

»Mama und Papa an Arbeit.«

Nur seinen Namen verriet er uns nicht.

Meine Bekannte vom Jugendamt tauchte auf. Sie war nicht allein.

»Wir werden den Jungen nicht sofort in die Obhut der Eltern geben, egal was sich ergibt.« Sie zeigte auf ihre weibliche Begleitung. »Sie wird ihn in der Kurzzeitpflege betreuen, bis wir die Umstände geklärt haben.«

»Die Eltern sind also bei euch aktenkundig?«

Meine Bekannte vom Jugendamt verdrehte die Augen.

»Du weißt doch, ich darf nichts erzählen. Ich mache jetzt ein Protokoll.«

Die Mitarbeiter des Hotels berichteten ihr ausführlich vom Auffinden des Jungen. Uhrzeit, Ort, alle Details wurden notiert.

Inzwischen baute die zukünftige Pflegemutti Kontakt zu dem Kleinen auf, sehr geschickt: »Verabschiedet euch.«

Alle Mitarbeiter drückten den Jungen herzlich.

»Eine letzte Frage. Was sollen wir machen, wenn die Eltern hier auftauchen? Weil wir doch den Zettel an die Wohnungstür gemacht haben.«

»Hier ist meine Karte. Die sollen sich an mich wenden.«

Wir winkten dem Jungen zu.

»Wartet mal, kennst du seinen Namen? Kannst du uns wenigstens seinen Vornamen verraten?«

»Oliver, er heißt Oliver.«

Oliver winkte uns fröhlich zu und rief immer wieder: »Dankeschön, danke.«

»Alle zurück an die Arbeit!«, rief die Geschäftsführerin. »Wir hinken unserem Pensum hinterher.«

Als ich das Hotel verlassen wollte, kam ein junges Pärchen auf mich zu: »Gehören Sie zum Hotel?«

Ich ahnte es schon: »Ja, und?«

»Was haben Sie mit unserem Kind gemacht? Wo ist bitte mein Sohn?«

Bedrohlich kam mir der Mann nah. Seine Frau heulte. Nicht alle Mitarbeiter waren schon auf den Etagen verschwunden. Die Chefin und eine Angestellte bauten sich vor ihm auf und los ging's: »Was bilden Sie sich überhaupt ein, hier den großen Max zu machen? Wir haben Oliver von der Straße geholt und gerade noch verhindert, dass ihm etwas passiert ist. Er hätte vom Bus überfahren werden können und überhaupt, wo waren Sie? Warum war er so lange allein zu Hause?«

Der Typ stolperte rückwärts.

Ich bremste die wütenden Frauen, sah aber die Sache genauso. Ich sprach die heulende Mutter an: »Hier ist die Telefonnummer des Jugendamtes. Dort ist er in Betreuung. Seien Sie froh, dass diese Frauen geholfen haben. Ein Dankeschön wäre angebrachter.«

Der Vater hatte sich noch nicht beruhigt und blieb aggressiv: »Das werden wir erst mal sehen. Sie werden noch jede Menge Ärger bekommen!«

Er griff die Hand seiner Frau und zog sie hinter sich her. Sie drehte sich verzweifelt um und rief unter Tränen: »Tut mir leid und danke.«

Alles ist nochmal gut ausgegangen. Niemand verletzt, den Rest klären die Behörden. Und Oliver wusste von diesem Tag an, wo er in der Nachbarschaft Hilfe bekommen würde.

Nicht immer geht es so glimpflich aus. Nicht immer.

In einem unserer Verwaltungsobjekte wohnte eine dreiköpfige Familie: Vater, Mutter, ein zweijähriges Mädchen. Die Eltern hatten keine Arbeit, die Miete kam vom Amt. Die anderen Mieter des Hauses beschwerten sich über Lärmbelästigungen. Nächtliche Partys mit Freunden und reichlich Alkohol waren üblich.

Dennoch tauchten sie ständig bei uns im Büro auf und beschwerten sich über alles Mögliche. Mal war das Hausflurlicht nicht hell genug, mal war der Satellitenempfang mangelhaft. Irgendwas fanden sie immer, um Tina im Büro zu schikanieren.

Meine Bürotür zum Empfang ist immer geöffnet. Nicht weil ich neugierig bin. Ab und zu springe ich ihr zur Seite, wenn allzu freche Bürger Rabatz machen.

Dieser Familienvater schnauzte zum wiederholten Mal unberechtigt meine Mitarbeiterin an. Seine Frau stand mit der kleinen Tochter neben ihm. Ihren Schwangerschaftsbauch weit vorgeschoben, unterstützte sie durch eifriges Nicken die Beschwerden ihres Mannes. Das kleine Mädchen schaute verängstigt und hüstelte vor sich hin. Ich stand von meinem Schreibtisch auf und unterbrach seinen Wortschwall: »Es reicht. Schauen Sie mal auf die Uhr. Es ist kurz nach zehn am Vormittag. Ihre Alkoholstandarte rieche ich bis an meinen Schreibtisch. Ihre Frau ist schwanger. Die Kleine hier hustet immerzu und Sie drei stinken wie eine Raucherkneipe. Nehmen Sie einen Gang raus. Weniger Party, weniger Alkohol, weniger Zigaretten. Werden Sie sich Ihrer Verantwortung bewusst und kümmern Sie sich um Ihre Familie. Tauchen Sie nie wieder betrunken in diesem Büro auf. Also Abmarsch.«

Der Typ war so perplex, dass er sich umdrehte und seine Frau und die Kleine leicht vor sich nach draußen schubste.

Tina war nicht überrascht. Sie kannte mein radikales Eingreifen in unangenehmen Situationen: »Das haben die gebraucht. Machen wir erstmal das Fenster auf. Immer dieser Gestank, wenn die da waren, wie in einer Hafenkneipe.«

Es wurde ruhiger um die Familie. Das zweite Baby wurde geboren, ein Frühchen.

Monate später war ich schockiert. Eine Nachbarin der jungen Familie informierte mich telefonisch: »Das Frühchen ist heute Nacht gestorben, wohl ein plötzlicher Kindstod. Wir haben die Behörden im Haus, die ermitteln in solchen Fällen immer.«

Wenige Tage danach folgte in der Presse eine herzzerreißende, riesige Todesannonce.

HAVARIEN

Wann ist es wirklich eine Havarie?

Wenn übers Wochenende ein nicht fachmännisch geschlossenes Eckventil, Wasser über fünf Etagen nach unten verteilt?

Oder wenn der Waschmaschinenschlauch bei einem Mieter platzt, der nicht versichert ist?

Havarien passieren selten von Montag bis Freitag während der üblichen Geschäftszeiten. Sie kommen unverhofft, nachts, an Feiertagen, an Wochenenden, jedenfalls nie, wenn man sie gebrauchen kann.

Ein Rentnerehepaar arbeitete seit Jahren für uns im Hausmeisterdienst. Zuverlässig und umsichtig.

Er rief mich an: »Du solltest gleich herkommen. Wir haben hier ein größeres Problem, glauben wir zumindest. Schau es dir einfach an.«

Eigentlich riefen sie mich nie zu einem Objekt. Da musste schon etwas Ernsthaftes passiert sein.

Ein Vierfamilienhaus in der Südstadt. Drei traumhafte, große Wohnungen. Im Souterrain eine kleine Einheit, preiswert und schön.

Ein Schichtarbeiter hatte sich nach der Trennung von seiner Familie dort eingemietet. Das Geld kam schleppend, aber es kam.

Ich stand im Garten. Der Hausmeister zeigte auf die Hauswand: »Schau dir die Feuchtigkeitsflecken im Mauerwerk an. Das kommt eindeutig von innen. Wir können nicht durchs Fenster schauen. Alles ist verhängt, aber auf dem Fensterbrett siehst du Schimmel. Hier stimmt was nicht.«

Ich griff zum Telefon, der Mieter war bei mir eingespeichert. Er ging nicht dran.

»O.K., ich habe einen verplombten Reserveschlüssel. Ich hole ihn, hier ist Gefahr in Verzug.«

Ich fuhr ins Büro und war einige Minuten später wieder vor Ort. Inzwischen rief mich der Mieter zurück.

»Was ist los, ich habe Frühschicht?«

»Irgendetwas stimmt nicht in Ihrer Wohnung, vielleicht ein Rohrbruch. Könnten Sie schnellstmöglich vorbeikommen und aufschließen?«

Er blockte geradezu ab: »Nee, das passt mir nicht. Vielleicht nächste Woche. Auf keinen Fall heute und jetzt.«

»Dann werde ich den Havarieschlüssel nutzen. Besser Sie kommen.«

Ich legte auf und öffnete die Tür. Über drei Treppenstufen hinab, gelangte man in die Wohnung. Alles war dunkel verhangen. Das Licht funktionierte nicht. Nach der zweiten Stufe stand ich mit einem Fuß im Wasser. Ich schrie auf: »Das kann doch nicht wahr sein. Die ganze Bude steht unter Wasser.«

Ich patschte durch das Nass zum Fenster und zog die Vorhänge beiseite. Nur die drei Stufen hatten verhindert, dass der Keller nicht geflutet wurde.

Der Elektrokasten war offen, der FI-Schalter war unten. In der gesamten Wohnung war glücklicherweise der Strom abgestellt.

Im Wasser alles wild durcheinander, Schuhe, Bücher, Klamotten, wie bei einem Hochwasser. In einer Ecke sprühte aus der Decke ein feiner Strahl. Ich fühlte und roch daran. Glücklicherweise war es Trinkwasser.

Ich rief dem Hausmeister zu: »Haupthahn zudrehen, sofort!« Parallel hatte ich das Handy am Ohr, der Klempner stand auf Kurzwahltaste.

»Ich brauche euch und zwar sofort. Eine Überschwemmung und wenn ich das sage, meine ich es. Eine ganze Wohnung steht fast 20 cm unter Wasser.«

Ich watete nach draußen und schüttete das Wasser aus meinen Schuhen.

Der Klempner war zwanzig Minuten später vor Ort.

Er staunte nicht schlecht: »Die reinste Poolanlage, nicht? Ich habe einen Nasssauger im Auto. Wir legen einen Schlauch in den Garten, aber die Menge ist schon heftig. Zunächst müssen wir die Ursache ermitteln. Ich muss in die obere Wohnung.«

Den Schlüssel hatte ich mir sicherheitshalber schon von der Mieterin besorgt, sowie das O.K., ihre Wohnung zu betreten.

Der Klempner vermutete das Loch in einer Ecke in der Küche ihrer Wohnung. Gnadenlos ging er mit Hammer und Meißel zur Sache. Schon nach einer halben Stunde war die Ursache lokalisiert. Ein winziges Loch, Lochfraß. Er reparierte und im Keller lief der Nasssauger.

Das war ein Fall für die Versicherung. Das Erscheinen eines Gutachters war zwingend notwendig.

Endlich tauchte der Mieter auf. So richtig überrascht schien er nicht: »Wieso sind Sie in meiner Wohnung?«

Ich zuckte mit den Schultern: »Havarie - im wahrsten Sinne des Wortes.«

Der Klempner mischte sich ein: »Das Loch oben in der Küche gibt es nicht erst seit gestern. Ich kann Ihnen locker ausrechnen, wie lange das Wasser hier läuft, mindestens fünf bis sechs Wochen.«

»Wie bitte? Wochen schon?« Ich ging den Mieter an: »Wie lange wissen Sie denn schon, was hier los ist?«

Der Mieter formulierte seine Antwort vorsichtig: »Ja, so ein paar Tage geht das schon.«

Ich konnte es nicht glauben: »Sie wissen das seit Wochen und zeigen keine Reaktion?«

Er zuckte mit den Schultern: »Ich war ein paar Tage unterwegs und wollte mich ja melden, aber ich kam nicht dazu.«

Ich zeigte auf den FI-Schalter: »Den haben Sie ausgemacht, schön durch die Brühe abends ins Bettchen. Sie schlafen hier und planschen seit Wochen durch das Wasser. Ein Bettlaken hängt schräg unter der Decke, genau dort, wo das Wasser von oben kam. Damit Sie das Plätschern nicht hören oder zum Spaß?«

»Jetzt machen Sie mal halblang. So schlimm ist das nun auch nicht, ist schließlich nicht mein Rohrbruch, sondern der von oben!«

»Sie haben durch Ihr Verhalten den Mietgegenstand geschädigt und zwar nicht zu knapp. Die Feuchtigkeit ist sogar schon von außen zu sehen. Sie fliegen hier raus. Das garantiere ich Ihnen jetzt schon.«

Ich war sowas von in Rage. Das glaubt mir doch kein Mensch, der Typ schläft wochenlang in einem Planschbecken.

»Wie haben Sie es überhaupt jeden Tag ins Bett geschafft, im Freistil?«

Er zeigte auf die Taschenlampe am Garderobenhaken: »Das ging schon.«

Mein Finger zeigte auf das nasse Chaos: »Ich werde einen Container bestellen. Nehmen Sie Ihre persönlichen Sachen, die die Sie retten können und wollen. Der Rest kommt in den Container. Sie können froh sein, wenn Sie der Eigentümer nicht verklagt. Melden Sie Ihre abgesoffenen Sachen Ihrer Hausratversicherung. Machen Sie Listen und Fotos. Hier schläft vorläufig niemand mehr.«

»Wohin soll ich denn jetzt?«

»Fragen Sie doch mal, ob die im Schwimmbad noch ein Plätzchen für Sie haben. Das ist jetzt wirklich Ihr Problem. Sie werden schon bei einem Kumpel unterkommen.«

»Ich hab' keine Hausratversicherung. Kann ich mir nicht leisten. Sie müssen meinen Schaden bei Ihrer Versicherung mit anmelden.«

Ich schüttelte den Kopf: »So läuft das nicht. Für Ihren Hausrat sind Sie selbst zuständig.«

Der Klempner zog mich von dem Mieter weg: »Regen Sie sich nicht so auf. Dem fehlen ein paar Schrauben. Schläft hier in einer schwimmenden Wohnung. Das Loch oben ist geflickt. Wir lassen eine Pumpe über Nacht laufen, da kann man morgen die Wohnung begehen. Wichtig ist, dass der Gutachter so schnell wie möglich auftaucht. Fotos haben Sie doch genügend gemacht.«

Ich war dankbar für die pragmatische Unterstützung.

Der Gutachter kam am nächsten Tag und schmunzelte: »Der Mieter war wohl im Jahresurlaub oder wie lange ist das hier gelaufen?«

Ich zeigte ihm das defekte Stück Rohr. Kleine Ursache, große Wirkung.

Er brauchte fast eine Stunde, um oben und unten alle Schäden zu dokumentieren.

»Das wird eine ganz schöne Hausnummer: Fußböden, Wände, die Küche, das geht in die Zehntausende. Besser Sie treten die Schadensregulierung an die Versicherung ab.«

Das bedeutete, die Versicherung würde den Schaden mit einer eigens bestimmten Firma beseitigen. In diesem Fall ging es gar nicht anders. Der Schaden war einfach zu groß für meine Möglichkeiten.

Ich stimmte der Abtretung zu.

Der Gutachter belehrte mich freundlich: »Die Beräumung der unteren Wohnung muss von Ihnen, beziehungsweise dem Mieter, organisiert werden. Hier muss alles leer sein. Der Belag muss raus. Es werden Bohrungen für die Trocknungsgeräte notwendig.«

Ich griff zum Telefon und bestellte einen Container.

In diesem Moment tauchte der Mieter wieder auf. Ich überreiche ihm die Kündigung, die ich bereits vorbereitet hatte.

Der schüttelte den Kopf: »So geht das nicht. Ich bekomme doch nie wieder so eine preiswerte Wohnung.«

Da war ich mir sicher.

»Sie sollten das akzeptieren und den Vermieter nicht noch zu aufwendigen Schadenersatzforderungen provozieren.«

»Was ist mit meinem Hausrat? Ich dachte so an 10.000 € für meine Sachen.«

Was für ein Spaßvogel.

»Das ist Ihre Sache. Sie gehen jetzt durch. Was Sie retten wollen, retten Sie. In zwei Stunden geht der Rest auf den Container. Ich habe Leute bestellt. Ich will die nassen Sachen aus dem Haus haben. Morgen beginnt die Trockenlegung, dann muss die Bude leer sein.«

Er fing an zu heulen: »Wie soll ich das in so kurzer Zeit schaffen?«

»Mir egal, ist sowieso alles schon aufgequollen. Holen Sie Freunde, Verwandte, Bekannte. Heute Abend sind hier die Messen gesungen. Seien Sie froh, dass der Vermieter den Container übernimmt.«

Sein Gejammer wurde lauter: »Ich kann doch nichts dafür, dass das Wasser durch die Decke lief, wochenlang.«

»Wochenlang« hatte er gesagt. Ich ließ ihn einfach stehen.

Er schaffte es tatsächlich, seine Klamotten mit ein paar Freunden am Nachmittag einzusammeln. War nicht viel, was zu retten war.

Der Container wurde abends abgefahren, randvoll.

Am nächsten Tag rückte die Firma der Versicherung an.

Sechs Wochen liefen die Trockenapparate, bis erste Messungen signalisierten, dass sie mit der Renovierung beginnen konnten.

Nach knapp drei Monaten war die Wohnung wieder bezugsfertig und wer stand vor der Tür? Der gekündigte Mieter.

»Vergessen Sie es. Der Schaden belief sich auf über 40.000 €. Ansonsten eröffnen wir noch Regressforderungen gegen Sie.«

Er trabte schimpfend ab.

Das hatte schon was, eine winzige Ursache und diese immense Wirkung.

Weihnachten ist ein schlechter Termin für Havarien.

Als Hausverwalter haben Sie zwei Möglichkeiten. Sie erwischen noch vor Heiligabend einen Handwerker oder Sie resignieren und gehen ebenfalls auf Tauchstation.

Besondere Vorsicht gilt an den zwei letzten Freitagen vor Weihnachten. Fast alle Handwerkerfirmen legen ihre Weihnachtsfeier auf genau diese Freitage. Da geht gewöhnlich gar nichts. Das sind heftige Feiern mit viel, oftmals sogar mit sehr viel Alkohol. An diesen Tagen gibt es auch keinen Bereitschaftsdienst. Man wählt sich die Finger wund – vergebens.

So erwischte es mich in einem großen Mietshaus am Freitag vor Heiligabend. Zwölf Familien saßen im Kalten. Die Heizung war am späten Nachmittag ausgefallen. Es war einfach kein Handwerker zu erreichen. Auch konkurrierende Unternehmen waren nicht ans Telefon zu bekommen. Es galt abwarten und beruhigen, bis zum nächsten Morgen. Ein paar Stunden lang sollte die Wärme noch halten. Sonst hätten alle in ein Hotel umziehen müssen.

Samstag früh, ab 5:00 Uhr, versuchte ich den Notdienst zu erreichen. Endlich, eine Stunde später, hob am anderen Ende der Leitung eine total versoffene Stimme den Hörer ab.

Ich bettelte förmlich: »Hallo. Gut, dass ich Sie erreiche. Ich habe hier einen sehr ernsten Notfall. Die komplette Heizung ist ausgefallen. Über 30 Leute sitzen im Kalten, eine Menge Kinder sind dabei.«

Das Grummeln meines Gesprächspartners war unverständlich. Er legte einfach auf.

Sofort startete ich meinen nächsten Versuch. Nunmehr brüllte ich ins Telefon: »Hallo, Sie haben Bereitschaft. Wo wohnen Sie? Ich hole Sie ab. Die Heizung muss heute noch repariert werden und genau jetzt müssen Sie kommen. Jetzt!«

Wieder ein Grummeln: »Ich komme.«

Ich atmete auf und sendete ein Stoßgebet gen Himmel.

»Danke, ich warte vorm Haus. Die Adresse ist …«

Es war saukalt. Eine halbe Stunde später kam das rote Auto mit dem Monteur. Er fiel fast aus dem Auto und ich roch sofort eine heftige Alkoholfahne.

»Tschuldigung, gestern war Weihnachtsfeier.«

Dachte ich mir. Da mussten wir jetzt durch. Und ich musste ihn bei Laune halten, also ja nicht meckern.

»Macht nichts, wir kriegen das schon hin. Jetzt sind Sie ja da.«

Im Heizungskeller checkte er die Lage: »Die Umwälzpumpe ist im Arsch. Ich weiß nicht, ob der Chef noch eine im Lager liegen hat, sonst sieht es schlecht aus.«

»Och, wir sind einfach optimistisch, das wird schon. Wo ist denn das Lager?«

»Bei uns in der Firma.«

»Haben wir da einen Schlüssel?«

Er nickte müde: »Haben wir. Ich fahr da erst mal hin.«

Um Gottes Willen, den sehe ich doch nie wieder, dachte ich.

»Ich fahre Sie!«

Er war einverstanden: »Ist vielleicht besser so.«

Das Lager war am anderen Ende der Stadt. Am Samstag vor Weihnachten war so früh auf den Straßen nichts los.

»Warum halten wir an der Tankstelle?«, fragte er mich schläfrig.

»Ich dachte, ein Kaffee würde Ihnen guttun.«

Im Lager angekommen, schlich ich mit ihm durch die Regale. Endlich fanden wir die Pumpen.

»Sie haben Glück, hier liegen noch zwei.«

»Nehmen wir doch beide mit, falls eine nicht geht. Ich kläre das mit dem Chef.«

Auf der Fahrt zurück, schlief der Typ auf dem Beifahrersitz ein. Ich weckte ihn vor dem Haus: »Jetzt können wir loslegen.«

Er stolperte zurück in den Heizungskeller. Ich schleppte die Handwerkerkisten nach unten. Er hockte schon wieder in der Ecke.

»Na los jetzt, Attacke!« Ich verschwand kurz in einer Bäckerei in der Nähe, holte weiteren Kaffee, Cola und Frühstück. Alles für ihn. Inzwischen war er tatsächlich beim Montieren.

»Sie brauchen nicht hier zu bleiben, ich krieg das schon hin«, lallte er vor sich hin.

»Kein Problem, ich bleibe gerne und versuchte mich in Hilfsarbeiten.« Und natürlich reichte ich Kaffee, belegte Brötchen und Schraubwerkzeuge.

Zwölf Familien warteten auf Wärme und den Weihnachtsmann. Sicherheitshalber hatte ich schon zu einem benachbarten Hotel Kontakt aufgenommen. Doch die Mieter vertrauten auf mich und den Monteur. Schließlich wollte jeder die Bescherung in seinen vier Wänden erleben.

Inzwischen stank der Heizungskeller wie eine Destille. Ich hatte einige Mühe, die neugierigen Mieter und ihre gut gemeinten Ratschläge abzuwehren. Das Vertrauen durfte schließlich nicht schwinden.

Er schraubte und ich reichte das Handwerkszeug. Die alte Pumpe flog in die Ecke, die Neue wurde installiert.

Wir waren kurz vor der Inbetriebnahme des Systems. Er freute sich sichtlich über meine Hilfe und wurde langsam nüchtern. Ich mutierte zum Lehrling und stellte eine dumme Frage.

»Warum ist diese Pumpe sorum eingebaut, die alte war doch andersrum installiert?«

Ich erwartete eine altkluge Zurechtweisung. Er riss die Augen auf und staunte nicht schlecht: »Tatsache, falsch rum. Da muss ich nochmal ran. Gut, dass wenigstens Sie den Durchblick haben.«

Gegen 10 Uhr waren wir fertig.

Er gähnte zufrieden: »Da kann ich ja jetzt gehen. Frohes Fest für Sie.«

»Nichts da, bis es in den Wohnungen nicht warm ist, lasse ich Sie hier nicht weg.«

Ich öffnete meine Brieftasche und zog einen Fünfziger raus.

Er war einsichtig, blieb und eine Stunde später war die Havarie überstanden.

Am heißesten Tag des Jahres, in den Sommerferien, war im Büro sowieso nichts los. Ich konnte mich ohne schlechtes Gewissen ins Schwimmbad absetzen.

Tina war im Urlaub und die Ansage des automatischen Anrufbeantworters war eindeutig: Kontakt im Notfall übers Handy. Und das würde im Schwimmbad kaum funktionieren. Das wohl schönste Waldbad lag in einem Funkloch und garantierte eine stressfreie Zeit. So plätscherte der Nachmittag im wahrsten Sinne des Wortes vor sich hin. Als ich gegen Abend die funkfreie Zone verließ, konnte ich acht Anrufe auf dem Display zählen. Alles eine mir unbekannte, aber identische Nummer. Hallo, hier war ja richtig was los. Ich rief zurück.

Am anderen Ende war ein Beamter der Feuerwehr.

»Wir haben hier eine Havarie. Können Sie bitte kommen?«

»Natürlich, sofort.«

Ich begab mich zum Tatort. Zwei Feuerwehrautos, eine Unmenge von Schläuchen, zwei Mietparteien des Dachgeschosses und natürlich Passanten. Kein Rauch oder Gestank.

Ich stellte mich vor. Der Feuerwehrmann lachte mich freundlich an: »Kein Grund zur Panik, kein Feuer. Sie wissen ja, dass diese Heizung und auch das Warmwasser durch Fernwärme gespeist werden. Die Leitung ist kaputt und deshalb ist reichlich heißes Wasser ausgetreten. Der gesamte Keller steht unter Wasser, so ungefähr zwanzig Zentimeter hoch.«

Ich atmete tief durch, keine Verletzten, nur ein bisschen Wasser, das war für mich nicht neu. Ich sah nicht so große Probleme auf mich zukommen.

»Warum dieser Aufwand, so viele Schläuche?«, wollte ich wissen.

»Das Wasser hat über 60 Grad. Unsere normalen Schläuche gehen da nicht. Wir haben Spezialschläuche holen müssen.«

Das leuchtete mir ein: »Dann schauen wir uns den Spaß doch mal an.«

Der Typ lachte schon wieder: »Warten Sie. Das geht nicht. Sie können noch nicht ins Treppenhaus, geschweige in den Keller. Das Wasser ist heiß und das ganze Treppenhaus gleicht einer riesigen Sauna. Deswegen sind wir alle hier draußen. Wir mussten mit einem Schutzanzug nach unten, die Schläuche verteilen.«

Ich konnte es nicht glauben. Draußen lief mir schon der Schweiß und drinnen sollten doppelt so hohe Temperaturen sein.

»Wir pumpen. Wir haben den Haupthahn abgestellt. Es läuft also nicht weiter. Das dauert jetzt noch ein, zwei Stunden, dann ist der Keller so gut wie leer. Dann können Sie es versuchen. Machen Sie alle Fenster auf und ordern Sie schon mal einen Klempner und jede Menge Trocknungsgeräte, die werden Sie brauchen. Das ist dann Ihre Sache.«

Er zeigte auf einen der Dachgeschossmieter, der auch auf der Straße stand: »Der hat uns glücklicherweise geholt.«

Ich wollte mich selbst überzeugen und wagte mich in den Hausflur.

Keine Chance, eine feuchtheiße Wand stoppte mich. Ich rief den Versicherungsvertreter übers Handy an: »Wir brauchen morgen einen Sachverständigen vor Ort. Keine Ahnung, welche Schäden hier entstehen. Zurzeit gleicht das Haus einer Sauna.«

Zum Glück gab es in diesem Haus nur zwei kleine Wohnungen, ganz oben. Die vier Etagen darunter wurden gewerblich genutzt und kein Gewerbemieter war vor Ort. Die waren wahrscheinlich im Urlaub oder auch im Schwimmbad.

Eine gute Stunde später baute die Feuerwehr ab.

Ich wollte den Keller checken, wieder keine Chance, nach vier, fünf Stufen resignierte ich, immer noch zu heiß.

Die Fenster im Hausflur konnten wir zwar öffnen. Eine Erleichterung war das bei diesen Außentemperaturen aber nicht gerade.

Die Mieter aus dem Dachgeschoss flüchteten in ihre Wohnungen.

Sie hatten Glück, im Dach gab es eine massive Zwischentür zu den Wohnungen. Dort war es auszuhalten. Die feuchtwarme Hitze konzentrierte sich auf den Hausflur und natürlich auf den Keller.

Am nächsten Vormittag konnten wir den Schaden erahnen. Die feuchte Wärme hatte bereits gewirkt. Die gesamte Tapete schälte sich von selbst von den Wänden. Die Stufenbeläge der Treppe lösten sich. Der Hausflur hatte wie ein Schlot gewirkt und die feuchte Wärme gleichmäßig verteilt.

Der Gutachter nickte die Schadensbeseitigung ab und wir durften wieder eine größere Baustelle betreuen.

So hatte der heißeste Tag dieses Sommers auch unsere heißeste Havarie gebracht.

SONDEREINSATZKOMMANDO

Das Telefon klingelte.

Es war Tina. »Bist du schon unterwegs ins Büro?«

»Wieso?«

»Der neue Hausmeister hat angerufen, du sollst zum Busbahnhof kommen. Zwei Sixpacks vom Sondereinsatzkommando wollen dort eine Wohnung wegen Drogen stürmen und fragen nach Schlüsseln.«

Na was denn nun, stürmen oder aufschließen?

»Der Hausmeister hat Schlüssel, ich bin gleich da.«

Eine junge Frau mit Kind hatte dort vor zwei Jahren eine Dreiraumwohnung angemietet. Zunächst kam das Geld pünktlich vom Amt. Plötzlich hörten die Zahlungen auf. Parallel beschwerten sich Nachbarn über nächtlichen Partylärm. Das war nicht alles. Mehrere Stimmen im Umfeld berichteten über ein- und ausgehende Leute im Hausflur. Die Hauseingangstür stand laufend offen.

Ich bat den Hausmeister zu recherchieren. Ich wollte wissen, was da los war. Es sollte ein Drogentreffpunkt sein. Offiziell wohnte eine Mutter mit Kind in der Wohnung.

Unser Hausmeister wusste bereits Bescheid.

»Nee, die junge Frau scheint gar nicht mehr dort zu wohnen. Das ist ein junges Pärchen, ich kenne die nicht.«

»Schön, dass ich das auch mal erfahre.«

Mahnungen hatten nichts erreicht. Telefonate gleich Null. Vielleicht sollte ich selbst einmal vorsprechen. Ich klingelte abends an der Wohnungstür. Aus der Wohnung kamen leise Geräusche. Ich trommelte an die Tür: »Aufmachen, wir haben eine Havarie im Haus, bitte sofort aufmachen. Hier ist die Hausverwaltung. Bitte öffnen Sie.«

Drinnen raschelte es, mehr nicht.

In unserem Städtchen gibt es eine Kontaktbeauftragte der Polizei. Ich sprach sie an und schilderte das Problem: »Angeblich werden dort in Größenordnungen Drogen vertickt.«

Interessiert machte sie sich Notizen. Wochen vergingen, nichts passierte.

Inzwischen war eine unzureichende Mietzahlung auf dem Hauskonto eingegangen. Man hatte mich also wahrgenommen, immerhin.

Und jetzt dieser Anruf?

Ein SEK-Einsatz in meiner Hausverwaltung und das am Busbahnhof, mitten am Tag. Der Garant für Stadtgespräche.

Als ich ankam, war die Haustür schon aufgebrochen. Ich begutachtete den Schaden.

Der Hausmeister kam mir im Treppenhaus entgegen und wedelte mit dem Schlüsselbund.

»Tut mir leid Chefin, ich kam zu spät. Oben geht's. Die wollten erst mit dem Rammbock loslegen, aber die Wohnungstür öffnet ja nach außen.«

Ich atmete tief durch. Mit einem Rammbock. Es war ein altes Haus, wir hatten die Wohnungstüren erst erneuern lassen und jetzt das.

Viele, sehr viele Beamte waren in der kleinen Wohnung zugange. Entschlossen meldete ich mich.

»Entschuldigung, ich vertrete den Hauseigentümer, können Sie mich aufklären?«

Ich zückte den Personalausweis und legte meine Visitenkarte obenauf.

Ein Beamter in Zivil kam freundlich auf mich zu. »Sie sehen ja, was hier los ist.«

»Klären Sie mich auf. Darf ich?« Ich wagte einen Schritt in den Wohnungsflur. Der Polizist tolerierte es.

Im Bad sah ich einen mir vollkommen unbekannten Kerl, eher ein Kerlchen. Er war mit Handschellen an die Mischbatterie der Badewanne gefesselt. Eine dünne, junge Dame tanzte vor den Beamten halbnackt durch die Wohnung. Die Polizisten waren amüsiert. Offensichtlich war sie high. Ich wagte weitere Schritte vorwärts. Im Wohnzimmer sah ich ein Bett voller kleiner Tütchen mit weißem Pulver. Ein laufender Flachbildfernseher und Unmassen von Unrat.

Der Blick in die Küche war zum Erbrechen. Dreck, vergammelte Lebensmittel, Berge von Wäsche, kein Durchkommen. Das Schlafzimmer im gleichen Zustand. Ich war bedient.

»Wer hat hier das Sagen?«

Es meldete sich wieder der nette Beamte in Zivil.

»Kann ich Sie sprechen?«

Wir gingen in den Hausflur, drinnen war es zu eklig. Und diese tanzende Göre war belastend.

»Was passiert jetzt mit den beiden? Ich habe die noch nie gesehen. Hier wohnt eine alleinstehende Frau mit Kind. Sie sind definitiv nicht die Mieter dieser Wohnung.«

Er beruhigte mich: »Wir nehmen die jetzt mit.«

»Schön, dann sehe ich die nie wieder.«

Er schüttelte mit dem Kopf: »Keine Ahnung, aber in zwei, drei Stunden sind die wieder draußen.«

»Wie bitte? Und die Drogen?«

»Die nehmen wir mit. Mehr als die Aufnahme der Personalien und des Sachverhalts wird nicht passieren, unsere Rechtsprechung. Bei solchen Sachen wird gesammelt, bis es zu einer Verurteilung reicht, das ist üblich.«

Unglaublich.

»Ich habe eine Bitte«, und zeigte auf das Schlüsselbrett im Wohnungsflur. »Ich hätte gern einen Wohnungsschlüssel. Sie haben ja den Unrat gesehen, die Maden auf den Pizzakartons. Ich muss etwas machen, sonst haben wir hier bald eine Invasion von Viechern.«

»Das geht nicht, Sie müssen sich zivilrechtlich mit den Leuten auseinandersetzen. Sie sind nicht einmal der Eigentümer, nur der Hausverwalter.«

»Der Eigentümer taucht gerade im Mittelmeer. Ich habe Prokura. Das kann ich nachweisen, glauben Sie mir.«

Ich brauchte unbedingt einen Wohnungsschlüssel.

»Ich kenne die doch gar nicht, vielleicht sind es sogar Einbrecher.«

Ich bettelte: »Nur einen Schlüssel. Ich nehme das auf meine Kappe. Wir machen ein kleines Protokoll und Sie sind abgesichert.«

Er war einverstanden und formulierte ein paar Zeilen auf einem Block.

Mit dem Schlüssel in der Tasche zog ich ab. Es galt schnell und entschlossen zu handeln.

Ich telefonierte: »Tina, schnell, den üblichen Zettel:

Wegen einer Havarie mussten wir das Schloss tauschen!
Bitte bei Hausverwaltung melden!

Einen Ersatzzylinder hatte ich immer im Auto, auch Werkzeug. Nachdem die Beamten abgezogen waren, tauschte ich das Schloss, Sekundensache.

Die Wohnung betrat ich nicht, zu dreckig. Ich hätte mich sofort duschen müssen.

Tina brachte den Aushang für die Wohnungstür.

Abwarten, was passieren würde.

Am Nachmittag war ich auf dem Weg ins Büro. Vor der Haustür sah ich die zwei Verhafteten, das unbekannte Pärchen und meine Mieterin gerade noch rechtzeitig.

Sie diskutierten miteinander und zeigten auf mein Firmenschild.

Unauffällig drehte ich mich um und verschwand hinter der nächsten Hausecke.

In diesem Moment klingelte mein Handy: »Hier ist Ihre Mieterin. Ich brauche den Schlüssel für meine Wohnung.«

»Ihre Wohnung? Sie wohnen doch schon Monate nicht mehr dort und haben den Mietgegenstand ohne jede Genehmigung Dritten überlassen. Das ist eindeutig eine Vertragsverletzung.«

Sie wurde frech: »Jetzt bin ich ja wieder da, den Schlüssel, jetzt.«

»Tut mir leid, ich bin nicht vor Ort, sondern auswärts. Vor morgen läuft da gar nichts.«

»Und wo sollen wir schlafen? Außerdem ist ein Vogel in der Wohnung, der braucht sein Futter.«

Ich konnte genauso frech: »Ihr Problem. Und was den Vogel betrifft, helfe ich gern. Geben Sie mir Ihre aktuelle Anschrift. Ich mache morgen früh den Käfig und das Fenster auf. Er wird direkt zu Ihnen fliegen. Außerdem fehlen noch Mietzahlungen der letzten Monate. Sie und nur Sie können morgen Ihre persönlichen Sachen und das Vögelchen aus der Wohnung holen und wir werden das Prozedere Ihres Auszugs klären. Übrigens ist die Wohnung in einem katastrophalen Zustand, im Prinzip vollkommen verwüstet. Morgen, wieviel Uhr?«

Sie vorlaut: »Vor drei nicht, ich muss arbeiten.«

»Einverstanden, wir sehen uns morgen, drei Uhr und ohne das kriminelle Pärchen, sonst drehe ich mich auf dem Absatz um und das Vögelchen fliegt allein zu Mutti und Vati.«

Pünktlich stand sie am nächsten Tag vor der Haustür, allein. Sie war gleich fordernd:»Kann ich den Schlüssel haben?«
»Auf keinen Fall. Ich schließe Ihnen auf. Holen Sie Ihre persönlichen Sachen heraus. Über die Müllentsorgung reden wir noch.«
Zielgerichtet balancierte sie durch den Müll und griff zu. Kindersachen, Papiere, Schuhe, Jacken und anderes Zeug stopfte sie in eine Reisetasche. Das dauerte keine halbe Stunde, dann stand sie vor mir.
»Fertig und weiter?«
»Der Vogel!«
»Ach ja.« Sie holte den Käfig.
»Hier ist Ihre fristlose Kündigung. Und ich hätte gern die restlichen Schlüssel von der Haustür.«
»Habe ich nicht.«
Überraschenderweise zeichnete sie die Kündigung ab.
»Was ist mit dem ganzen Mist in der Wohnung? Und haben Sie den Fußboden gesehen, alles ruiniert. Vor Ihrem Einzug wurde die Wohnung vollständig renoviert.«
Sie zuckte mit den Schultern:»Ihr Problem. Bei mir ist nichts zu holen!«
Noch ein letzter Versuch meinerseits:»Sie könnten am nächsten Samstag, notfalls auch Sonntag, beräumen ohne die zwei Spezies. Ich werde an beiden Tagen um 10 Uhr vor Ort sein.«
Sie zog ab. Am Wochenende tauchte niemand auf.

Nach Wochen vergeblichen Wartens entschied ich, die Wohnung zu räumen. Zwei Großcontainer. Vollgepinkelte Betten, schmutzige Kleidung, Unrat und Dreck. Der Schrott flog aus dem Fenster direkt in die Container.

In weißen Schutzanzügen beräumte ich mit dem Hausmeister und zwei Kumpels die Wohnung.

Verwertbare Gegenstände gab es kaum. Den Flachbildschirm und den Kühlschrank deponierten wir im Keller. Ich machte Fotos ohne Ende, Beweismittel. Auch die krabbelnden Maden fanden gebührenden Platz in der Fotodokumentation.

Einen Monat später kam ein Schreiben vom Anwalt, eine Schadensersatzanforderung von ca. 10.000 € für das entsorgte Mobiliar. Eine detaillierte Aufstellung von fiktiven Werten.

Meine Antwort war ebenso umfangreich und überstieg ihre Forderung. Offene Mieten und Rechnungen von Fußbodenlegern und Malern. Natürlich belegt mit den besten Fotos unserer Sammlung.

Wir haben nie wieder etwas von ihr gehört.

HAUSMEISTER & CO.

Der Hausmeister ist der wichtigste Handwerker in unserer Branche. Manche werden den Kopf schütteln, ist doch nur der Hausmeister. Stimmt nicht. Ein guter Hausmeister ist Gold wert. Er ist das Verbindungsglied zwischen Verwaltung und Mieter.

Lange hat es gedauert, bis wir ein funktionierendes Team zusammengestellt hatten. Vorher haben wir erfolglos experimentiert.

Manche Bewerber verkannten den Job und bedienten geradezu das Klischee vom faulen, herumstehenden Besenschwinger. Es dauerte immer eine Zeit, bis sie erkannt wurden, die Faulenzer, Alkoholiker und Spinner.

Mit einem der Faulenzer lag ich sogar vor Gericht. Beim ersten Wintereinbruch verweigerte er die Arbeit.

»Nein, Schneeschieben auf dem Bürgersteig gehört wirklich nicht zu meinen Aufgaben. Unter diesen Bedingungen hätte ich den Job gar nicht erst angenommen.«

Das war mir nach dem vorangegangenen Ärger mit diesem Exemplar dann doch zu viel. Ich kündigte fristlos, wegen Arbeitsverweigerung.

Er klagte.

Der Gütetermin vor dem Arbeitsgericht lief zunächst nicht nach meinen Vorstellungen.

Der Richter wollte eine schnelle Einigung. »Na, dann kündigen Sie ihm doch fristgemäß. Sonst bekommt er drei Monate lang kein Arbeitslosengeld.«

»Warum soll ich den Staatshaushalt belasten? Das sehe ich nicht ein. Er hat die Arbeit verweigert, soll er bitte auch die Konsequenzen tragen.«

Mein Hausmeister a.D. drückte vor Gericht auf die Tränendrüse: »Wir haben zu Hause nichts mehr zu essen. Meine Frau ist todunglücklich.«

Der Richter nickte bereits mitleidig.

Aber das überschritt jede Grenze.

»Ganz so schlimm kann es gar nicht sein.« Ich holte ein Schreiben aus meiner Aktentasche und legte es dem Richter vor.

»Er hat sich vor zwei Monaten mit seiner doch so todunglücklichen Gattin um den Kauf eines Einfamilienhauses beworben. Sehen Sie den Eigenkapitalanteil? Die beiden verfügen über 60 % des Kaufpreises in bar. Ein ziemlich großes Hungertuch, finden Sie nicht auch? Zum Verkauf ist es leider nicht gekommen. Das Geld muss also noch da sein.«

Der Richter schaute den Hausmeister böse an.

Mein Anwalt dagegen grinste freundlich in die Runde. Er hatte noch kein einziges Wort gesagt. Warum hatte ich ihn mitgenommen? Ach ja, damit er mir eine Rechnung stellen konnte.

Der Ton des Richters wurde strenger und ging jetzt ohne Mitleid in Richtung Hausmeister: »Lassen Sie mal diese alberne Mitleidstour.«

Ich legte sofort nach: »Ich werde die fristlose Entlassung wegen der mehrfachen Arbeitsverweigerung nicht zurücknehmen. Es geht mir ums Prinzip, notfalls durch alle Instanzen.«

Der Richter war mittlerweile genervt. »Eine Einigung werden wir heute nicht erzielen.« Bestimmt wandte er sich an den Hausmeister: »Überlegen Sie genau, ob es Sinn macht, die Sache weiter zu verfolgen. Sie haben nicht die besten Karten.«

Einige Tage später zog der Hausmeister seine Klage zurück und schluckte freiwillig drei Monate ohne Arbeitslosengeld.

Recht muss Recht bleiben.

Einer meiner Hausmeisterfehlgriffe hatte sich sofort eine große Werkzeugtasche angeschafft. Wie vorbildlich. Als ich ihn im Auto mitnahm, roch ich seine Alkoholfahne. So stark, ich wurde schon vom Einatmen besoffen.

Ich sprach ihn an: »Bisschen viel Alkohol gestern Abend?«

Er brummte vor sich hin: »Ja, ausnahmsweise, eine Geburtstagsfeier.«

Plötzlich musste ich bremsen. Die Tasche rutschte ihm vom Schoß und Flaschen schepperten.

»Ihr Frühstück?«, fragte ich provokativ.

»Genau, Frühstück.«

»Halten Sie mich nicht für blöd. Ich erspare mir, in die Tasche zu schauen. Lassen Sie das. Alkohol während der Arbeitszeit geht gar nicht, sonst werden sich unsere Wege trennen.«

Es änderte sich nichts, er musste gehen.

Ein Exemplar von Hausmeister hatte so ziemlich alle Vögel abgeschossen. Es ließ sich gut an, wirklich. Wir waren zunächst sehr zufrieden. Einige seltsame Eigenheiten hatte er schon. Er wischte den Hausflur nicht von oben nach unten, sondern Stufe für Stufe von unten nach oben. Aber egal, der Flur war sauber. Trotzdem fragte ich nach: »Wieso von unten?«

»Geht viel besser. Brauch ich mich nicht so anzustrengen, geht leichter von der Hand.«

Das Ergebnis stimmte, also wollte ich die Verfahrensweise nicht kleinlich überbewerten.

Ein anderes Mal sollte er eine Hecke schneiden. Ich wies ihn vor Ort genau ein. Ein halber Tag war angesetzt. Mittags wollte ich ihn abholen.

Ich zeigte auf die Hecke:»Hier ist doch gar nichts passiert?«

»Doch, doch, ich hab´ mir richtig Mühe gegeben.« Er zeigte auf die angrenzende Hecke, die dem Nachbarn gehörte.

Ich schüttelte entnervt den Kopf:»Das gleiche nochmal, aber bitte die richtige Hecke.«

Jetzt wurde er frech und kam mit der Heckenschere auf mich zu:»Dann müssen Sie mir das ordentlich zeigen.«

»Stopp, halten Sie die Luft an und machen Sie Ihren Job.«

Ich erinnere mich noch heute an den vom Fenster aus winkenden Nachbarn.

Er grinste und rief:»Dankeschön, gut gemacht.«

Irgendwann gab es ernsthaftere Probleme. Dieser Hausmeister war nie da, wo er laut Dienstplan zu sein hatte. Ständig war ich auf der Suche nach ihm. Seltsamerweise wurde die Arbeit gemacht, aber wann?

Als ich ihn erwischte, stand er entspannt an den Zaun gelehnt, mit Zigarette im Mund und dirigierte lässig einen Mann mit meinem Besen. Er war keineswegs erschrocken, als ich ihn ansprach.

»He, Tom Sawyer. Was ist los? Wer ist das?«

»Tom was? Kenn ich nicht. Das ist mein Kumpel. Der hilft mir und arbeitet für mich, so eine Art Subunternehmer. Falls ich mal ausfalle. Heute weise ich ihn hier ein.«

»Ja, dann erklären Sie ihm, dass es sein erster und letzter Einsatz war. Übrigens auch für Sie.«

Die Krönung aller Erfahrungen war der Kurzauftritt eines Hausmeisters.

Auf der Suche nach ihm, betrat ich seine Werkstatt im Kellergeschoss unseres Büros.

Dort fand ich ihn. Mit heruntergelassener Hose stand er mit dem Rücken zu mir und pinkelte gerade in das Handwaschbecken des Hausmeisterkellers. Seine personengebundene Toilette befand sich direkt im Nachbarkeller, etwa fünf Meter entfernt.

Geschockt schüttelte ich mich und ging zurück, hoch in unser Büro. Dort gab ich umgehend eine Anweisung an Tina weiter: »Du solltest ab sofort dem Hausmeister nicht mehr die Hand geben und den Keller nicht allein betreten. Und frag mich gar nicht erst, warum.«

Wir haben aus den Miseren gelernt. Seit mehr als zehn Jahren haben wir unser Dreamteam gefunden. Eine Hausmeisterin, die von einem Rentnerehepaar unterstützt wird.

Schön, dass es auch anders geht.

Manche Häuser werden von den Hausgemeinschaften selbst gepflegt, eine Sache für sich. Wir haben Häuser in der Verwaltung, da klappt das seit Jahrzehnten. Eine oder einer haben den Hut auf und organisieren die Arbeiten im und am Haus. Wir werden höchstens kontaktiert, wenn ein neuer Rasenmäher gekauft werden muss oder Glühbirnen fehlen. Im Team wird der Mülltonnenwechsel organisiert und die Hausordnung gemacht.

Eigenengagement spart den Mietern Kosten und erinnert ein bisschen an die ›sozialistischen Hausgemeinschaften‹, wo die kleine und große Hausordnung Pflicht war.

Dann gibt es Häuser mit Mietern, die nur theoretisch erklären, alles selber zu machen. Praktisch passiert wenig und die Regelmäßigkeit fehlt. Nach kurzer Zeit sind die Mieter untereinander im Krieg und beäugen sich kritisch. So auch in einem meiner ›Lieblingshäuser‹.

Die Vorstellung von Sauberkeit und Genauigkeit war hier sehr unterschiedlich. Manche waren Pedanten, andere ließen es laufen. Und deswegen gab es immer wieder Geheule am Telefon: »Der oben war letzte Woche mit der Hausordnung dran und hat wieder nichts gemacht. Sie müssen jetzt mal eingreifen. Und wir erwarten, dass die Hausordnung am Samstagvormittag gemacht wird, jede Woche am Samstag.«

»Wieso ich und wieso eingreifen? Sie wollten doch alles selber machen. Das müssen Sie schon untereinander klären. Sonst komme ich persönlich und wische. Meinen Stundensatz wollen Sie gar nicht erst wissen. Den lege ich ordnungsgemäß in den Betriebskosten um.«

Eine Dame des Hauses wurde zickig: »Sie sind ganz schön frech. Ich kann beweisen, dass der oben nichts gemacht hat. Ich habe Klebchen unter die Fußabtreter gemacht und die sind immer noch dran.«

Das konnte ich mir gut vorstellen. Kleine Kontrollstreifen unter den Abtretern. Ihr Mann mähte den Rasen und arbeitete die Kanten mit einer Nagelschere nach. Wirklich. Ich habe es selbst gesehen. Diese Familie war eine Zumutung für die Nachbarschaft.

Aber nicht mehr für uns. Wir haben uns freiwillig aus dem Kleinkrieg verabschiedet, für immer. Wir kündigten die Hausverwaltung.

Neben den Hausmeistern spielen die Müllmänner eine wichtige Rolle.

Restmüll, Altpapier, die gelbe Tonne, die Bio-Tonne und natürlich Sperrmüll, alles in ihrer und unserer Verantwortung.

In unserem Land passiert die Müllentsorgung fast lautlos.

Ich kann mich weder an einen Streik, noch ein anderes Ärgernis mit diesen Jungs erinnern. Selbst wenn etwas vergessen wird, ein Anruf genügt und es wird nachgearbeitet.

Leider ist die alte DDR-Tradition zum Jahreswechsel schon lange verboten. Bis zur Wende gingen die Müllmänner um die Weihnachtszeit immer von Haustür zu Haustür. Sie wünschten ein ›Frohes Fest‹ und sammelten ihre eigene Jahresendprämie.

Als Kind freute ich mich über den netten Müllmann. Am Abend berichtete ich meinen Eltern von seinen Weihnachtswünschen.

Meine Mutter griff sich an die Stirn und zückte umgehend das Portmonee: »Um Gottes Willen, das habe ich ganz vergessen. Die bekommen jedes Jahr ihre fünf Mark.«

Am nächsten Tag sollte ich die Straße beobachten und den Müllmann abpassen. Aufgeregt und stolz überreichte ich ihm den Fünfer: »Auch Ihnen ein frohes Fest und viele Grüße von meinen Eltern.«

Heute ist das verboten. Doch die alte Schule sitzt tief. Wenn ich die Jungs erwische, halte ich an der Tradition fest und es gibt einen Fünfer für Kaffee. Das sind sie allemal wert.

FRAU MAJOR

Am Anfang meiner Tätigkeit habe ich um jede Hausverwaltung gekämpft. Ich brauchte schließlich eine solide Basis für meine Selbständigkeit.

Wenige Jahre nach der Wende sprach ein Hauseigentümer im Büro vor. Zielgerichtet teilte er sein Anliegen mit: »Ich habe letztes Jahr ein Mehrfamilienhaus in der Südstadt gekauft, gute Lage, vier Parteien, stark sanierungsbedürftig. Die Substanz ist in Ordnung. Trotzdem muss das Haus komplett saniert werden, Dach, Fenster, Heizung, Elektrik, Sanitär, Fassade, einfach alles. Sie sind mir empfohlen worden und ich möchte Ihnen die Verwaltung übertragen. Zunächst müssen Sie die Mieter unterbringen bzw. umsiedeln.« Wenigstens vermied er das von mir verhasste Wort ›entmieten‹.

Er war mir durchaus sympathisch, aber ich blieb vorsichtig.

»Wie stellen Sie sich das konkret vor?«

»Keine Konfrontation. Sprechen Sie mit allen Mietern und machen Sie mir Vorschläge, wie wir das lösen können. Keine Rechtsanwälte, sondern praktikable Abwicklungen. Ich will keinen Ärger haben.«

Das hörte sich vernünftig an, aber abwarten. Ich stimmte zu. Er übergab mir die Unterlagen.

Das Haus war 1930 erbaut worden. Keine Schönheit, aber in bester Lage. Ich hatte zwar Erfahrungen mit dem Umsiedeln von Mietparteien, aber jede Situation war anders. Die Durchsicht der vorhandenen Mietverträge ließ mich an kurzfristigen Lösungen zweifeln.

Im Souterrain wohnte eine sehr alte Frau. Ihr Mietvertrag war mehr als 40 Jahre alt. Im Erdgeschoss lebte eine alleinstehende Frau, auch älter und schon ewig im Haus. In der Mitte wohnte ein Ehepaar, eingezogen kurz vor der Wende und im Dachgeschoss gab es noch eine Rentnerin. Der Vertrag war so uralt, dass er kaum zu lesen war.

Eine Herausforderung. Wo sollte ich anfangen? Vielleicht bei der jüngeren Familie? Ich meldete mich an. Ein nettes Ehepaar, Mitte 30, beide waren Zahnärzte.

Sie waren freundlich und entspannt: »Wir haben letztes Jahr selbst versucht, das Haus zu kaufen. Es hat nicht geklappt, leider. In die Wohnung haben wir eine ganze Menge Geld reingesteckt, sehen Sie selbst. Pech für uns. Im Nachhinein ist alles gut. Wir haben selbst gebaut und ziehen in zwei Monaten aus. Die Kündigung können Sie gleich mitnehmen.«

Ich schaute mich um. Diese Wohnung war in einem erstaunlich guten Zustand. Hier würde sich die Sanierung im Wesentlichen auf die Fenster reduzieren. Das Parkett glänzte und das Bad war akzeptabel. Selbst die Elektrik war zeitgemäß. Die Schwerkraftheizung in der Küche war durch eine Gasheizung ersetzt worden. Zweifelsfrei hatten die beiden gute Beziehungen. Für DDR-Zeiten war das hier Topniveau.

Ich verabschiedete mich mit einer Frage: »Wie sind denn die anderen Mieter, diese älteren Frauen so?«

Der Mann lachte laut: »Das sollten Sie schon selbst herausbekommen, viel Spaß.«

Wie war das zu verstehen? Gut, einfach weiter ins Dachgeschoss, zur zweitältesten Frau des Hauses.

Ein Mannsweib öffnete. Klein, dick, mit strengem Scheitel, begrüßte sie mich freundlich. Die Wohnung war eine Reise in die Vergangenheit. Hier war nach 1930 kaum etwas passiert. Die über 70 Jahre alte Dame platzierte mich auf einem maroden Balkon mit dem wohl schönsten Blick über die ganze Stadt. Die Wohnung selbst wäre eine passende Kulisse für einen Vorkriegsfilm gewesen. Alte Möbel, ein Küchenofen, kohlebeheizt, alle Zimmer dunkel und voller Gerümpel.

Ich brauchte einen Einstieg ins Gespräch: »Was haben Sie beruflich gemacht?«

»Ich war Major der Staatssicherheit.«

Mir blieb die Luft weg. Staatssicherheit! Wo war ich hingeraten?

Ich war so überrascht, dass mir die wohl blödeste Frage einfiel: »Was macht man so als Major der Staatssicherheit?«

Sie wackelte zum Kleiderschrank in das Schlafzimmer und brachte eine alte Uniform: »Na was wohl, Verbrecher jagen. Schauen Sie mal, das war meine Uniform. Ganz früher habe ich die Sexualtäter mit der Eisenstange verkloppt.«

Ich stellte mir das vor und nickte ehrfürchtig.

Als nächstes bekam ich einen stalinistischen Ledermantel vorgeführt, beste Filmrequisiten. Hoffentlich lag hier nicht noch ein geladener Revolver im Schubfach.

Sie war sichtlich begeistert von meinem Besuch und kam mit einer Flasche aus der Küche: »Kleiner Cognac gefällig?«

Ich lehnte dankend ab. Sie schenkte sich einen reichlichen Schluck ein und zündete sich genüsslich eine riesige Zigarre an: »Zum Frühstück trinke ich einen Klaren mit Eigelb, dass hält mich fit. Mittags ein Likörchen. Cognac gibt es nur zur Zigarre. Nun mal zum Geschäft. Was wollen Sie von mir?«

Ich erläuterte das Sanierungsvorhaben des Haueigentümers ausführlich.

Spitzbübisch prostete sie mir zu: »So schnell kriegt mich keiner hier raus. Ich weiß mich zu wehren und Rentnerschutz habe ich auch. Ich bezahle gerne mehr Miete. Ich habe eine gute Rente. Eine Mieterhöhung nach der Wende habe ich schon geschluckt und so eine Sanierung überstehe ich spielend.«

Das glaubte ich ungesehen. »Aber schauen Sie sich doch mal um, der alte Backofen, kein richtiges Warmwasser, undichte Fenster, kein Komfort. Eine Küche mit Kohleheizung. Die Dielen sind auch marode.« Ich redete und redete.

Sie blieb vollkommen unbeeindruckt von meinem Geschwätz und paffte mich voll. »Wissen Sie, früher habe ich auch Verhöre durchgeführt. Ich kenne mich aus mit solchen Gesprächen. Zum Schluss, vor der Rente, war ich nur im Büro, das war langweilig. Aber jetzt haben wir die Wende. Nicht schlecht, ich habe mir gleich ein neues Auto gekauft, ganz prima. Steht unten im Garten in meiner Garage.« Sie zeigte mit dem Daumen hinter sich.

Über die Verhöre wollte ich nichts wissen. Die Garage stand auch noch auf meinem Plan. Das sollte ich im Auftrag des Eigentümers klären. Aber nicht alles auf einmal.

Diese Frau war trotz ihres Alters fit. Das war keine einfache Aufgabe. Hier musste ich mir etwas einfallen lassen. Noch dazu, weil ihr Auszug zwingend notwendig war. Die Sanierung sah den Ausbau des Dachbodens vor. Die Treppe nach oben ging von ihrer Wohnung aus.

Sie verabschiedete mich. Triumphierend salutierte sie: »Bis bald Kleine, wir können ruhig ›du‹ sagen. Wir werden schon eine Lösung finden.«

Nur der Befehl »Rühren« fehlte, sonst wäre die militärische Nummer vollständig gewesen.

Einen Tag später war ich im Erdgeschoss angemeldet. Offensichtlich wohnte hier eine richtige Zicke. Die Tür öffnete sich nur einen kleinen Spalt: »Ich muss Sie nicht reinlassen.«

»Kein Problem. Lassen Sie uns im Garten auf dem Bänkchen reden.«

»Auf meinem Bänkchen!«, schnauzte sie mich an. Meinetwegen.

Wenigstens trottete sie artig hinter mir her.

Ich erläuterte das Vorhaben. Ich kam nicht weit.

»Um Gottes Willen, so ein Dreck und Krach im Haus. Das ertrage ich nicht. Sie brauchen gar nicht weiterzureden. Ich ziehe sowieso zu meinem Sohn ins Haus. Die Verhältnisse hier sind untragbar. Zu hellhörig und die Hausordnung wird auch nicht pünktlich gemacht. Ich habe diesen jungen Leuten von oben schon so oft gesagt, ich wünsche nicht, dass sie nach 22 Uhr die Badewanne oder die Toilettenspülung benutzen. Ich höre das Gluckern aus der Wand. Die nehmen keine Rücksicht. Ich bin froh, wenn ich hier raus bin und noch eine höhere Miete, das kommt für mich nicht in Frage.«

Ich gab ihr sofort Recht. Unglaublich, die zweite Einheit war geklärt, ganz von allein.

Es blieb die Souterrainwohnung. Die Dame war weit über 80. Sie verstand nicht, was ich wollte, zeigte mir aber ihre zwei Zimmerchen. Armselig. Eine Toilette im Hausflur, keine Dusche, keine Küche, nur eine alte Heizplatte und ein kleines Waschbecken. Überhaupt kein Zustand. Ein alter Fernseher mit Tischantenne.

Ich suchte die Heizung. Sie schüttelte den Kopf und zeigte mir ein elektrisches Heizgerät und eine Heizdecke im Bett.

Ich war sauer: »Haben Sie keine Verwandtschaft, die sich kümmert?«

Sie nickte eifrig. »Doch, doch. Meine Tochter wohnt mit ihrem Mann hier in der Straße, oben in Nummer 50. Sie kennen vielleicht meinen Schwiegersohn. Er war früher ein hohes Tier in der Partei.«

Ich verabschiedete mich und stapfte wütend zur Nummer 50. Keiner da. Besser so, sonst hätte ich meiner Wut freien Lauf gelassen. Aber ich würde wiederkommen.

Tage später hatte ich Glück. Unfreundlich wurde ich in die Wohnung der Tochter gebeten. Eine alte Villa mit mehreren Wohnungen, gut erhalten, viel Platz.

»Ich möchte Sie informieren, dass das Haus, in dem Ihre Mutter lebt, grundlegend saniert wird. Wir sollten für eine Zeit von ungefähr sechs Wochen gemeinsam eine Lösung für die Unterbringung Ihrer Mutter finden, vielleicht hier?«

Der Schwiegersohn war es gewöhnt, autoritär aufzutreten: »Wir waren schon beim Anwalt, wir haben Rechte. Unsere Mutter wohnt schon über 40 Jahre dort. Das geht nicht so locker, wie der Herr Hausbesitzer aus dem Westen sich das vorstellt.«

Ich musste mich bremsen: »Ihre Mutter hat weder eine richtige Heizung, noch fließend Warmwasser. Halten Sie das in diesem hohen Alter für angebracht?«

Beide zuckten mit den Schultern.

Er führte das Wort: »Da sehen Sie mal, wie diese Leute aus dem Westen mit uns umgehen. Außerdem ist sie es so gewöhnt. Sie will da nicht raus. Wir schauen nach ihr und Essen bekommt sie auch von uns.«

»Der Eigentümer, der übrigens aus dem Osten stammt, sucht nach einer einvernehmlichen Lösung. Vielleicht können Sie sich Gedanken machen, wie wir das Problem lösen? Ich melde mich in den nächsten Tagen.«

So schnell wie nur möglich wollte ich weg. So richtig hatte ich meine Emotionen nie im Griff, nicht bei solchen Leuten.

Telefonisch informierte ich den Eigentümer. Der war erstmal zufrieden. »Zwei von vier sind geklärt, immerhin. Ich habe mir schon gedacht, dass das nicht einfach wird, deshalb habe ich ja Sie engagiert. Ich kenne nur die alte Dame im Souterrain, die war bei einer Außenbesichtigung als Einzige zu Hause.«

»Sie haben gekauft, ohne die anderen Wohnungen zu sehen? Mutig.«

»Nein, gar nicht. Es gab ein ausführliches Gutachten mit Fotos. Das reichte mir.«

Ich machte einen Vorschlag: »Für das Dachgeschoss habe ich eine Idee. Ich versuche, die alte Dame, den Major a.D., zu überzeugen, in die Wohnung der Ärzte nach unten zu ziehen. Einer maßvollen Mieterhöhung hat sie bereits zugestimmt. Sie würde sich total verbessern und wir hätten Baufreiheit. In der Wohnung der Zahnärzte muss nichts saniert werden. Die Wohnung ist hell, freundlich und hat einen Balkon. Das könnte sie akzeptieren. Ein unkomplizierter Umzug im sozialen Umfeld und in der Nähe ihrer Garage. Wir ziehen den Fensterwechsel in dieser Wohnung vor und ich helfe der Frau beim Umzug.«

Ich biss mir auf die Zunge. Die Garagen hatte ich ganz vergessen.

Er lachte durchs Telefon: »Sie meinen meine Garagen. Das Problem der Garagen klären wir später. Das ist ein guter Kompromiss. Ein Umzug nach unten, versuchen Sie es. Damit könnte ich leben. Sorgen macht mir eher die Kellerwohnung.«

Ich atmete tief durch. Generell bin ich ein Feind von Souterrainwohnungen. Sie sind aus der Not geboren. Früher schaffte man Kellerwohnungen für das Hauspersonal. Später, nach dem Krieg, wurden sie, der Wohnungsnot des Ostens geschuldet, wieder Mode. Fast immer mit Mängeln behaftet. Kalt, feucht und schlecht isoliert.

Mal sehen, wie er reagieren würde: »Wollen Sie diese Wohnung überhaupt sanieren? Hier muss alles gemacht werden, alles. Das rechnet sich nie und nimmer. Die Kinder der alten Dame sind bereits im Kampfmodus. Dortbleiben kann sie jedenfalls nicht, die Bedingungen sind beschämend.«

»Das weiß ich. Ich habe es gesehen. Sie könnte meine Mutter sein, altersmäßig. Finden Sie einen Weg. Sie soll zwei Monate zu den Kindern ziehen, dann bringe ich die Wohnung zuerst in Ordnung. Ich werde die Toilette nach innen verlegen, eine kleine Dusche einbauen und ihr eine Miniküche stellen. Einen vernünftigen Fernsehanschluss bekommt sie auch. Die Zeichnung schicke ich Ihnen.«

Sehr nobel. »Was ist mit der Miete?«

»Die wurde nach der Wende einmal angehoben, wir lassen es dabei. Geben wir ihren Kindern keinen Anlass zur Konfrontation. Sie würden es an der alten Dame auslassen. Sie hat mir erzählt, dass ihre Rente von den Kindern verwaltet wird. Soll sie dort so lange bleiben, wie sie kann. Ewig wird das nicht sein.«

Das war mehr als fair. Er machte Nägel mit Köpfen: »Sagen Sie mir rechtzeitig Bescheid, ob Sie das hinbekommen. Die Fenster sind bestellt. In spätestens sechs Wochen legen wir los.«

Ich war beim Major der Staatssicherheit angemeldet.

Vorher klingelte ich bei den Zahnärzten. »Ich habe eine Frage. Was passiert mit Ihrer alten Küche? Ich kenne das Modell, eine Katja 4, die hatte ich auch.«

Der Arzt war allein zu Hause und lachte: »Stimmt, Katja 4, hatte ich ganz vergessen. Klar, gab ja nur wenige Modelle im Osten. Wir werden sie entsorgen.«

»Aber die ist noch top. Würden Sie die Küche einfach stehen lassen?« Ich erklärte mein Vorhaben.

Belustigt antwortete er: »Der Major nach unten, in unsere Wohnung, keine schlechte Idee. Die Sanierung hält sie aus. Die ist zäh.«

»Hatten Sie nicht Bedenken, die Staatssicherheit in der Wohnung über Ihnen?«

Er winkte lässig ab: »Die war schon Rentnerin, als wir hier eingezogen sind und sie ist immer sehr freundlich zu uns gewesen. Im Gegensatz zu der Hexe unter uns.«

»Ja, aber ihr Beruf!«

»Sie war offiziell bei der Stasi, die sind mir immer noch lieber, als diese geheimen IM's. Übrigens habe ich meine Akte eingesehen. Sie hat mich nicht ausspioniert. Da gab es ganz andere.«

Ich ließ das Thema ruhen. »Sie lassen die Küche stehen?«

»Mache ich. Die Schränke im Schlafzimmer gehen auch auf den Schutt. Wie sieht es damit aus?«

Die Gunst der Stunde. Die Schränke waren im besten Zustand. Ich brauchte unbedingt Stauraum. Irgendwo mussten die Uniformen und Mäntel ja hin. Wir einigten uns über die Modalitäten. Schon in vier Wochen sollte ich die Schlüssel haben, wunderbar.

»Noch eine letzte Frage. Was ist mit den zwei alten Damen unter Ihnen?«

Sein Gesicht verfinsterte sich. »Die Erdgeschosstante ist gestört. Die hat einen Lärmkoller, wir sollten hier über den Boden schweben. Nach 22 Uhr dürften wir die Toilette nicht mehr benutzen. Wir bekommen ein Baby, stellen Sie sich mal vor, was das geworden wäre. So hellhörig, wie sie das behauptet, ist die Wohnung nicht, die spinnt einfach. Einer der Gründe, warum wir hier wegwollen. Eine solche Nachbarschaft kann Ihnen das Leben zur Hölle machen. Nicht mal die Gartennutzung hat sie uns erlaubt. Ihr Bänkchen, ihr Garten, totaler Quatsch. Sie hat sich einfach alles unter den Nagel gerissen. Ihr verstorbener Mann war ein hohes Tier im Staatsapparat. Sie kommandiert gern und war es gewohnt, Recht zu bekommen.«

»Ihr gehört die zweite Garage?«

»Stimmt, wir wollten sie mieten, ging kein Weg rein. Sie hat nicht mal ein Auto und hat die Garage jetzt dem Nachbarn verkauft.«

Ich erschrak: »Verkauft? Das durfte sie gar nicht. Der Grund und Boden gehörte ihr nicht. Der Gesetzgeber hat das zur Wende eindeutig geklärt, Schuldrechtsanpassungsgesetz.«

Er grinste: »Nicht mein Problem.«

»Stimmt und was ist mit der Oma im Keller?«

»Harmlos, eine ganz Liebe. Sie wird wohl von ihrer Familie sehr schmal gehalten. Meine Frau bringt ihr immer mal Kuchen. Die Tochter wohnt ein paar Häuser weiter. Aber oft habe ich die hier nicht gesehen. Ich bin tagsüber in der Praxis.« Er zuckte mit den Schultern: »Es war einmal ein Haus voller wichtiger Leute, hohe Tiere der Vergangenheit. Wenn man alt wird, zählt das nicht mehr viel. Da gibt es andere Prioritäten, nicht wahr?« Er hatte Recht.

Auf zur Stasi nach oben. Nach zwei Cognacs waren wir uns einig. Der Major würde nach unten ziehen.

Wieder nüchtern, meldete ich mich bei den Kindern der Kelleroma an.

Ich wurde in ein großes Wohnzimmer gebeten. Viel größer als die gesamte Wohnung der Mutter.

Ich breitete die Zeichnung des Souterrains aus. »Ich mache Ihnen einen Vorschlag. Sie nehmen Ihre Mutti zwei Monate zu sich. Ich denke, Sie haben hier ausreichend Platz. Wir lagern die wichtigen Sachen im Keller ein. In diesen zwei Monaten müssen Sie keine Miete zahlen. Danach zieht sie zurück in eine komplett sanierte Wohnung. Fußboden und Fenster neu, eine richtige Heizung und hier in der Ecke eine kleine, feine Nasszelle, WC und Dusche.«

Er fuhr mich gleich an: »Das braucht sie alles gar nicht. Was soll die Wohnung denn dann kosten? Das kann sie sich mit Sicherheit nicht leisten.«

Ich riss mich zusammen und schaute die Tochter an. »Die Miete bleibt wie sie ist. Der Eigentümer wird auf seine Kosten eine Miniküche einbauen und einen Sat-Anschluss für den Fernseher legen, auch kostenneutral.«

Der Mann sprang auf: »Da müssen wir auch noch einen neuen Fernseher kaufen.«

Ich war kurz vor der Explosion: »Das ist sicher das kleinste Problem. Ich finde, das ist äußerst fair. Kann ich mit Ihnen rechnen?«

Der Mann, wohl gemerkt der Schwiegersohn, war unmöglich.

»Das ist für mich nicht zumutbar, zwei Monate in einem Haushalt mit deiner Mutter. Kümmern Sie sich gefälligst um eine Heimunterbringung.«

Ich holte tief Luft: »Überlegen Sie bitte gemeinsam mit Ihrer Frau. Es wird doch alles neu gemacht.«

Kleine Pause und weiter geflötet: »Das wäre doch für Ihre Mutter wunderbar und die günstige Miete bleibt. Wir sollten in den nächsten Tagen telefonieren.«

Ich musste da weg, schnell.

Einen Tag später standen sie in meinem Büro. »Wir haben uns etwas überlegt. Wir würden unsere Mutter zu uns nehmen. So schnell bekommt sie keinen Heimplatz für diese Übergangszeit. Die Kosten von 1.250 DM pro Monat müssten Sie an uns für ihre Unterbringung zahlen. Wir haben recherchiert. 2.500 DM für zwei Monate, das ist der ortsübliche Preis für eine solche Lösung.«

Selbstzufrieden lehnte er sich zurück. Die Tochter schaute mit toten Augen ins Nichts.

Ich explodierte: »Was bilden Sie sich überhaupt ein? Ich habe hier einen absolut anständigen Hauseigentümer, der sich Gedanken um Ihre Mutter gemacht hat und Sie kommen mir so. Ihre Mutter erhält umsonst, ich betone umsonst, nach wie viel Jahren zum ersten Mal eine anständige Wohnung in ihrem gewohnten Umfeld? Und Sie versuchen vom Eigentümer Geld zu erpressen! Die eigene Mutter benutzen, um Geld zu verdienen. Wo gibt es denn sowas?«

Kurz holte ich Luft: »Sind diese acht Wochen es nicht wert, den Lebensabend Ihrer Mutti menschenwürdig zu gestalten?«

Er machte den Mund auf und wollte antworten.

»Nix da. Sie halten jetzt die Luft an und verlassen auf der Stelle mein Büro. Morgen teilen Sie mir schriftlich mit, dass Sie meinen Vorschlag annehmen, ohne Geldzuwendungen. Sie sparen ja auch diese Minimiete. Sonst weiß morgen Ihre ganze Straße, nein, die ganze Südstadt, wie engagiert Sie sich um Ihre Mutter kümmern. Und ich werde noch ganz andere Leute ranzitieren, die das bestätigen. Und jetzt, genau jetzt, verlassen Sie mein Büro.«

Ich stand schon hinter meinem Schreibtisch. Mein Finger wies in Richtung Tür. Tatsächlich verließen sie wortlos das Büro.

Wütend ließ ich mich auf meinen Stuhl fallen.

Tina hatte alles mitgehört: »Kleiner Ausbruch, war wohl notwendig.«

»Oh ja. Ich musste mir Luft machen. So ein Arsch.«

Einen Tag später lag tatsächlich eine schriftliche Vereinbarung auf meinem Tisch, so wie ich es wollte.

Die Sanierung lief planmäßig. Der Major zog nach unten. Wir haben geholfen. Schon aus Neugier. Der Umzug war spannend. Eine Waffe fand ich nicht, aber immerhin eine leere, lederne Pistolentasche.

Ihre alten Klamotten habe ich aussortiert. Die mottenfreie Garderobe landete in den Schränken der Zahnärzte.

Es war eine Qualitätssteigerung um ein Vielfaches. Sie war dankbar und glücklich. »So schön groß und hell und so viele Zimmer. Ich nehme jetzt mein Morgengetränk in der Wohnstube, das Likörchen mittags im Esszimmer und abends sitze ich mit der Zigarre auf dem Balkon. So schön hatte ich es noch nie.«

Sie strahlte mich an und zeigte mir stolz die Wohnung, die ich eingerichtet hatte.

»So schön, ab sofort leiste ich mir eine Putzfrau. Das Parkett soll weiter glänzen. Die Badewanne brauche ich nicht. Ich habe noch nie in einer Wanne gesessen. Das große Waschbecken reicht mir. Likörchen gefällig?« Sie schaute auf ihre Uhr. »Um diese Zeit immer im Esszimmer.«

Ich war zufrieden mit mir. Die Zahnärzte waren glücklich im Einfamilienhaus. Die lärmempfindliche Erdgeschossmieterin war bei ihrem Sohn. Und die Kelleroma saß einige Häuser weiter bei ihrer geldgierigen Familie.

Nach einigen Wochen und den denkbar schlimmsten Baumaßnahmen kehrte sie zurück. Ich war beim Einzug nicht dabei. Ich wollte die Kinder nicht sehen. Die Kellerwohnung war schön geworden, sehr schön sogar. Der Hausbesitzer hatte alle Versprechen gehalten.

Einen Tag später riefen die Kinder der Kelleroma im Büro an.

Tina informierte mich: »Aus dem Keller, in dem sie die Sachen eingelagert hatten, sei etwas gestohlen worden.«

»Und was soll das gewesen sein? Da war nichts von Wert, ein paar alte Möbel, Schuhe, etwas Geschirr, nichts von Bedeutung. Die hatten den Keller nicht mal abgeschlossen.«

»Es fehlt angeblich ein Kehrblech mit Besen. Sie wollen Anzeige erstatten.«

»Sollen sie mal, jeder macht sich auf seine Art lächerlich.«

In der Woche darauf, rief mich vormittags der Dachdecker an: »Wir haben ein Problem mit der Mieterin im Souterrain. Können Sie mal vorbeikommen?«

Ich schnappte mir ein Kehrblech aus dem Büro und fuhr auf die Baustelle. Die alte Dame saß friedlich im Garten auf dem Bänkchen und aß eine Stulle.

»Wo ist das Problem? Sie stört doch nicht.«

Der Dachdecker grinste mich an: »Wir sind zu zweit und frühstücken normalerweise hier draußen auf dem Bänkchen. Wir stellen früh unsere Taschen ab. Es ist jetzt schon das zweite Mal, dass sie unser Frühstück gegessen hat. Letzte Woche auch schon. Ich habe mal in die Wohnung geschaut. Im Kühlschrank ist nicht viel Essbares, sie hat einfach Hunger. Sie tut uns leid. Vorgestern war sie sogar eingesperrt. Sie hatte keinen Schlüssel für ihre Wohnungstür. Ein Mann war da und hatte abgesperrt. Ich habe es genau gesehen. Sie hatte uns von innen ans Fenster gerufen. Wir sollten ihr den BH aufmachen, durch das Fenster. Sie kam nicht ran. Das geht doch nicht. Gestern früh hat eine Frau wieder aufgeschlossen. Dann kam die Oma raus, so wie heute und da sitzt sie nun. Was ist denn hier los? Die können doch die alte Frau nicht so behandeln?«

In mir kochte die Wut hoch: »Entschuldigen Sie bitte, ich kläre das sofort. Es war richtig, dass Sie mich angerufen haben.«

Ich rannte in Nummer 50 und klingelte Sturm. Die Tochter öffnete, der Schwiegersohn war offensichtlich nicht da.

Ich versuchte mich zu beruhigen: »Ab morgen hat Ihre Mutter genug zu essen, am besten Essen auf Rädern. Wenn Sie als Tochter das nicht hinkriegen, sollten Sie sich schämen. Sie sperren sie nicht mehr ein. Sonst zeige ich Sie an. Fangen Sie endlich an, sich zu kümmern, sonst bekommen Sie so viel Ärger, wie Sie brauchen. Das verspreche ich Ihnen.«

Ich drehte mich auf dem Absatz um, sonst wäre ich vielleicht noch ausfällig geworden.

Daraufhin wurde es besser. Die Oma blieb noch wenige Jahre in der Kellerwohnung. Nach einem Krankenhausaufenthalt kam sie ins Heim, wo sie auch verstarb.

Der Major der Staatssicherheit hielt länger durch, sicher geschuldet der gesunden Ernährung in Form von Likörchen und Zigarren. Das Mannsweib war stets freundlich und empfing oft andere ältere Nachbarn. Platz genug hatte sie ja jetzt.

Einmal wollte ich von ihr wissen, ob es eine weibliche Begriffsbezeichnung für Major gibt.

»Quatsch. Ich war und bin Major, und denk dran Kleine, ich habe die Sexualtäter mit der Eisenstange gejagt, diese Verbrecher.«

Ein Haus voller in die Jahre gekommener, ehemaliger Funktionäre, mit den gleichen Problemen wie andere.

Wer kümmert sich, wenn es soweit ist?

Wie sollen sie (mit oder ohne Familie) alleine klarkommen?

OXFORD-ABSOLVENT

Mehr als zwei Jahrzehnte verwalteten wir für eine hessische Kosmetikfirma ein größeres Wohn- und Geschäftshaus. Der Chef war nervig, aber zufrieden mit unserer Arbeit. Seine Immobilienanschaffungen waren Steuersparmodelle. Und die Devise war: kaufen, vermieten und Steuern sparen.

Das funktionierte, wenn die Mieteinnahmen kontinuierlich flossen.

»Besorgen Sie mir seriöse Mieter, die pünktlich zahlen und schicken Sie die Einnahmen umgehend an mich weiter.«

Das war unser Job.

Nicht alle Mieter zahlten pünktlich, aber am Ende des Monats hatte er alle Gelder auf seinem Konto.

Irgendwann wurde der Druck auf uns erhöht. Ende des Monats reichte nicht mehr, wir mussten die Mieteingänge wöchentlich bearbeiten. Er wurde zu einem der aufwendigsten Kunden. Wir kannten das von anderen Eigentümern. Die Ursache war klar. Das Geld wurde knapp und die Bank saß ihnen im Nacken. Diesen Druck geben die Eigentümer gerne weiter, und wer ist da besser geeignet als die Hausverwaltung?! Den Mehraufwand zahlt aber niemand.

In diesem Fall wurden die Forderungen von der Chefsekretärin der Kosmetikfirma durchgesetzt, die oft mit ihrem Lieblingssatz provozierte: »Ihr im Osten müsst erst mal richtig arbeiten lernen.«

Über diese Dame haben wir viel gelacht, nicht zuletzt, weil wir sie mit einem Spitznamen zur ›Ostbeauftragten‹ beförderten.

Eines Tages wurde ich zu einer Aussprache ins Hessische geladen. Nicht in die Firma, sondern in ein Edelrestaurant zum Mittagessen. Welche Ehre, aber warum? Probleme der Hausverwaltung bespricht man besser vor Ort, am Haus. Wollten sie mir kündigen? Kein Problem, dann würde sich der Arbeitsaufwand im Büro wieder normalisieren und ich hätte mehr Zeit für andere Geschäftspartner.

Der Chef der Kosmetikfirma und die Ostbeauftragte nahmen mich in dem vornehmen Restaurant in Empfang. Er zerrte überfreundlich an meiner Jacke und platzierte mich vor Unmassen von Bestecken, Tellern und Gläsern. Ich studierte die Speisekarte. Sehr teuer. So schmeißt man doch keinen Vertragspartner raus.

Nach einigen Floskeln kamen sie zur Sache: »Nicht weit von Ihnen, achtzig Kilometer entfernt, haben wir noch zwei Objekte, ebenfalls Steuersparmodelle. Leider arbeitet die Verwaltung überhaupt nicht gut. Die Objekte sind nicht voll vermietet, der Geldfluss läuft schleppend.«

Die Ostbeauftragte meldete sich wichtig zu Wort: »Der Verwalter ist von dort. Sie wissen doch, es gibt im Osten noch einiges nachzuholen, vor allem, was die Arbeitsmoral betrifft.«

Ich zog die Augenbrauen hoch, bitte keine Beleidigungen. Sie verstand sofort: »Um Gottes Willen, Sie betrifft das natürlich nicht, sonst wären wir heute nicht hier. Mit anderen Worten, wir möchten, dass Sie die Objekte ab Januar übernehmen.«

Mein erster Gedanke war: Tina bringt mich um! Aber Kosmetiker können sehr gut einseifen und ich begann für mich in Gedanken zu rechnen. Glücklicherweise wurden die Speisen aufgetragen. Natürlich gab ich mich bescheiden, eine kleine Vorspeise reichte mir.

Die Herrschaften aßen die Speisekarte hoch und runter, selbstverständlich mit dem jeweils passenden Wein. In Anbetracht ihres ständigen Geldmangels ein wenig unverständlich. Beim abschließenden Käse-Gang kamen sie wieder zur Sache.

Inzwischen hatte ich im Kopf überschlagen, die zu erwartende Verwaltergebühr könnte ich gut verkraften. Sie wussten nicht, dass zufälligerweise meine halbe Verwandtschaft in diesem Städtchen lebte. Einer dieser entfernten Verwandten war Immobilienmakler. Der würde mich sicher unterstützen. Das würde passen. Vielleicht konnte ich mit dem neuen Vertrag den alltäglichen Mehraufwand des alten Objektes ausgleichen.

Ich reagierte versöhnlich: »Gut, ich werde die Häuser kalkulieren. Vorab muss ich sie natürlich besichtigen.«

Das Mittagessen neigte sich dem Ende zu. Selbstzufrieden verabschiedeten sie mich. Das war also die Arbeitsmoral der Ostbeauftragten. Ein Vier-Gänge-Menü mit jeweils begleitendem Wein und das am helllichten Tag. Es stimmte, wir im Osten mussten noch eine ganze Menge lernen.

Wochen später unterzeichneten wir einen vernünftigen Vertrag. Für fünf Jahre, sonst hätte sich der Fernaufwand für mich nicht gelohnt.

Knapp drei Jahre lang lief auch alles gut. Dank meiner familiären Kontakte vor Ort waren die Häuser fast voll vermietet und der Mietzins wurde wöchentlich weitergeleitet.

So nach und nach erklärte sich der Druck durch die Banken.

Der finanzielle Überschuss aus meinem Stammobjekt wurde auswärts versenkt. Die Zahlen hatte ich zwar verbessert, aber das reichte bei weitem nicht, um den Kapitaldienst zu befriedigen. Das Defizit war groß und die ökonomische Schere schloss sich nach und nach, eine Zeitbombe.

Eines Tages forderte der Kosmetiker wieder einen Termin ein. Austragungsort war diesmal unser Büro.

Wir bereiteten uns vor. Kaffee, Tee, Kekse, mehr gab es für niemanden.

Schade, die Ostbeauftragte durfte nicht dabei sein. Er kam aber nicht allein. Der Kosmetiker hatte ein gestriegeltes Glatzköpfchen im Anzug im Schlepptau. Beide dufteten wie ein Parfümladen.

Glatzköpfchen war ein deutscher Finanzierungsspezialist, der beruflich in London agierte und lebte. Eine Kapazität auf dem Gebiet der Umschuldung, ein Oxford-Absolvent. Dieser nickte mir freundlich zu.

Entspannt, nein eher gespannt, sah ich dem Gespräch entgegen. Das wird ein Spaß. Vielleicht konnte ich etwas lernen. Einen Oxford-Absolventen sah man nicht alle Tage in unserem kleinen Büro. Die Vermietungsdaten aller Häuser lagen ihm offensichtlich vor. Er startete das Gespräch: »Pressing, sagt Ihnen das etwas? Wir müssen mehr Geld aus den Objekten herausholen. Mieterhöhungen und Kosteneinsparungen sind die Perspektiven.«

Im Englischunterricht der DDR hatte es dafür die passende Lektion gegeben: ›The Rent Collector‹, der Miethai oder der Mieteintreiber. Das sollte jetzt mein Job werden. Mit Sicherheit nicht.

Für einen so hochqualifizierten Mann war das etwas einfallslos und mager. Was dachte der sich? Wir leben in Kleinstädten mit hohen Leerständen. Hier wird um den solventen Mieter gekämpft. Ich hatte mir ein Bein ausgerissen, um die Objekte voll zu bekommen, nicht zuletzt mit der Unterstützung meiner Verwandtschaft.

Ich schaute den Kosmetiker fragend an: »Ich dachte, der Herr ist für die Finanzierung zuständig, nicht für die Hausverwaltung?«

Der Kosmetiker erwiderte frostig: »Das steht in unmittelbarem Zusammenhang.«

Ich war sauer: »Ach ja, ist das so? Sie kennen die Objekte bereits?«

Sein Ton wurde etwas freundlicher: »Das steht noch aus. Wir haben diesen Spezialisten geholt, um gegenüber den Banken etwas Luft zu bekommen. Er wird eine ausführliche, detaillierte Analyse anfertigen. Heute, das ist nur ein Vorgespräch, ein gegenseitiges Abtasten. In wenigen Tagen werden wir geeignete Maßnahmen festlegen.«

Ich legte meine Visitenkarte auf den Tisch. Sollte der Oxfordmann ruhig sehen, dass auch ich einen akademischen Abschluss vorzuweisen hatte. »Was bedeutet das für mich?«

Mir wurde ein Schreiben vorgelegt. Glatzköpfchen war schon als Prokurist eingetragen. Er wurde zum ausschließlichen Ansprechpartner für alle Objekte erklärt. Ein neuer Chef für mich. Das würde ja heiter werden.

Vorsichtig wand ich mich an Glatzköpfchen: »Sie arbeiten von London aus?«

Angeberisch antwortete er: »Im Wesentlichen, ja. Wir werden uns per Mail austauschen. In regelmäßigen Abständen bin ich vor Ort. Ich komme von London mit dem Flieger und nehme dann einen Mietwagen.«

Ich dachte, es geht um Kosteneinsparungen? Elegant warf er seine Visitenkarte auf den Tisch. Sein Oxfordabschluss war fettgedruckt und nicht zu übersehen. Visitenkartenmäßig waren wir schon mal quitt.

Ich war froh, als sie das Büro verlassen hatten. Ich riss die Fenster auf, die Parfümwolke war unerträglich. Lachend wedelten Tina und ich uns Luft zu.

»Tina, nächste Woche ist Objektbesichtigung mit dem Oxford-Onkel, auswärts. Wir fahren zusammen. Du wirst meine Verwandtschaft kennenlernen. Und noch etwas. Wir denken jetzt größer. Ein neues Firmenschild muss her: Thüringen – Hessen - London.«

Aber so lustig wurde es leider nicht. Der Londoner kannte kein Erbarmen und fing an uns zu schikanieren. Er kam alle paar Wochen mit dem Flieger von London und kutschierte mit seinem Mietwagen durch die Gegend. Wie sich der Aufwand rechnen sollte, war mir unklar.

Das Ergebnis seiner Reisen äußerte sich in massenweise an uns versandten E-Mails. Die E-Mails kamen ausschließlich zur Nachtzeit und ließen an seinem Verstand zweifeln.

Anfangs antworteten wir noch, aber nach einigen Wochen wurde uns das zu viel. Alle von ihm geforderten Veränderungen waren maßlos. Die Mieten sollten drastisch erhöht werden. Ausgaben für Reparaturen wurden gestrichen.

Nach und nach änderte sich sein Tonfall und persönliche Beleidigungen wurden immer mehr zur Normalität: »Sie haben das zu machen, was ich sage, umgehend.«

Ständig winkte er mit seiner Prokura.

»Schlafen Sie denn den ganzen Tag?«

Dieser Stil prägte auch den schriftlichen Umgang.

Anfragen, wie »Was machen wir bei Havarien? Nehmen wir an, wir haben eine Rohrverstopfung ...« beantwortete er mit: »Dann ermitteln Sie den Verursacher und der übernimmt die Kosten.«

»Wie wär's mit einem DNA-Test im Abfallrohr, falls wir den Verursacher nicht eindeutig ermitteln können? Bis dahin haben sich die Fäkalien gleichmäßig im Haus verteilt.«

»Werden Sie mal nicht frech!«

Doch, ich wurde frech: »Ich brauche keinen Notdienst bestellen, wenn nicht klar ist, dass der auch bezahlt wird.«

Auf diesem Niveau machte es keinen Spaß und noch weniger Sinn. Es reichte mir. Ich musste etwas unternehmen. Ehe ich zum Zuge kam, wurde ich erneut zum Termin bestellt. Nix mit Edelrestaurant. Auf dem Hof der Kosmetikfirma nahm mich die Ostbeauftragte mit strengem Gesicht in Empfang.

»Kommen Sie ins Konferenzzimmer, die Herren warten schon.«

Es ging sofort zur Sache. Der Oxford-Absolvent führte das Gespräch: »Wir möchten uns von Ihnen als Verwalter trennen, zunächst bezüglich der auswärtigen Objekte. Die werde ich selbst verwalten.« Wohlwollend ergänzte er: »Das Stammobjekt kann bei Ihnen bleiben, vorerst. Aber nur, wenn Sie der Auflösung der anderen Verträge zustimmen.«

Innerlich machte ich einen Freudensprung. Besser ging es nicht. Sind die mir glatt zuvorgekommen. Aber umsonst werden die mich jetzt nicht los. Jetzt spielte ich mein Blatt. Wollen wir mal sehen, was der Oxford-Absolvent so draufhat. Ich gab mich bekümmert: »Sie wissen schon, dass wir nicht umsonst einen Fünfjahresvertrag geschlossen haben. Der Aufwand, die Objekte einzurichten war immens. Die Probleme habe ich gelöst und die Vermietung habe ich in Gang gebracht. Das hat mich eine ganze Menge Kraft und Arbeit gekostet. Dieses Jahr fängt es gerade an, sich für mich zu rechnen.«

Das kam richtig weinerlich rüber, also fuhr ich fort: »Jetzt werde ich abserviert. Es war schließlich Ihr Wunsch, dass ich die Objekte übernehme.«

Und nun zur Sache. Ich klappte mein vorbereitetes Mäppchen auf: »Hier sind die Zahlen, vorher und nachher. Wir haben die Auslastung von 57 Prozent auf 90 Prozent erhöht. Es steht nur noch eine Einheit leer. Und die ist baulich bis heute nicht fertiggestellt worden, aus Kostengründen, wie wir ja wissen. Wenn Sie mich loswerden wollen, kein Problem. Vertrag kommt bei mir von sich vertragen.«

Jetzt schaute ich dem Finanzexperten frech ins Gesicht:»Machen Sie mir einen respektablen Vorschlag über eine Abstandszahlung für die verbleibenden zwei Jahre und ich stimme der Auflösung der Verträge sofort zu. Finanzfragen sind ja Ihr Spezialgebiet.«

Mit schmeichelnder Stimme legte ich nach:»Ach, noch etwas.« Ich griff in meine Mappe und legte den Generalschlüssel auf den Tisch:»Als Zeichen meiner Bereitschaft, alles einvernehmlich zu beenden, habe ich schon mal den Generalschlüssel mit. So können Sie ab sofort aktiv schalten und walten, wie es Ihnen beliebt. Falls mal eine Verstopfung anliegt.«

Beide schauten verdattert. Meine Unbekümmertheit irritierte sie sichtbar. Ich wusste, dass der Oxford-Heini diesen lässigen Stil und meine Sprüche nicht ausstehen konnte. Was hatten die erwartet? Tränen der Trauer, nein danke. Ich ergänzte:»Ich denke, Sie brauchen ein paar Tage. Ende nächster Woche würde ich mich über ein faires Angebot freuen, einverstanden? Ich muss jetzt los.«

Ich ließ sie sitzen, verzichtete geschickt auf den gebotenen Handschlag und warf der Ostbeauftragten noch einen Handkuss zu, bevor ich mich auf den Heimweg begab.

Meine einzige Sorge war, wie ich diesen Kosmetikduft loswerde.

Eine Woche später kam ein Schreiben, kein Angebot. Eine Aufzählung von Pflichtverletzungen unsererseits und die fristlose Kündigung der Hausverwalterverträge bezüglich der auswärtigen Objekte. Meine offenen Verwaltervergütungen wollten sie nicht bezahlen und mit den Schäden, die wir ihnen vermeintlich zugefügt haben sollten, verrechnen. Die Aufstellung war unwahr und konstruiert.

So nicht. Das konnten wir problemlos beweisen. Ich bin bis heute kein Freund von langjährigen Gerichtsverfahren und startete einen letzten versöhnlichen Versuch.

Wir schrieben einen Brief an den Kosmetiker - 20 Jahre gute Zusammenarbeit und so weiter. Mit einer kurzen E-Mail wurden wir abgebügelt - der Prokurist wäre für alles zuständig.

Sie wollten es nicht anders. Ich beauftragte meinen Anwalt. Der studierte den gesamten Schriftverkehr und schüttelte den Kopf: »Wir sollten gleich klagen. Wenn ich diese nächtlichen E-Mails sehe, das macht auch vor Gericht einen wirren Eindruck.«

Meine Rede.

Seltsamerweise wurde zu keinem Zeitpunkt der Verwaltervertrag für das lokale Objekt, das Ursprungsgeschäft, angegriffen. Mein Anwalt winkte ab: »Lass uns erst mal die auswärtige Sache klären.«

Es war soweit. Der Gerichtstermin wurde anberaumt. Ich war gut vorbereitet, mit einer Aufstellung über die vorgeworfenen Pflichtverletzungen und deren Entkräftung. Eine weitere Liste beinhaltete die persönlichen Beleidigungen in den nächtlichen E-Mails, exakt aufgereiht. Alles Munition für den Anwalt.

Der Oxford-Absolvent hatte einen blutjungen Anwalt aus einer Edelkanzlei der Landeshauptstadt. Der begrüßte uns artig. Ein sympathisches Kerlchen.

Der Richter forderte mich auf, zu den Pflichtverletzungen vorzutragen. Gehorsam und ausführlich erklärte ich Punkt für Punkt. Ständig fiel mir das Glatzköpfchen ins Wort. Selbst sein jugendlicher Anwalt konnte ihn nicht bremsen. Das machte keinen guten Eindruck. Der Richter wirkte genervt und rief ihn zur Ordnung.

Ich gab mich schüchtern: »Darf ich weiter vortragen?« Ich durfte.

Der Richter begann nach und nach zustimmend in meine Richtung zu nicken.

Die Zwischenrufe des Prokuristen wurden häufiger. Er sah seine Felle davonschwimmen und fing an, sich zu verzetteln. Verbale Angriffe gegen mich waren die Folge. Das verschaffte uns Oberwasser.

Wir legten dem Richter die Liste der nächtlichen Schimpfkanonaden vor.

Der Richter schickte den Oxford-Absolventen mitsamt seinem Anwalt nach draußen und gab letzterem noch einen Rat mit auf den Weg: »Wir machen eine kurze Pause. Beruhigen Sie Ihren Mandanten und empfehlen Sie ihm eine gütliche Einigung. Vergleichen Sie sich mit der Klägerin. Ihre Karten sind nicht die Besten.«

Widerwillig folgte der Londoner dem jungen Anwalt nach draußen. Er wollte lieber weiter streiten.

Ich war unzufrieden. »Warum denn vergleichen? Der Richter ist uns doch positiv gesonnen. Ich habe mir nichts vorzuwerfen«, tuschelte ich meinem Anwalt verärgert zu.

Der beruhigte mich: »Warte ab, wir werden schon einen akzeptablen Betrag rausholen. Einigung ist immer besser.«

Die Verhandlung wurde fortgesetzt, das Spiel wiederholte sich. Wir konnten uns finanziell nicht verständigen, warum auch. Ich fühlte mich im Recht. Nach weiteren sinnlosen Diskussionen kam mir eine Idee: »Herr Richter, darf ich einen Vorschlag unterbreiten?«

»Nur zu!« Der Richter schöpfte Hoffnung auf ein schnelles Ende.

»Ich verwalte ja immer noch das Stammobjekt. Warum auch immer, bin ich da nie gekündigt worden. Der Vertrag läuft noch über ein Jahr. Bei diesen Diskrepanzen und den fortlaufenden Beleidigungen möchte ich die gesamte Verwaltertätigkeit aufgeben. Ich schlage die sofortige Auflösung aller Verträge vor. Dafür wäre aber ebenso ein finanzieller Abstand fällig. Dazu müsste der heutige Vergleich über die von uns eingereichte Klagesumme hinausgehen.« Mutig benannte ich eine Zahl.

»Er«, ich zeigte auf mein Gegenüber aus London, »wäre mich für immer los.«

Der Richter verstand und wendete sich Richtung Oxford. »Erstreckt sich Ihre Prokura auf alle Objekte?«

Der aufgeblasene Heini streckte die Brust heraus: »Natürlich. Eine Einigung - aber doch nicht in dieser Höhe?«

Eine Abschwächung meines Vorschlages hatte ich einkalkuliert. Ich dachte mir schon, er wird mich unbedingt loswerden wollen. Richtig, nach einigem Hin und Her wurde der Vergleich ausgehandelt, über die eingereichte Klagesumme. Der Richter atmete auf und formulierte das Urteil, inklusive Rechtsmittelverzicht.

Die Angelegenheit war ein für alle Mal für beide Seiten beendet. Hurra! Auf dem Flur konnte ich nicht anders. Freundlich verabschiedete ich den gegnerischen Anwalt. Dann drehte ich mich in Richtung des Oxford-Absolventen. Ich grinste ihn frech an und zeigte mit dem Daumen nach oben: »Gut gelaufen, nicht wahr? Sie machen jetzt die Arbeit und ich bekomme das Geld. Und erklären Sie dem Chef, warum der heutige Tag teurer wurde als geplant. So etwas lernt man wahrscheinlich nur in Oxford.« Lachend hakte ich meinen Anwalt unter: »Voller Erfolg, endlich sind wir diesen Spinner los. Und wir gehen jetzt richtig schick essen. Mit allem Drum und Dran, koste es, was es wolle. Mit vier Gängen und reichlich Wein.«

Vorher rief ich im Büro an: »Tina, wir sind sie los.«

Ihre Freude äußerte sich laut und deutlich.

Wenige Wochen später übergaben wir Glatzköpfchen die kompletten Verwalterunterlagen. Das war im Urteil so festgelegt worden.

Gut vorbereitet, mit vielen Protokollen, trafen wir uns auf einem Parkplatz. Übergeben wurde von Kofferraum zu Kofferraum. Lächerlich, aber der Prokurist hatte es so bestimmt.

Nach ein paar Monaten klingelte im Büro das Telefon, die Ostbeauftragte höchstpersönlich.
Tina gestikulierte und stellte auf laut.
»Wir haben da ein Problem. Unser Prokurist ist nicht mehr da. Er ist auch nicht mehr Prokurist. Leider haben wir keine Unterlagen. Die hat er wohl mitgenommen. Irgendjemand muss jetzt die Abrechnungen machen. Haben Sie denn noch Unterlagen von uns?«
Ich tippte mir an die Stirn und schüttelte den Kopf. Wir mussten ja alles übergeben an den Oxford-Absolventen. Wir Faulenzer im Osten mit unserer mangelnden Arbeitsmoral.

Zum Jahresende schickten wir eine Weihnachtskarte an die Londoner Adresse von Glatzköpfchen. Wir schicken all unseren Geschäftspartnern ein paar Weihnachtsgrüße. Das gehört sich so. Höflichkeit muss sein. Der Brief kam zurück: Annahme verweigert.
Viele Jahre waren vergangen, da traf ich den Chef der Kosmetikfirma zufällig in der Stadt. Wir kamen ins Gespräch. Er kommentierte die Vergangenheit: »Das hätten wir uns sparen können, diese Nummer mit dem Engländer. Aber dennoch. Ich habe jetzt alles verkauft und mich zur Ruhe gesetzt. Und wie geht's Ihnen?«
Ich konnte auch freundlich: »Veränderungen sind oft Verbesserungen. Das war auch bei uns so. Gibt es denn noch Ihre Mitarbeiterin?« Mir fiel der Name der Ostbeauftragten nicht ein. »Wir sind alle schon in Rente.« Er winkte mir freundlich zu: »Na dann, alles Gute!«

SCHLÜPFERLÄDEN

Wir verwalten so ziemlich alles, was es gibt, von der hochspezialisierten Facharztpraxis bis zum kleinen Tattooladen. Es geht um Ladengeschäfte, Arztpraxen und Büroräume aller Größenordnungen. Deshalb haben wir mit Spezialisten und Dilettanten zu tun. Nur die Exoten schaffen es, hier erwähnt zu werden.

Es beginnt alles mit Neuvermietungen. Wir dürfen den Mieter besorgen, maximale Bedingungen vereinbaren, die Verträge gestalten und den gesamten Ablauf eines Mieterwechsels organisieren.

Besonders nach der Wende haben wir interessante Erfahrungen gemacht. Da gab es zum Beispiel Ehegattinnen auf dem Weg zur Selbstverwirklichung. Es ging um ›Schlüpfergeschäfte‹. Ja, ja, es heißt neudeutsch ›Dessousboutiquen‹. Aber wir sind ein konservatives Büro und deshalb bleibt es bei ›Schlüpfern‹.

Bei offiziellen geschäftlichen Anlässen wie Neujahrsempfängen, regionalen Sportereignissen und natürlich in Kneipen lernte ich den Großteil der neuen Geschäftswelt kennen.

Der ›Aufbau Ost‹ wurde wesentlich von westdeutschen Führungskräften aus Industrie, Wirtschaft und dem Bankwesen organisiert. Diese Superschlauen, die es im Westen nicht in die erste Reihe geschafft hatten, konnten sich in einer Kleinstadt gut verwirklichen und uns das Arbeiten beibringen. Natürlich hatten sie ihre Ehefrauen im Schlepptau und es fing immer gleich an.

In dem konkreten Fall suchte mich ein Industriemanager im Büro auf:»Ich brauche einen kleinen Laden, am besten 1a-Lage. Meine Gattin möchte ein Dessousgeschäft eröffnen.«

Die Frauen waren selten berufstätig und langweilten sich zu Hause. Wir Ostfrauen waren fast durchgängig beschäftigt und kannten keine Defizite in Sachen Selbstverwirklichung.

Natürlich war der Mann von Welt vorbereitet:»Wir haben uns das schon mal durchgerechnet. Das wird funktionieren.«

Das wagte ich zu bezweifeln. Welche Erfahrungen hatte ein Industriemanager schon im Schlüpfergeschäft? Gestandene Männer denken beim Thema Dessousboutique nicht unbedingt intelligent.

»Ich schicke Ihnen meine Frau vorbei und Sie kümmern sich. Die Verträge und Finanzen klären Sie bitte mit mir.«

Einwände meinerseits wurden nicht gehört. Gut, ich hatte es wenigstens versucht.

Im Büro wurde der Besichtigungstermin vereinbart. Geschäft ist Geschäft, auch wenn diese aufgedonnerte Dame nicht unbedingt zu meinem Lieblingsklientel zählte. Der Selbstverwirklichung der Geschäftsgattin wollte ich keinesfalls im Wege stehen. So fanden wir ein geeignetes Ladenlokal, nur das Beste für die Dame der Gesellschaft.

Die Boutiqueeinweihung mit Champagner und Häppchen war opulent und teuer. Zur Eröffnung wurden reichlich Schlüpfer verkauft. Nach und nach änderte sich aber die Lage. Hinzu kam, dass die Öffnungszeiten dem gewohnten Freiraum der Ehegattin im Wege standen. Personal wurde eingestellt. Der Anfang vom wirtschaftlichen Ende, denn es rechnete sich nicht mehr. Der Laden wurde wegen mangelnder Wirtschaftlichkeit so still und leise wie nur möglich wieder abgeschafft. Nicht schlimm, eine

Nachvermietung glückte schnell, denn die nächste Generation Ehegattinnen saß schon in den Startlöchern.

Der Trend ging zu Keramik, neudeutsch ›italienischen Accessoires‹, und natürlich zu Weinen des jeweiligen Hauswinzers. Das war noch schwieriger, da sich inzwischen seriöse Weinhändler vor Ort etabliert hatten. Die konnten mit solidem Fachwissen aufwarten. So löste sich auch diese Geschäftsidee nach und nach in Wohlgefallen auf.

Gewagter war der professionelle Einstieg in den Bekleidungsbereich, die Boutique. Das waren mutige Frauen, die sich des Risikos durchaus bewusst waren. Schöne Geschäfte, interessante Ware, aber teuer, für eine Kleinstadt problematisch. Das Potential an betuchten Frauen war begrenzt. So sind bis auf wenige Ausnahmen auch diese Unternehmen gescheitert.

Kommen wir zu den Exoten, meinen Lieblingen.

›Durch Tanzen frei sein‹, die ›orientalische Massage‹ oder das alternative Kneipchen. Alles ungewöhnliche Projekte und nicht alle haben es geschafft davon hauptberuflich zu leben. Aber es waren durchweg angenehme Idealisten, die ihre Sache, meist nach Feierabend, leidenschaftlich verfolgten.

Das waren keine Anhängsel gutverdienender Ehepartner, sondern hart arbeitende Leute. Mieter, die sich auf den Cent genau vorbereiteten und ihre alternative Zukunft vorsichtig kalkulierten.

Die Vollprofis gehören zu den problematischsten Partnern unseres Büros. Vor allem Ladenketten und Konzerne glauben in einer anderen Liga zu spielen. Zuerst tauchen ihre Analysten auf, messen die Kundenströme und bewerten die örtliche Kaufkraft. Danach kommen die speziell geschulten Manager und die Verhandlungen beginnen. Oft arrogant und frech. Dann traktieren sie uns mit ihren vorbereiteten Standardverträgen, gerne mit 30 Seiten und mehr. Das mögen wir überhaupt nicht. In Fleißarbeit müssen wir die Fußangeln finden und ausheben.

Dieses Vorspiel interessiert die Eigentümer nicht. Die denken nur an ihr Geld. Hauptsache wir bringen einen sicheren Zahler. Wenn ja, alles gut. Wenn nein, ist wenigstens schon die Schuldfrage geklärt.

Mutig vertreten wir die Interessen unserer Eigentümer und das gar nicht mal schlecht. Wir kennen inzwischen die Tricks und halten uns auch auf der großen Bühne ganz gut. Im Wesentlichen sind die großen Gewerbemieter alle gleich. Haben wir ein Anliegen, lassen sie uns am langen Arm verhungern.

Umgekehrt läuft das anders. Springen wir nicht beim kleinsten Problem, drohen sie sofort mit Mietminderung und ihren Staranwälten.

Glücklicherweise wechseln auch Gewerbemieter des Öfteren. Leerstand darf es nicht geben. Dann fehlt unseren Eigentümern das fest eingeplante Geld und es gibt Ärger. Zeit für uns, tätig zu werden und in die nächste Runde zu starten.

Doch die Zeiten ändern sich. Auch in den besten Lagen stehen solide Mieter nicht mehr Schlange. Höchstpreise sind Geschichte. Früher fürchteten die innerstädtischen Händler ihre Konkurrenten auf der grünen Wiese. Heute ist das Shoppen im Internet die große Gefahr für den innerstädtischen Einzelhandel und es bedarf neuer Konzepte um die Flaniermeilen der Städte zu retten.

GROßSTADTNIVEAU

Natürlich durften wir ab und zu auch raus aus unserem kleinen Städtchen. In die große, weite Welt - nach Hamburg, Berlin, Frankfurt, München, sogar nach Zürich. Wenn ein Geschäftspartner rief, kamen wir selbstverständlich.

Spannend war besonders der Kontakt zu den Edelmaklern, die sich ausschließlich um 1a-Lagen kümmerten, mit ihren guten Beziehungen zu den Schönen und Reichen. Da griff das Klischee heftig: schicke Klamotten, edles, flaches Auto, viel Gel im Haar und reichlich Arroganz.

Ein Erlebnis zaubert bis heute ein breites Grinsen in mein Gesicht.

Ich durfte den Verkauf eines größeren Geschäftshauses betreuen. Das Objekt befand sich in unmittelbarer Nähe zu unserem Büro. Der Eigentümer, eine internationale Gesellschaft mit Sitz in Hamburg, hatte mich gebeten den Notarvertrag vorzubereiten. Ich hatte sie bei Problemen vor Ort über Jahre betreut.

Nicht nur, dass wir uns einen Hofbereich mit gemeinsamer Zufahrt teilten. Es ging um die detaillierte Ausformulierung von Besonderheiten, die mit dem Einzeldenkmal zu tun hatten. Der parallel beauftragte 1a-Makler aus der Hauptstadt sollte einen solventen Käufer finden.

Klar war dieser alles andere als erfreut, mit mir sein Honorar zu teilen. So kümmerte der sich nur um seine Kaufinteressenten und überließ mir die Kleinarbeit. Die notarielle Abwicklung sollte bei einem renommierten Notar in Hamburg passieren.

Der Supermakler war schnell erfolgreich. Er präsentierte schon nach kürzester Zeit einen Käufer, eine internationale Gesellschaft mit Sitz im Elsaß. Ich durfte die Vertragsdetails ausarbeiten und das tat ich akribisch. Schließlich wollte ich mich vor internationalem Publikum nicht blamieren. Wegerechte, Denkmalschutz, städtische Auflagen – dies und mehr übermittelte ich in einer umfangreichen Datensammlung an den Notar. Bei meiner peniblen Vorbereitung war die Beurkundung reine Formsache.

Gut. Zwei, drei kleinere Klippen galt es noch zu umschiffen. Da hoffte ich auf konstruktive Lösungen bei der Beurkundung.

Ich fuhr mit dem Auto nach Hamburg. Die Kanzlei war mitten im Stadtzentrum, natürlich 1a-Lage. Ich suchte das nächstgelegene Parkhaus, griff meine Mappe und schlenderte zum Termin. Ich bin der Inbegriff der Pünktlichkeit. So hatte ich genügend Luft, die goldenen Schilder der Notare und Rechtsanwälte an der Hauswand zu studieren. Scheinbar ein riesiges, internationales Unternehmen. Die Anmeldung war von mehreren jungen Damen besetzt. Ich wurde in eines der freien, größeren Beratungszimmer geleitet. Klar war ich die erste. Kaffee und Getränke waren eingedeckt. Nach und nach füllte sich der Raum.

Die Käufer wurden durch nur einen Mann vertreten, einen Franzosen. Die Verkäufer liefen zu fünft auf, inklusive ihrer Anwälte. Wir zwei Makler und natürlich der Notar, mit einer der jungen Vorzimmerdamen, immerhin zehn Personen für ein Haus, ungewöhnlich. Mir schwante schon, das würde dauern.

Der Franzose war mir sofort sympathisch. Nicht nur durch sein lässiges Outfit. Gekleidet in Jeans und Boots, schmiss er seinen Parka locker über die Garderobe. Die anwesenden Gesellschafter und Anwälte waren uniformiert. Direkt dem Klischee entsprungen, der Dresscode der oberen Zehntausend. Großstadt eben. Alle in blauen Jacketts mit goldenen Knöpfchen. Kleine, bunte Tücher im Revers. Langweilige Oberhemden mit Stehkragen. Krawattennadeln mit Sportmotiven. Alles Golfer oder Segler. Schwarze Hosen mit Bügelfalten, fast immer mit farblich unpassenden Socken.

Das internationale Niveau wurde bereits im Vorgeplänkel demonstriert. Beim Smalltalk switchten sich die Anwesenden durch drei Sprachen. Deutsch, Englisch und Französisch. Ich hielt mich zurück. Der Franzose überzeugte mit akzentfreiem Deutsch. Ein Glück. So konnte der Notar den Vertrag in Deutsch lesen.

Die Staranwälte unterbrachen ständig den Vortrag. Die unwichtigsten Passagen wurden hinterfragt. Als Krönung waren die betreuenden Steuerberater der Vertragspartner telefonisch zugeschaltet. Lächerlich, auf der Suche nach der kleinstmöglichen Steuerersparnis. Ich sah da kaum Schlupflöcher. Das Finanzamt war auch nicht auf den Kopf gefallen, weder in der Kleinstadt, noch in Hamburg, so meine Erfahrung jedenfalls.

Bei Zwischenfragen wurde auch mal französisch diskutiert. Nicht meine Sprache.

So kämpften wir uns auf internationalem Niveau Schritt für Schritt vorwärts. Alle Staranwälte mussten ihr Honorar verdienen. In meinen Augen eine übertriebene Selbstdarstellung. Der Franzose selbst erschien unkompliziert und professionell.

Ich konnte alle Nachfragen kurz und knapp beantworten, mit den Hinweisen auf die umfangreichen Anlagen. Dafür erntete ich hier und da ein anerkennendes Nicken. Die zwei, drei Klippen im Vertrag wurden von allen übersehen. Ha, dachte ich, da sieht man, auch hier wird nur mit Wasser gekocht.

Der Franzose saß neben mir und wippte gelangweilt mit den Beinen. Ab und zu verdrehte er die Augen und schüttelte leicht den Kopf. Nicht nur, weil die unnötigen Einwendungen der Anwälte ausufernd diskutiert wurden. Wieder mal in verschiedenen Sprachen.

Die Beurkundung zog sich. Nach gut drei Stunden waren die Messen gesungen. Ich ersparte mir den mehrsprachigen Smalltalk nach der Unterzeichnung und verabschiedete mich. Lachend verließ ich den Notar und pustete durch. Was für ein Showprogramm. Auf der Straße holte mich der Käufer ein.

»Wahnsinn, nicht? Zwischendurch hatte ich den Eindruck, ich kaufe eine ganze Stadt. Die hatten eindeutig einen Hang zum Drama. Unabhängig davon brauche ich Sie vor Ort. Demnächst werde ich das Haus übernehmen. Können wir uns verständigen?«

Ich lächelte ihn an: »Ja, gerne. Willkommen Herr Nachbar, hier ist meine Karte. Wenn Sie im Städtchen sind, rufen Sie an. Mein Büro ist direkt neben Ihrem Haus.«

Wir verabschiedeten uns. Mein Part war geleistet und ich suchte bestens gelaunt das Parkhaus auf. Hamburg war nicht gerade billig. 18 Euro Parkgebühren. Morgen würde ich als erstes meine Rechnung schreiben, aber das war die Show wert gewesen.

TEILEIGENTUM

Viele Freunde und Bekannte fragen mich nach Eigentumswohnungen. Sie wollen kaufen, in der Hoffnung eine sichere Geldanlage gewählt zu haben.

Prinzipiell wird zwischen Eigennutzer und Kapitalanleger unterschieden. Beide haben vollkommen unterschiedliche Interessen bezüglich des Vorhabens. Nehmen wir an, Sie sind Eigennutzer. Sie wohnen selbst in der Eigentumswohnung. Sie wollen es schön haben, alles soll funktionieren. Das ist Ihnen etwas wert. Müssen Sie berufsbedingt in eine andere Stadt ziehen oder werden zu alt und zu krank für die Wohnung, was dann? Auch Wohneigentum muss nicht für die Ewigkeit genutzt werden. Es kommt dann immer das gleiche Argument: »Dann vermieten wir eben und kassieren die Miete.«

Sie haben nun in das Lager der Kapitalanleger gewechselt und ab diesem Moment haben Sie nur noch kleine Dollarzeichen in den Augen. Sie wollen Ihre Rendite kassieren und zwar deutlich. Verschönerungen am oder um das Haus fallen weg. Nur das Nötigste wird veranlasst, um Mietminderungen zu verhindern. Denken Sie immer daran, Sie kaufen einen Teil von etwas. Hätten Sie genug Geld, könnten Sie ja das ganze Haus übernehmen oder?

Aus meiner langjährigen Erfahrung definiert sich Teileigentum oft als Problemfalle. Klar ist es eine ausgeklügelte Form des Geldverdienens. So viele wie möglich werden an kleinen und großen Bauvorhaben beteiligt. Einzelne Eigentumseinheiten erscheinen bezahlbarer. Wenn schon keine Aktienpakete, dann wenigstens eine Eigentumswohnung. Vorsicht, Sie sind und bleiben ein Teil von etwas Großem und haben sich bei anstehenden Entscheidungen der Mehrheit unterzuordnen.

Glücklicherweise ist die Rechtslage bei Teileigentum beweglicher geworden. Man hat erkannt, dass die Mehrheit ausreichen muss, um notwendige Maßnahmen, wie Reparaturen oder sogar Sanierungen, durchzusetzen. Sie brauchen in den Eigentümerversammlungen keine 100%ige Zustimmung mehr.

Das war nicht immer so. Geschuldet den Erfahrungen der zurückliegenden Jahrzehnte, wurde die Gesetzeslage pragmatisch angepasst. Vielen Dank.

Wie muss man sich eine Eigentümerversammlung vorstellen? Gehen wir vom Schlechtesten aus. Erinnern Sie sich an Ihre Kindergartenzeit? Sie und manch anderes Kind möchten in der Gruppe den eigenen Willen durchsetzen. Es gibt Geschrei und Rangelei. Die Kindergärtnerin greift ein, ordnet, erzieht und stellt schließlich den Burgfrieden her.

Genauso empfinde ich oft diesen Job. Ich bin eine Kindergärtnerin. Leider nicht immer mit dem gewünschten Erfolg. Das liegt vor allem an den einzelnen Kindern, besser gesagt an den Teileigentümern. Je wichtiger sich der Eigentümer nimmt, desto kompromissloser ist er in der Durchsetzung seiner Interessen.

Als Verwalter muss ich jedes Jahr zur Versammlung einladen. Die Tagesordnung wird vorher fristgemäß versandt. Alle Ausgaben und Vorhaben werden erklärt, die Diskussionsgrundlage für notwendige Abstimmungen. Für den Verwalter ein wichtiger Termin, da per Abstimmung auch seine Tätigkeit bewertet wird.

Es stand die Eigentümerversammlung eines Wohn- und Geschäftshauses an. 17 Eigentümer mussten unter einen Hut gebracht werden. Das Objekt war ein klassisches Abschreibungsmodell. Die Eigentumseinheiten wurden mit wenigen Ausnahmen auf dem Golfplatz einer hessischen Großstadt verkauft. Der Bauherr und fast alle Käufer kannten sich und waren Golffreunde.

Nach der Fertigstellung war der Bauherr die ersten sechs Jahre lang der Verwalter. Ein übliches Prozedere. Somit hatte er Zugriff auf alle Mängelanzeigen und deren Beseitigung. Ein probates Mittel, um Probleme am Bau schnellstmöglich abzustellen und aufwendige Regressforderungen im Rahmen der Gewährleistung zu verhindern. Oft wurden Baumängel verschleiert und über die fünf Jahre Gewährleistungsfrist geschleppt. Ein Zustand, der heute durch den Gesetzgeber ausgebremst ist. Die erste Verwaltung des Eigentums ist auf vier Jahre begrenzt worden.

Ich war inzwischen der dritte Verwalter dieses Hauses. Mein Vorgänger hatte verzweifelt hingeschmissen. Zu diesem Zeitpunkt hatten wir aktiv akquiriert und waren erfreut über den Zuwachs in der Verwaltung. Alle Teileigentümer waren männlich, Golfschläger schwingende Männer, kurz vor dem Renteneintritt. Nicht unvermögend und gewohnt zu kommandieren. Sicher waren sie mit den grundlegenden demokratischen Regeln des Verfahrens vertraut, aber keinesfalls willens, sie bei der Durchsetzung ihrer eigenen Interessen anzuwenden.

So ging es von Anfang an nur in eine Richtung: meine Wohnung, mein Tiefgaragenstellplatz, meine Kosten, mein Anwalt. Das sicherte uns jahrelang eine äußerst nervige Streitkultur. Und warum? Grund waren kleinere und größere Baumängel, die wir nun weiß Gott nicht zu verantworten hatten.

Die Teileigentümer waren juristisch versiert und hatten die Verjährung immer wieder durch Mängelanzeigen aufgehalten. Wir waren auserkoren, die juristischen Auseinandersetzungen zur Schadensbeseitigung fortzusetzen. Die Golffreundschaften standen dem nicht im Wege. Es wurde intensiv gestritten.

Letztendlich lief alles auf zwei Interessenlagen hinaus: Eine Partei, die Vernünftigen, wägte Aufwand und Ergebnis einer gerichtlichen Auseinandersetzung ab. Die andere, die Streitsüchtigen, wollte die Auseinandersetzung, egal was sie kosten würde. Zu den jährlichen Terminen rückten sie immer mit ihren Rechtsanwälten an, ebenfalls Mitglieder des gleichen Golfvereins. Vor den Versammlungen stand die Objektbesichtigung an. Die Mängel wurden immer wieder aufs Neue besichtigt, oft der lustigste Teil der stundenlangen Veranstaltung.

Einer der Eigentümer war keine 1,60 Meter groß. Die anderen überragten ihn und mich um einiges. Bei Diskussionen im Hausflur stellte er sich stets auf die dritte Treppenstufe, um sich Gehör zu verschaffen. Das arrogante Lächeln seiner Golffreunde war nicht zu übersehen.

Baumängel in der Tiefgarage waren ein erheblicher Teil der Auseinandersetzungen. Zu diesen Terminen blockierten die auswärtigen Eigentümer die Fahrflächen frei nach Schnauze, ohne Rücksicht auf ihre Mieter. Mein Auto, mein Tiefgaragenplatz, mein Recht, punkt. Die Zuordnung der teuren Kisten war nicht allzu schwer. Der kleine Mann fuhr einen Porsche, dem er auch seinen Spitznamen verdankte.

In unserem Beruf kann man sich nicht alle Namen merken. So bedienen wir uns manchmal einfacher Hilfsmittel. Namensgeber kann das Auto des Eigentümers sein, auch seine Funktion, seine Herkunft oder sein Verhalten. Der Porschefahrer, der Oberpostrat, der Londoner, der Choleriker. Das ist keineswegs respektlos, sondern hilft uns bei der innerbetrieblichen Verständigung.

In der Regel saßen wir nach der Objektbegehung im Konferenzraum eines Hotels zusammen und arbeiteten die Tagesordnung ab. Dieses Mal eskalierte die Stimmung. Der Porschefahrer hatte den Termin bestimmt, um vor Ort alle möglichen Entscheidungen zu beeinflussen, und nun war er selbst nicht gekommen. Die Runde war erbost. Wir versuchten ihn auf dem Handy zu erreichen. Er saß verspätet im Zug und bestand darauf, per Telefon zugeschaltet zu werden. Bei jeder Tunneldurchquerung brach der Kontakt ab. Der Typ war schon live ein Problem, was sollte das erst am Telefon geben?

Natürlich heizte er per Telefon die Stimmung an. Jeder hatte plötzlich eine andere Meinung. Selbst die üblich bestehende Parteienbildung löste sich auf. Auch die anwesenden Rechtsanwälte einiger Eigentümer konnten es nicht richten. Die Kindergartenrunde lief zur Höchstform auf.

Nach fünf Stunden Streitereien hatte ich genug. Ich stand auf: »So geht das nicht. Sie alle sind gar nicht gewillt, zu vernünftigen Entscheidungen zu kommen. Jeder sieht nur seinen Vorteil. Die juristischen Maßnahmen, die einige von Ihnen fordern, stehen in keinem Verhältnis zu dem notwendigen Aufwand. Setzen Sie die finanziellen Rücklagen ein. Beheben Sie den Schaden und geben Sie Ruhe. Sonst wird das hier nie etwas. Verlieren Sie vor Gericht, haben Sie enorme Summen an Anwälte, Sachverständige und Staatsbedienstete verschwendet. Diese Summen werden die kurzfristige Schadensbeseitigung um ein Vielfaches überschreiten. Machen Sie endlich einen Punkt und werden Sie vernünftig.«

Ich holte tief Luft: »Darüber hinaus informiere ich Sie, dass bei einer aussichtslos zerstrittenen Eigentümergemeinschaft dem Hausverwalter, also mir, ein Sonderkündigungsrecht zusteht. Kriegen Sie sich ein, sonst mache ich davon heute noch Gebrauch und Sie machen ohne mich weiter. Dann müssen Sie laut Gesetz erstmal einen neuen Verwalter bestimmen. Fürs Protokoll, wir machen 15 Minuten Pause.«

Ehe die anwesenden Rechtsanwälte ihren Protest anmelden konnten, verließen Tina und ich den Raum.

Tina war erstaunt: »Geht das überhaupt?«

»Na ja, so ungefähr. Irgendwas muss passieren, das nervt zu sehr. Guck mal auf die Uhr. Wir sitzen hier seit Stunden!«

Die Drohung half. Die anwesenden Eigentümer und Rechtsanwälte legten den Rückwärtsgang ein. Sie verständigten sich auf gemeinsame Maßnahmen zur Schadensbeseitigung. Den Porschefahrer konnten wir nicht beteiligen. Telefonisch unerreichbar. Vielleicht war sein Akku am Ende. Wir protokollierten die Entscheidungen. Die Veranstaltung war nach fast sechs Stunden beendet. Mit den Akten unterm Arm verließen wir zügig den Konferenzraum.

Im Sturmschritt trieb ich Tina an: »Mach schnell. Nicht das der kleine Porschefahrer noch auftaucht und uns belabert. Für heute reicht's mir.«

»Das macht der doch sowieso, wie immer.«

Musste sie immer Recht haben? Tatsächlich focht er später das Protokoll der Eigentümerversammlung gerichtlich an.

Wir mussten eine weitere Versammlung einberufen, der er auch fernblieb. Das war mir egal. Wir korrigierten ein paar Kleinigkeiten und es blieb ausnahmslos friedlich. An diesem Tag teilte ich den Eigentümern mit, dass ich unseren Verwaltervertrag Ende des nächsten Jahres auslaufen lassen würde: »Sie müssten sich einen neuen Dummen suchen.«

»Och, schade. Warum denn? Machen Sie doch weiter. Wir haben uns an Sie gewöhnt. Wir sind doch so zufrieden.«

Nichts da. Keine noch so intensive Schleimerei konnte mich bewegen, meine Meinung zu ändern. Wir waren aus der Nummer raus, endgültig.

Das ist natürlich nur das Resümee aus der Verwaltung einer Eigentümergemeinschaft. Wir verwalten auch unkomplizierte Häuser. Aber jedem Käufer einer Eigentumswohnung sollte klar sein, dass es zu Konfrontationen kommen kann. Bedenken Sie, dass sich bei Sterbefällen die Anzahl der Eigentümer erheblich vervielfachen kann. Insolvenzen von einzelnen Eigentümern können die anderen bis zur Zwangsversteigerung belasten. Notwendige Sanierungsmaßnahmen können blockiert werden und so vieles mehr. Wägen Sie diese Risiken sorgfältig ab, ehe Sie sich für diese Form von Eigentum entscheiden.

HANDWERKER

Vorneweg, ich liebe alle meine Handwerker. Warum wohl? Ich bin auf ihre Kooperation angewiesen. Der Hauptteil unserer operativen Arbeit ist die Bestellung von Handwerkern. Tropfende Wasserhähne, defekte WC-Spülungen, das ewig leuchtende Hauslicht. Unser Telefon klingelt hauptsächlich wegen diesen Vorkommnissen, und das täglich. Mieter sind ungeduldige Partner und erwarten eine schnelle Lösung ihres Problems.

Die Stellung des Handwerkers in der Gesellschaft hat sich in den letzten Jahren sehr verändert. Endlich bekommen Handwerker wieder die Anerkennung, die ihnen schon immer zustand. Haben sie nach der Wende oft Aufträge erbetteln müssen, hat sich das Blatt komplett gewendet. Leider macht sich schon heute der Mangel an Nachwuchs bemerkbar und wird uns zukünftig vor große Probleme stellen.

Wir unterscheiden zwischen geplanten Maßnahmen und kurzfristig notwendigen Einsätzen.

Planmäßig ist beispielsweise die Heizungswartung. Das Zusammenspiel von Mieter und Monteur ist die Voraussetzung für einen erfolgreich ablaufenden Termin. Aus Erfahrung legen wir alle Wartungen in den Beginn der Heizperiode. Mieter werden informiert und gebeten die Heizkörperventile zu öffnen. Der Monteur checkt die Heizung und füllt Wasser auf. Aber hat ein Mieter die Ventile nicht vollständig geöffnet, ist es kein Wunder, dass die Heizung beim ersten Kälteeinbruch nicht richtig hochfährt. Dann werde ich angerufen, gewöhnlich am Freitag nach 15 Uhr.

Beispielhaft ist der jährliche Anruf eines Dachgeschossmieters: »Bei mir wird die Heizung nicht warm. Das geht schon seit drei Tagen so. Da muss jetzt sofort jemand kommen. Ich habe keine Lust mein Wochenende im Kalten zu verbringen.«

Das kannte ich schon. Freitags nach Dienstschluss. Vor Jahren habe ich noch so reagiert: »So, seit Tagen? Heute ist Freitag. Der Klempner hört um eins auf zu arbeiten. Warum haben Sie nicht vor drei Tagen angerufen? Sind Sie nicht der Herr, der sich geweigert hatte, die Ventile zu öffnen? Sie sind doch Lehrer. Dann kennen Sie doch das Wechselspiel von Ursache und Wirkung.«

Dieser Mieter war ein Wiederholungstäter. Jedes Jahr das gleiche Spiel. Aber eine Hausverwaltung ist lernfähig. Nach dem dritten Jahr ignorierte ich die Anrufe. Auch Whatsapps brachten und bringen mich heute nicht mehr aus der Ruhe. Der Notdienst der Klempnerfirma kannte diesen Pappenheimer inzwischen auch und reagierte ganz ähnlich. Strafe muss sein.

Für notwendige Reparaturen werden Termine abgestimmt und detailliert vorbereitet. Witzigerweise läuft das oft ähnlich ab.

Tina telefoniert: »In der und der Straße bei Mieter X soll ein Waschbecken getauscht werden, inklusive Mischbatterie. Ich habe Ihnen einen Auftrag mit den Maßen und ein Foto geschickt. Dann kann der Kollege das Material ordern und gleich zum Termin montieren.«

Die Disponentin notiert das Anliegen. Dann verbindet sie zum Meister. Manchmal haben wir Glück und er kommt selbst. Dann klappt es gleich. Aber wehe, es wird ein Monteur geschickt. Der taucht beim Mieter auf und schon klingelt unser Telefon: »Ich bin jetzt hier! Ein Waschbecken müsste gewechselt werden. Ich habe es gemessen, 60 Zentimeter breit mit Mischbatterie. Muss erst bestellt werden. Ich kümmere mich.«

Gut, dass Tina solche Nerven hat. Denn sie darf jetzt die nachfolgenden Termine organisieren. Und dass, obwohl die neuen Medien die Optimierung von Abläufen erleichtern. Selbst ich habe das begriffen und zücke ständig mein Handy, um per Foto notwendige Informationen zu übermitteln.

Manchmal frage ich mich, warum besonders nach Wartungen und Reparaturen die Reklamationen der Mieter losgehen. So etwas wie eine Abnahme, eine Endkontrolle ist wohl heute nicht mehr üblich. Sicher wegen dem Dauerstress.

Aber nochmal, ich liebe alle Handwerker. Und überhaupt. Wir sind ein treues Büro. Jahrzehnte sind wir mit unseren Elektrikern, Klempnern, Dachdeckern, Rohrreinigern, Malern und Maurern verbunden. Das wird auch so bleiben.

Leider sind viele von ihnen in meinem Alter und werden in den nächsten Jahren in Rente gehen. Deshalb genießen wir einfach unsere gemeinsamen Jahre und machen das Beste daraus. Wir ordern, sie reparieren und die Rechnungen werden pünktlich bezahlt. Deswegen bekommen sie auch zu Weihnachten ein kleines Präsent, ein Weinchen oder Pralinés. Denn wir wissen am besten, die Toiletten verstopfen nicht Montag früh, sondern Weihnachten, Ostern und immer nach Feierabend. Es klappt, da wir uns respektieren und in fast 30 Jahren ausreichend Erfahrungen im Umgang miteinander gesammelt haben.

Die Forderung so mancher Eigentümer nach der Einholung von drei Angeboten für jede Reparaturmaßnahme ist schon lange realitätsfremd geworden. Und deshalb mein Tipp an alle: Gehen Sie mit den Handwerkern respektvoll um!

Es gibt Ausnahmen. Von diesen Handwerkern trennt man sich früher oder später. Denn nicht immer ist der Umgang miteinander friedfertig. Natürlich wird auf Baustellen geschimpft, gestritten und gebrüllt. Feingefühl ist da nicht immer angebracht. Ist man zu nett, wird man ignoriert. Konsequentes Pochen auf die Einhaltung der Termine ist Voraussetzung, um nicht in die Warteschleife abgeschoben zu werden. Streitereien bei der Sanierung von Altbauten gehen oft an die Grenze des Benehmens.

Ein Beispiel: Das kleine Bad eines Altbaus sollte saniert werden. Die Lage der Badewanne, des WC's und des Waschbeckens wurde mit Klempner und Fliesenleger exakt abgesprochen. Sogar mit Kreide auf dem Boden aufgezeichnet. »Die Badewanne muss quer unter das Fenster, daneben die Toilette, dann das Waschbecken, mehr geht hier nicht. Es ist alles knapp, aber es passt, keine Experimente. Also macht euch ran, gegen Mittag bin ich wieder vor Ort.«

Ich verschwand ins Büro und tauchte Stunden später wieder auf. Die Wanne stand unter dem Fenster, das WC daneben. Das Waschbecken war an der Wand, aber keines davon an den vorgegebenen Stellen. Ich war entsetzt: »Das ist nicht euer Ernst?«

Die zwei Fliesenleger waren bockig: »Alles, wie du es gesagt hast, genau in der Reihenfolge.«

Ich zückte den Zollstock: »Die Wanne habt ihr schlappe 15cm von der Wand abgerückt. Das fehlt jetzt am WC-Platz.« Provokant setzte ich mich schräg auf die WC-Schüssel. Das ging gar nicht. Ich musste die Knie zusammendrücken und auf die Seite verdrehen. »Was für ein Quatsch. Wisst ihr Kerle nicht mehr, wie ihr auf der Kloschüssel sitzt? Breite Beine mit der Zeitung in der Hand. Davon kann man hier nur träumen. Die Wanne kommt wieder raus und wird direkt an die Wand gestellt, ohne diesen albernen Abstand. Ich frage mich, wer auf die glorreiche Idee gekommen ist. Die Ansagen heute Morgen waren doch eindeutig.«

Der eine schnauzte laut: »Machen wir nicht, du spinnst doch. Das wird eine schöne Ablage für Kosmetikartikel. Die Wanne ist bereits vom Klempner angeschlossen, der Trockenbau ist fertig. Muss man eben schräg auf'm Klo sitzen. Wir ändern mit Sicherheit nichts mehr. Außerdem ist jetzt Feierabend.«

Mit seiner Lautstärke konnte ich mithalten: »Nichts da, der Murks wird ausgebaut und zwar heute und jetzt. Die Wanne wird an die Wand gerückt. Ruft den Klempner an, der kommt noch mal zurück und schließt neu an.«

Der Depp brüllte durch das kleine Bad: »Kannst du vergessen. Wir hauen jetzt ab, es bleibt so.«

Ich konnte lauter brüllen: »Entweder, es läuft so wie ich sage, oder ihr nehmt euren Krempel und verschwindet. Dann aber auf Nimmerwiedersehen. Ich gehe jetzt. Um fünf bin ich hier und check die Lage, also entscheidet euch. Hier ist die Nummer des Klempners.« Ich schrieb sie mit Kuli auf die alte Tapete, drehte mich um und ließ die Blödmänner stehen.

Wutentbrannt verließ ich die Wohnung. So ein Murks, seitlich auf der Toilettenschüssel sitzen, wo gibt es denn sowas? Das würde ich nie akzeptieren, basta. Die Mieter würden sich jahrelang aufregen und mir das bei jeder Gelegenheit unter die Nase reiben.

17 Uhr kam ich auf die Baustelle, alle Autos waren weg. Die Wohnung war leer. Aber die Wanne war umgebaut und erneut angeschlossen. Ich setzte mich auf die Schüssel, spreizte die Beine und hielt eine fiktive Zeitung in die Höhe. Geht doch. Das war die letzte Baustelle mit diesen Deppen.

WASSERSPIELE

Machen wir uns nichts vor, der Wasserverbrauch ist die einzige Kennziffer der Betriebskostenabrechnung, die der Mieter allein bestimmt.

Das ganze Theater um den Energieausweis kann ich nur belächeln.

Es ist besser, Sie lassen sich die Betriebskostenabrechnung des vorhergehenden Mieters zeigen. Das ist aussagefähiger. Die Wasseruhr Ihrer Wohnung zählt nur Sie, Ihren Partner, die Kinder, die Oma und manchmal noch den Gartenschlauch, also aufgepasst. Der Verbrauch einer Mietpartei kann sich von Jahr zu Jahr ändern. Familien, die Zuwachs bekommen, verbrauchen sofort mehr Wasser. Wird jemand arbeitslos, ist er zu Hause und der Verbrauch steigt. Sehr alte Menschen haben oft einen geringen Verbrauch, sie duschen und baden nicht mehr. Junge Leute haben jahrelang auf Kosten von Mutti und Vati geplanscht. Schon nach der ersten Betriebskostenabrechnung in der eigenen Wohnung kommt das böse Erwachen. Die deftige Nachzahlung verändert ihre Verbrauchsgewohnheiten unter der Dusche radikal.

Jedes Stadtwerk in Deutschland kennt den durchschnittlichen pro Kopfverbrauch. Der liegt in unserer Stadt bei 30 Kubikmetern. Ermitteln wir die aktuellen Betriebskosten, vergleichen wir die Zahlen zum Vorjahr. Sind Abweichungen signifikant, suchen wir nach Erklärungen.

Eine Mieterin war kompliziert, eigensinnig und frech. Sie fiel auf, weil ihr Wasserverbrauch utopische Ausmaße annahm. Im Büro diskutierten Tina und ich die Vorgehensweise.

»Wir müssen in die Wohnung und prüfen, was da los ist. Vielleicht planscht sie den ganzen Tag in der Wanne. An den Wasseruhren liegt es nicht, der Ablesedienst hat das geprüft.«

Tina war dagegen: »Müssen wir nicht. Sie verbraucht so viel, basta. Die Werte sind eindeutig. Sie ist eine Planscherin.«

Ich wollte das lieber überprüfen: »Bitten wir sie um einen Termin vor Ort.«

»Habe ich schon, lehnt sie ab.«

»Kann sie nicht.«

»Macht sie aber. Wir schaffen das nicht ohne Anwalt.«

Nach Monaten erzwangen wir einen Besichtigungstermin. Mit dem Anwalt stand ich vor der Wohnungstür. Wir klingelten, sie öffnete. Alles was wir sahen, machte einen gepflegten Eindruck. Die Waschmaschine lief. Wir prüften im Bad die Ablesewerte der Wasseruhren. Die Zählerstände bewiesen, der Verbrauch war hoch und entstand in genau dieser Einheit.

Ich fragte nach: »Sie verbrauchen das Fünffache des üblichen Durchschnitts.«

»Na und? Ist doch meine Sache. War's das?«

Sie versuchte mich aus dem Bad in Richtung Wohnungstür zu schieben, aber so schnell wurde sie mich nicht los.

»Ich würde gern noch in die Küche schauen, da wird auch Wasser verbraucht.«

Sie rollte die Augen und schaute den Rechtsanwalt an: »Muss ich?«

Der konnte richtig streng: »Sie müssen. Wir haben einen vom Gericht genehmigten Besichtigungstermin. Eine gesamte Wohnungsbegehung ist uns erlaubt.«

Er ging mit ihr voran. Ich folgte. Neben der Küche war das Wohnzimmer. Ich drückte die Türklinke, Überraschung!

»Hallo meine Herren!«

Stadtbekannte Penner, acht an der Zahl, saßen artig auf dem Sofa und grinsten mich an. Alle mit einer Flasche Bier in der Hand. Kleiner Frühschoppen.

»Was macht ihr denn alle hier?«

Ich konnte mir ein Grinsen nicht verkneifen. Mein Anwalt stand inzwischen hinter mir und war total verdattert: »Was ist denn hier los?«

Die Mieterin zischte ihn an: »Das geht Sie gar nichts an, das sind meine Gäste.«

Einen kannte ich: »Hannes, was machst du hier?«

»Duschen. Wir können hier duschen und Wäsche waschen und dann noch ein Bierchen zischen. Gut oder? Deine Mieterin ist eine gute Frau. Sie kümmert sich um uns. Ist doch prima, oder?« Er prostete uns fröhlich zu.

Ich konnte mich vor dem Haus kaum halten vor Lachen.

Mein Anwalt war entsetzt:. »Die betreut tatsächlich acht Penner!«

Ich beschwichtigte ihn: »Penner sind auch Menschen!«

Einige Monate später ließ der Eigentümer die Wohnung räumen. Grund waren offene Mieten und die fehlende Betriebskostennachzahlung. Am Tag der Zwangsräumung war die Wohnung leer und absolut sauber. Die Schlüssel steckten.

Ich war bester Laune. Keine Konfrontation, keine Beräumung, kein Stress. Der nächste Mieter konnte kommen.

In einer 40 m² großen Zweiraumwohnung stand ein Verbrauch von knapp 100 m³ Wasser zu Buche. Die Mieterin war erst im letzten Jahr eingezogen.

Ich meldete mich an. Eine dunkelhaarige Schönheit öffnete freundlich die Tür. Schwarze, lange, sehr lange, echte Haare.

»Ich würde gerne die Wasseruhr im Bad checken, darf ich?«

Bereitwillig öffnete sie die Badezimmertür. Überall Pflegemittel für Haare und Körper vom Feinsten. Ich zählte 30 verschiedene Flaschen. »Sie haben einen überdurchschnittlich hohen Wasserverbrauch.«

»Das ist mir klar. Ich wasche jeden Tag meine Haare, das dauert. Das leiste ich mir, egal was es kostet.«

Eindeutig Thüringens Next Topmodel.

Problem geklärt, ich verabschiede mich freundlich.

ENTMIETUNG

Kein Verwalter oder Makler schreibt auf sein Firmenschild das Wort ›Entmietung‹. Sie finden ›Verkauf‹, ›Beratung‹ oder ›Vermietung‹. Warum wohl? ›Entmietung‹ – ein schreckliches Wort mit meist katastrophalen Konsequenzen. Dabei geht es auch anders. In mehr als zwei Jahrzehnten habe ich es geschafft, alle Entmietungen gütlich abzuwickeln. Mit Geld, oft auch mit praktischer Unterstützung und wirklichem Interesse an einer vernünftigen Lösung.

Ein vierstöckiges Mietshaus, mit mehr als sieben Mietparteien, war eine meiner größten Herausforderungen. Jung und Alt unter einem Dach. Im Erdgeschoß befand sich eine Bäckerei.

Ich lud alle Mieter in eine benachbarte Gaststätte ein. Bei Brötchen, Kaffee und Getränken erklärte ich die Situation. Das Haus war Baujahr 1903, und der Sanierungsbedarf war enorm. Substantiell war nie etwas passiert. Im Erdgeschoß befand sich hinter dem Laden eine alte Backstube mit einem riesigen Ofen. Die Verkaufsstelle wurde noch betrieben. Die großen Wohnungen der Obergeschosse waren willkürlich geteilt und vermietet worden. Ein echtes Chaos. Fast immer befanden sich die Toiletten im Hausflur.

Ausführlich erklärte ich das Sanierungsvorhaben. Ich sprach keine Kündigungen aus und hoffte auf Vernunft und Verständnis. Deutlich machte ich darauf aufmerksam, dass die Sanierung in diesem Umfang für alle Mieter unzumutbar wäre. Enormer Dreck und Lärm, verbunden mit riesigen persönlichen Einschränkungen, würden jeden Auszug mehr als favorisieren.

Ich legte die Bauzeichnungen aus, die zeigten, dass die Etagen neu aufgeteilt werden würden.

Interessiert folgten die Mieter den Ausführungen und stellten viele Fragen. Schnell wurde klar, wer ausziehen würde und wer bleiben wollte. Für die jüngeren Mieter mit Kindern waren die neuen Einheiten oft zu klein. Einige signalisierten sofort ihren Willen zum Auszug. Ich versprach finanzielle Unterstützung. Sie wollten schriftliche Sicherheiten für meine Zusagen. Das war selbstverständlich. Sorgen machte mir das betagte Mieterklientel.

Die älteste Dame, mit gut 80 Jahren, bewohnte eine gesamte Etage mit fast 130 m² und Ofenheizung in jedem Zimmer. Sie war sozial gut vernetzt und fühlte sich mit dem Haus fest verbunden. Trotz ihres Alters war sie einer Veränderung gegenüber aufgeschlossen. Sie betreute ehrenamtlich andere Ältere und war wach und agil. Im Rahmen ihrer finanziellen Möglichkeiten suchten wir gemeinsam eine kleine, moderne Wohnung. Schnell wurden wir fündig. Ich hatte viel Spaß mit der alten Dame.

Schon beim zweiten Termin entschied sie sich. Eine kleine Wohnung, wieder im Dach, aber mit Fahrstuhl, Balkon und moderner Heizung. Bad und WC auf ansprechendem Niveau. Wir organisierten den Umzug, und sie war dankbar für diese substantielle Verbesserung ihres Wohnkomforts. Noch Jahre später hielt sie mich in der Stadt an und erzählte von ihren Erfolgen bei der Betreuung anderer Menschen, welche oft jünger waren als sie selbst.

Eine andere alte Dame erwies sich von Anfang an als störrisch: »Nie kriegen Sie mich hier raus. Nur mit den Füßen vorneweg, das verspreche ich. Es sei denn, Sie besorgen mir eine bezahlbare Traumwohnung, auf mich zugeschnitten.«

Wir suchten und besichtigten mit ihr gemeinsam schlappe vierzehn Wohnungen, ohne jeglichen Erfolg.

Ich hatte mich mit der Misere bereits abgefunden und plante eine Alternative. Sie sollte bleiben. Gut, dann musste sie Krach und Dreck aushalten. Wir würden im Hausflur ein mobiles WC installieren und sie schrittweise in eine sanierte Wohnung umsiedeln. Ich ließ sie meine Entscheidung wissen. Sie blieb hartnäckig. Das wäre für sie kein Problem. Keine Besichtigungen mehr, so sollte es sein.

Einige Tage später klingelte das Telefon. Ganz aufgeregt schrie sie mich an: »Ich nehme die vorletzte, besichtigte Wohnung. Organisieren Sie das und zwar sofort. Ich hole den Vertrag morgen bei Ihnen im Büro ab.« Dann knallte sie den Hörer auf.

Nanu, was war denn jetzt los? Eine plötzliche Kehrtwendung? Wie kam es zu dem Sinneswandel? Ich rief zurück. Sie war sehr laut und deutlich: »Sie brauchen das Toi-Häuschen gar nicht erst abzuladen. Sie bezahlen meinen Umzug und gut ist es.«

Was für ein Toi-Häuschen, wollte ich wissen, aber zu spät, sie hatte schon aufgelegt. Egal, das Problem schien gelöst, warum auch immer.

Der Hausmeister des Objekts wusste Bescheid. »Der Bäcker im Erdgeschoss ist noch geöffnet. Ein LKW-Fahrer hat dort gefrühstückt. Er hat direkt vor der Haustür geparkt, unter ihrem Fenster. Die Alte hat aus dem Fenster geguckt, wie immer. Sechs TOI-TOI-Häuschen standen auf der Ladefläche. Sie hat irgendwas aus dem Fenster gerufen. Der hat prompt geantwortet, er bringe ihr gleich nach dem Frühstück ein WC nach oben. Ein richtiger Spaßvogel. Jedenfalls war sie sofort in Panik.«

Nicht schlecht. Der Zufall und ein zu Scherzen aufgelegter Lkw-Fahrer hatten mir geholfen.

Eine Familie machte mir besondere Sorgen. Sie waren nicht bei dem Treffen in der Gaststätte aufgetaucht und ich hatte vergeblich versucht, sie zu erreichen. In der Wohnung war es stets still und dunkel.

Eines Abends hatte ich Glück. Ein Mann um die 50 öffnete.

»Darf ich Sie mal sprechen? Dauert nicht lange.«

Stotternd bat er mich in die Wohnung. Ich vermied den Augenkontakt, um ihn nicht zu verunsichern. Ich trug mein Anliegen vor. In der Dunkelheit konnte ich in der Wohnung kaum etwas erkennen: »Können Sie mal Licht machen?«

»Geht nicht, wurde abgestellt.«

Eine jüngere Frau kam aus dem Nachbarzimmer und stellte Kerzen auf. Die Ehefrau des Mannes lag im Wohnzimmer auf der Couch. Sie war sichtbar krank. Die Tochter, mit einem Baby auf dem Arm, klärte mich auf: »Wir wohnen hier mit drei Generationen. Meine Eltern, ich und meine zwei Knirpse. Wir haben Schulden beim Versorgungsträger und sind abgeschaltet.«

Ich hatte mir schon so etwas gedacht. Es gab Probleme mit der Miete und ich hatte im Hausflur eine versteckte, angedockte elektrische Leitung am Hausanschluss entdeckt. Die Wohnung war ärmlich, aber blitzblank. Eine Kranke, zwei kleine Kinder. Das würde schwierig werden.

»Setzen wir uns zusammen und überlegen wir, was ich für Sie tun kann.«

Hier konnte nichts im Vorbeigehen geklärt werden. Drei Generationen!

»Ich habe gesehen, Sie haben den Hausstrom angezapft. Das ist strafbar.«

Die Tochter nickte: »Ja, aber es wird jetzt früher dunkel, und ich muss die Kinder abends waschen, da brauche ich Licht.« Sie zeigte auf eine alte Doppelspüle mit Schüsseln.

»Wie kann ich helfen? Die Zustände sind für Sie alle unhaltbar.«

»Ich möchte eine eigene Wohnung für mich und die Kinder. Meine Eltern müssen auch unterkommen, nur meine Mutter wird nächste Woche operiert. Ich habe mich schon gekümmert, aber uns nimmt keiner. Wegen den Sperren bei der Energieversorgung. Und Geld für eine Kaution haben wir schon gar nicht.«

Der Vater mischte sich stotternd ein. Er kam mir bekannt vor. Er war früher LKW-Fahrer und hatte Lebensmittel ausgeliefert. Jetzt wollte ihn niemand beschäftigen. Er zeigte auf seinen Mund. »Sicher wegen der Stotterei.«

»O.k., ich komme morgen Abend wieder. Sie schreiben mir alles auf. Alle Schulden bei der Energieversorgung und alles, was einer neuen Vermietung entgegenstehen würde. Wir finden eine Lösung.«

Die Tochter bezog Arbeitslosen- und Kindergeld. Ich hatte im Bestand eine geeignete Wohnung, die frei war. Auf die Kaution würde ich verzichten. Da ihr Name bei der Energieversorgung unbelastet war, würden die sie schon versorgen.

Mit dem Energieversorger verhandelte ich. Wir einigten uns. Sie stimmten einer Ratenzahlung der elterlichen Restschulden zu. Schwieriger war ihre Unterbringung. Die Ehefrau war inzwischen im Krankenhaus. Aber auch für die beiden fand ich eine Wohnung. Nur, wie sollte diese bezahlt werden? Die Kaution für eine neue Wohnung wollten wir übernehmen.

Seltsamerweise bezog der Vater kein Arbeitslosengeld. Die Tochter klärte mich auf: »Er will nicht aufs Amt. Er schämt sich. Aber ich habe jetzt einen Termin gemacht und werde mit ihm vorsprechen. Das kriege ich hin. Wir brauchen den Neuanfang.«

»O.K., ich habe eine bezahlbare Wohnung für Ihre Eltern gefunden.

Mit der Unterstützung des Arbeitsamtes schaffen Sie das. Der Hauseigentümer hat zugestimmt, der ist in Ordnung. Vielleicht kann Ihr Vater dort den Hausmeisterjob übernehmen. Wir müssen in jedem Fall eine Kaution hinterlegen, als Bankbürgschaft. Haben Ihre Eltern ein Bankkonto? Von mir aus begleite ich Ihren Vater auch und zahle die Summe ein.«

Gesagt, getan, wir verabredeten uns und gingen zur Bank.

Er sollte ein Formular ausfüllen und ich hielt das Geld bereit. Es klappte nicht, seine Brille fehlte. Nach einigen Minuten verstand ich, er konnte nicht richtig lesen, nur die Zahlen erkannte er. Jetzt wurde mir die Gesamtsituation klar, die Scham vor dem Arbeitsamt und den Behörden allgemein. Fraglich war, wie er zu einer Fahrerlaubnis gekommen war.

Ich füllte aus, er unterschrieb. Wir bekamen die Bürgschaft.

»Ich bestelle einen LKW für die Umzüge. Können Sie fahren?«

Er öffnete die Brieftasche und zeigte mir seine Fahrerlaubnis.

»Prima, dann können Sie loslegen, alle Formalitäten sind geklärt. Ihre Tochter hat gesagt, das Geld vom Amt kommt ab nächsten Monat. Zeit für einen Neuanfang.«

Die Familie hat Fuß gefasst. Die Tochter sehe ich regelmäßig, sie ist Kassiererin in einem Einkaufszentrum. Sie schwatzt immer freundlich mit mir. Der Vater winkt mir in der Stadt zu.

Geht doch.

Kaum einer weiß heute noch, was eine Teilhauptmiete ist.

Zwei verschiedene Mietparteien teilen sich eine Wohnung. Jede Partei hat einen eigenen Mietvertrag. Selbst meine Eltern haben sich nach dem Studium, mit mir als Neugeborenem, ihre erste Wohnung mit einer netten, älteren Dame geteilt. Teilhauptmiete hieß oft gemeinsame Küchen- und Badbenutzung. Es war dem Wohnungsmangel in der DDR geschuldet und nicht selten, ebenso wie die Toilette auf halber Treppe.

Gut, wenn sich die Parteien verstanden, war es erträglich. Schlecht, wenn nicht. Oft gab es soziale und familiäre Spannungen. Die DDR hatte die höchste Scheidungsrate in Europa und das bei akutem Wohnungsmangel.

So kam es, dass der Ex und der Neue eine längere Zeit in der gleichen Wohnung leben mussten. Das will ich mir gar nicht erst vorstellen.

Vor einer Haussanierung war ich mit zwei Teilhauptmietern in einer Wohnung konfrontiert.

Die beiden Parteien mochten sich nicht und kämpften als Konkurrenten für die beste Ausgangsposition mir gegenüber. Jeder wollte die meisten Zugeständnisse ergattern. Gemeinsame Gespräche wurden glattweg abgelehnt. Tatsächlich hatte ich den Eindruck, dass jeder von ihnen versuchte meine Zugeständnisse hochzutreiben. Es ging um immer mehr Geld und Unterstützung.

Mir ging das irgendwann zu weit. Ich resignierte und drohte mit einer gerichtlichen Auseinandersetzung. Also schrieb ich an beide Parteien einen identischen Brief und benannte meine Schmerzgrenze. Bei einer Ablehnung wäre es dann die Entscheidung des Gerichts und das Ende meiner Zugeständnisse gewesen.

Das half schließlich.

Wir einigten uns und fanden für beide Parteien vernünftige Lösungen.

Skurril war die Entmietung eines ABV's und seiner regimetreuen Ehefrau. Der Abschnittsbevollmächtigte, kurz ABV, war in der DDR der Polizist im Wohngebiet. Wie jeder ABV passte auch er auf, dass die Westkontakte zur Verwandtschaft nicht ausuferten und berichtete der Obrigkeit persönliche und politische Fehlentwicklungen in seinem Umfeld. Er fühlte sich wichtig und genoss einen gewissen Respekt, da keiner Probleme mit den Staatsorganen provozieren wollte. Suff, asoziales Verhalten, kleinere Diebstähle, Ruhestörungen, egal, er hatte ein Auge auf sein Wohngebiet und Zuständigkeitsbereich.

Seine Frau war offensichtlich Chefin des Haushalts und vor allem sauer, dass der neue Staat nach der Wende ihr und ihrem Mann die Macht nahm. Beide wohnten mit einem jungen Ehepaar in einer gemeinsamen Wohnung, zur sogenannten Teilhauptmiete. Das war für uns mehr als verwunderlich, da die Position eines ABV einen gewissen Einfluss bedeutete, der sich in der Regel auch auf die Wohnverhältnisse auswirkte.

Die Frau des ABV konkurrierte sofort mit dem jungen Paar, um optimale Zugeständnisse zu erzwingen. Ihre Ansprüche wurden immer maßloser.

»Sie bauen meine Möbel ab und packen das ganze Inventar ein. Falls ich eine geeignete Wohnung finden sollte, läuft alles in umgekehrter Reihenfolge ab. Alles, was kaputt geht, ersetzen Sie mir.«

Erstaunlicherweise sprach sie nie von ›wir‹. Würde ihr Ehemann nicht mitziehen? Als ich sie darauf ansprach, wurde sie frech: »Was erlauben Sie sich eigentlich? Wenn wir uns querstellen, können Sie die ganze Sanierung vergessen.«

Ich sah das entspannt. Kommt Zeit, kommt Rat. Die jungen Leute hatten sich schon für eine Wohnung entschieden. Wir hatten uns friedlich geeinigt.

Die meisten Familien scheuen Dreck, Lärm und Beeinträchtigungen einer Komplettsanierung. Vernünftigerweise orientieren sie sich neu. Zum damaligen Zeitpunkt, war der Qualitätssprung so enorm, dass sich kaum jemand gegenüber der Veränderung verschloss. Man nahm finanzielle oder praktische Unterstützung für den Umzug in Anspruch.

Der Frau des ABV trat ich entgegen: »Vergessen Sie Ihren Kommandoton. Packen Sie selbst mit an. Ich stelle kostenlos die Umzugsfirma. Alles was eingepackt und transportfähig ist, werde ich übernehmen. Aber ich werde keinesfalls Ihre Unterwäsche einpacken, schon gar nicht Ihre Socken.«

Sie war beleidigt. Ich blieb stur. Das Maß war überschritten. Ich schickte erste Handwerker ins Haus. Einige Tage später trieb sie die Angelegenheit auf die Spitze. Sie grub aus dem Garten des Sanierungsobjekts eine nicht unbeachtliche Anzahl von Koniferen aus. Die von ihr entnommenen Stauden pflanzte sie anschließend im nicht weit entfernten Stadtwald wieder ein.

Natürlich fand sich sofort ein ehemals von ihrem Mann drangsalierter Nachbar, der sie bei mir verpetzte.

Ich konnte mir einen Anruf nicht verkneifen: »Liebe Frau, sicher haben Sie schon bemerkt, dass jemand aus dem Garten die Pflanzen klaut. Der neue Eigentümer hat gekauft, wie besichtigt. Auch die Pflanzen gehören jetzt ihm. Sagen Sie doch bitte Ihrem Mann, er soll ein Auge auf das Grundstück haben, solange Sie noch dort wohnen. Er hat Erfahrung mit kriminellen Elementen. Wir müssen das zur Anzeige bringen. Ich zähle auf ihn.«

Ich konnte förmlich durch das Telefon sehen, wie ihr das Gesicht zusammenfiel. Nach einigen Wochen gab sie auf und akzeptierte meine Bedingungen.

Die Pflanzen gedeihen noch heute ganz prächtig in unserem Stadtwald.

GANOVE

Ein Ganove ist eine Person, die mit betrügerischer Absicht heimlich andere täuscht oder andere schädigt.

Diese Leute sind geschickt, einfallsreich und faul. Ich habe im Laufe der Zeit eine Reihe solcher Exemplare kennengelernt. Einer dieser Typen stach aus der Masse heraus und lief mir mehrfach über den Weg. Zweimal kreuzten wir die Klingen.

Er tauchte auf, wenn jemand am Abgrund stand. Stets gab er sich hilfsbereit und verständnisvoll. Er suchte und fand seine Opfer in Kneipen. Nirgends wird so viel getratscht wie am Tresen, unter Einfluss von Alkohol. Neben Friseuren sind Kneiper die bestinformierten Menschen. Die Schicksale der Kunden und Gäste und manchmal auch die eigenen werden hier schonungslos offenbart.

Eine Spürnase möchte ich diesem Typ nicht absprechen, die war mehr als gut ausgebildet. Er war ein kleiner Mann aus dem Bayrischen mit Kugelbauch und Nickelbrille, nicht unbedingt ein Frauentyp. Gleich nach der Wende verlegte er sein Jagdgebiet in die neuen Bundesländer.

Ich kannte sein Gesicht aus der Kneipenszene unserer Kleinstadt.

Unauffällig kam er mit den Leuten ins Gespräch und erschlich sich durch seine scheinbar angenehme Art das Vertrauen der oft sehr naiven Mitbürger. So hatte er sich schon nach kurzer Zeit einen guten Überblick über das Geschäftsleben unseres Städtchens verschafft. Viele sahen in ihm einen guten Freund oder Kumpel. Er hatte sich als Bauträger ausgegeben, der auf die Sanierung von Wohn- und Geschäftshäusern spezialisiert war.

Ich beäugte ihn von Anfang an misstrauisch. Denn neben seiner Bauträgertätigkeit gab er sich auch als Finanzberater und Steuerhelfer aus. Das war mir dann doch zu viel des Guten.

Ein Bekannter von mir, Inhaber eines Wohn- und Geschäftshauses, wandte sich an mich. Er hatte die Immobilie kurz nach der Wende gebaut, eines der ersten Projekte in unserer Innenstadt. Die acht Einheiten wurden als Teileigentum im Grundbuch eingetragen. Jederzeit war der einzelne Verkauf möglich, eigentlich clever.

In den ersten Jahren lief alles perfekt. Voll vermietet, beste Mieter, ein hohes Mietniveau. Die Tilgung der Bankverbindlichkeiten lief planmäßig. Über die Hälfte des Kredits war bereits getilgt. Dann machte er einen riesigen Fehler, er wechselte die Frau. Der Austausch von Frauen ist teuer. Das ist nicht nur im Film so.

Er wurde nachlässig. Mieter zogen aus. Er kümmerte sich mehr um die Neue als um die Neuvermietung. Er wollte ihr das gleiche Niveau bieten wie seiner Nochehefrau. Ein schickes Cabrio, einen glitzernden Ring, teure Fernreisen und so weiter. Die Reserven waren schnell aufgebraucht, und es ging an die Substanz. Die Einnahmen fehlten, immer mehr Mieter zogen aus, keiner kümmerte sich.

Die Bank mahnte offene Tilgungen an. Irgendwann reagierte sie mit der Veranlassung der Zwangsversteigerung. Banken verfolgen konsequent ihre Interessen. Ist schon viel der Kreditsumme getilgt, lassen sie sich Zeit. Nicht bezahlte Zinsen laufen immer mehr auf. Das sind keine unbedeutenden Beträge. Erzielt die Versteigerung einen guten Preis, wird die offene Kreditsumme plus die aufgelaufenen Zinsen abgezogen, und der Eigentümer erhält den Rest, sofern es einen gibt.

Der Eigentümer bat mich um Hilfe: »Verkauf meine Einheiten, einzeln oder als Ganzes. Dann bin ich wieder flüssig.«

Wir klärten ausführlich alle Modalitäten. Seine Hausbank war von Anfang an einbezogen. Er hatte mich persönlich autorisiert, den Verkauf anzugehen. Es war eine etablierte Bank vor Ort. Man kannte sich, ich selbst war dort schon jahrelang Kunde.

Mit dem vertraglich fixierten O.K. aller betroffenen Parteien, fing ich an zu akquirieren. Die Bank informierte mich über den aktuellen Saldo des Kredits. Wir legten Verkaufspreise fest und ich durfte vor der Zwangsversteigerung versuchen, den Verkauf zu organisieren, notfalls auch scheibchenweise.

Es war mein Ziel, das gesamte Objekt zu veräußern. Der Eigentümer wäre alle Probleme los gewesen und er hätte einen nicht unerheblichen Überschuss zur Verfügung gehabt.

Von Anfang an hatte ich mehrere konkrete Investoren im Auge. Ich erstellte ein Exposé und begann mit meiner Arbeit. Das dauerte natürlich, aber es schien zu funktionieren. Ein Interessent sprang an. Nach ausführlichen Gesprächen war er bereit zu kaufen. Es würde für alle Seiten eine passable Lösung geben. Ein Notartermin wurde reserviert. Der Vertrag sollte vorbereitet werden. Ich informierte den Hauseigentümer, der sich wirklich zu freuen schien. Dann wollte ich mir die Zustimmung der Bank holen.

Das Telefongespräch lief anders als erwartet. Der Bankangestellte war arrogant: »So wird das nicht mehr gehen.«

»Wieso? Wir hatten doch alles abgestimmt. Ich habe mich an alle Absprachen gehalten. Sie bekommen Ihr Geld und ein nicht unerheblicher Überschuss ist für den Eigentümer gesichert. Die Zwangsversteigerung kann abgeblasen werden.«

»Nicht für das Gros der Einheiten. Zwei Einheiten sind bereits verkauft, Anfang letzter Woche. Ich habe den Vorgang gestern auf dem Tisch gehabt. Wir haben als Bank zugestimmt. Wenigstens ein Teil seiner Schulden, wenn auch nur ein kleiner, ist getilgt. Sie müssten doch Bescheid wissen. Es ist schließlich Ihr Kunde und Sie stehen doch mit ihm in Kontakt oder?«

Selten kam ich mir so blamiert vor. Innerlich schnappte ich nach Luft. Contenance, wenigstens am Telefon. »Können Sie mir Details zu den Verträgen nennen? Wer gekauft hat und zu welchen Preisen?«

»Nein, wenn Sie es nicht wissen, schließen Sie sich bitte mit dem Eigentümer kurz.«

Ich sah förmlich, wie der Bankangestellte ins Telefon grinste. Ich war wütend und fühlte mich vorgeführt und abgewimmelt. Aufgebracht setzte ich mich ins Auto und fuhr zu meinem Auftraggeber. Er begrüßte mich freundlich, vollkommen unbeschwert. Ich war sichtbar sauer.

»Hör mal, du hast zwei Einheiten verkauft, was ist los? Ich weiß von nichts und werde hier blamiert. Der Notartermin steht. Mein Investor wollte das gesamte Haus kaufen. Das wusstest du doch.«

»Kann er doch, ich freue mich.« Er wirkte gar nicht verunsichert. So blöd kann man doch nicht sein.

»Nee, oder? Jetzt tu mal nicht so. Ohne deine Unterschrift wäre nichts gegangen. Ich habe mit der Bank gesprochen. Die haben die Verträge vorliegen. Wann warst du beim Notar?«

Plötzlich wurde er nervös und wirtschaftete fahrig auf seinem Schreibtisch herum: »Ich war nirgends, hab gar keine Zeit.«

Ich klatschte mit der flachen Hand auf den Tisch, dass es nur so knallte. »Jetzt hör mir mal zu. Ich hätte auf einen Schlag alle deine Probleme gelöst und jetzt …«

Er hielt inne und wirkte vollkommen orientierungslos: »Vorletzte Woche war mein Kumpel hier, der hatte noch einen Anzugträger im Schlepptau. Ja, da habe ich etwas unterschrieben, irgendeine Zwischenfinanzierung, hatte er gesagt. Ich hatte keine Zeit, mir das genau anzugucken. Ich musste weg, mein Scheidungstermin stand an. Der Typ hat gesagt, das wäre für mich gut. Es würde mir helfen, meine finanziellen Probleme kurzfristig zu überbrücken. Der ist in Ordnung, dem kannst du ruhig vertrauen.«

Eine Kerzenfabrik ging mir auf. Schon der Name seines Kumpels war für mich ein rotes Tuch. Der Ganove war mir zuvorgekommen.

Wenn jemand finanziell vor dem Abgrund steht, gibt es drei Möglichkeiten: man geht vorbei und ignoriert ihn, man reicht ihm den Arm und hilft oder man stößt ihn in den Abgrund. Dieser Typ tauchte stets auf, wenn der finanzielle Kollaps drohte. Immer freundlich und liebenswert nach außen bot er scheinbar attraktive Lösungen an. Er lockte mit windigen Steuersparmodellen und dubiosen Finanzierungen, um die Misere des Betroffenen angeblich zu überwinden. Der Ganove war fast mit jedem Wirt der Stadt befreundet und verbrachte viel Zeit in Kneipen. Ich hatte ihn schon früh durchschaut. Sicherlich war ihm das nicht entgangen und er mied jeglichen Kontakt mit mir.

Ich schnauzte meinen Eigentümer an: »Kann ich die Verträge wenigstens mal sehen? Du hast dir gerade das gesamte Geschäft versaut.«

Der wirkte nun schuldbewusst: »Sorry, ich habe nichts hier, die haben alles mitgenommen. Ich habe das gar nicht genau angeschaut. Was ist nun mit deinem Typen, kauft er?«

Ich winkte ab. Mein Auftraggeber war total durch den Wind. Sein Realitätsverlust war einfach zu groß. Ich ließ ihn stehen.

Er rief mir hinterher:»Warte, wir haben doch noch deinen Typen, der will doch kaufen, was ist denn mit dem?«

Meine ganze Arbeit war umsonst. Mein Investor würde mich auslachen, ich war blamiert bis auf die Knochen. Ich schmiss im Büro die Akte in die Ecke und verabschiedete mich. Erst mal beruhigen. Dem Kaufinteressenten würde ich erst am nächsten Tag absagen. Nur mit welcher Ausrede?

Einen Tag später wollte ich wenigstens wissen, zu welchen Bedingungen der Verkauf über die Bühne ging. Vielleicht konnte ich diesem dubiosen Ganoven noch was ans Zeug flicken. Wenn man lang genug im Geschäft ist, hat man Kontakte.

Nach mehreren Anrufen hatte ich die Kopie der Verträge auf dem Tisch. Ich war verblüfft, der Kaufpreis war wesentlich höher, fast doppelt so hoch wie vereinbart. Was war denn hier los? Ich studierte die Vertragsdetails. Dann platzte die Bombe. Die Kaufverträge waren mit einem Bauträgergeschäft gekoppelt. Der ursprünglich vereinbarte Kaufpreis war aufgestockt worden. Eine Hälfte für die Bank, um die Schulden zu tilgen, eine Hälfte für das Bauträgerunternehmen des Ganoven.

Die Käufer waren zwei Privatpersonen aus den alten Bundesländern. Das war dreist. Die Wohnungen waren keine zehn Jahre alt und auf keinen Fall sanierungsbedürftig, maximal für ein paar Schönheitsreparaturen gut. Der Typ hätte schon vergoldete Wasserhähne einbauen müssen, um die Höhe der Sanierungssumme zu rechtfertigen. Der Gewinn war unvorstellbar hoch.

Der Ganove hatte mit Hilfe eines Notars den Verkauf ordnungsgemäß in einem offiziellen Außentermin protokolliert. Alles vollkommen legal. Beide Käufer hatten einen Kredit aufgenommen, um die Eigentumswohnungen zu finanzieren. Der benannte Sanierungsaufwand unterlag besonderen steuerlichen Abschreibungsmöglichkeiten. Auf dieser Basis wurde die Refinanzierung des Kaufpreises dem Käufer schöngerechnet. Nach dem Motto:

›Die Mieteinnahmen decken die monatlichen Kreditverpflichtungen und Sie haben eine zusätzliche Vorsorge für die Rente getroffen.‹ Denkste! Die Käufer waren die wahren Betrogenen.

Ich rief meinen Interessenten an: »Tut mir leid, der Eigentümer hat bereits zwei Einheiten verkauft, ohne mein Wissen. Der Typ ist so was von durch den Wind. Er lebt nicht mehr in der realen Welt. Es geht ihm nur noch darum, seine zwei Frauen mit Geld in Schach zu halten. Ich habe das alles erst am Freitag erfahren. Ich bin stocksauer.« Ich erklärte ihm den Zusammenhang.

»So, das ist aber schade.« Er war nicht böse, aber schlau. »Warten wir ab, solche Husarenstücke gehen nie gut. Irgendwann sind die Einheiten wieder auf dem Markt. Ich kaufe den Rest und hole mir die zwei Einheiten später.«

Die Bank stimmte der Abwicklung erneut zu und der Verkauf wurde ordentlich über die Bühne gebracht. Fertig.

Erst dann begann der richtige Spaß. Der Ganove hatte wohl damit gerechnet, auch die anderen Einheiten mit maximalem Gewinn zu verscherbeln. Scheinbar war es ihm so ergangen, wie mir zuvor, denn einige Tage nach meiner Vertragsunterzeichnung rief er mich wütend an: »Was mischen Sie sich in meine Geschäfte ein?«

Ich tat unschuldig: »Was für Geschäfte?«

Eine Tirade von Beschimpfungen folgte. Ich legte einfach auf und rieb mir die Hände.

Wochen später beauftragte mich mein Käufer mit der Verwaltung seiner Einheiten. Ich sollte mich um alles kümmern, insbesondere solide Mieter besorgen. Ich hatte einen Karton voller Schlüssel bekommen und begab mich in das Objekt. Es befanden sich zwei Einheiten in jeder Etage. Ich probierte die Schlüssel nach und nach durch und versuchte sie zuzuordnen. Irgendetwas stimmte nicht. Die Schlüssel passten in der zweiten Etage nicht.

Ich rief entnervt den alten Eigentümer an: »Was hast du mir für einen Schrott übergeben? Die Schlüssel passen vorne und hinten nicht. Die gesamte zweite Etage fehlt.«

Der war wieder in der Realität angekommen, wenigstens kurzfristig und bestens gelaunt: »Keine Ahnung, ich habe dir alles gegeben, was ich noch hatte. Mein Kumpel, der mit den zwei Einheiten, hat schon vor dir seine Schlüssel abgeholt. Der ist doch sogar mit seinem Baubüro dort eingezogen.«

»Schon wieder dieser Heini.«

»Reg dich nicht auf. Jetzt ist doch alles gut. Ich fahr erst mal in den Urlaub, mit meiner Freundin, meine Ex habe ich auch schon ausgezahlt, alles bestens. Stress abbauen. Die Bank hat mir meinen Überschuss ausgezahlt, schönen Dank nochmal.«

Ja, alles klar, das Geld verjubeln, da kannte er sich aus. Mal sehen wie lange es dauern würde, bis er wieder vor meiner Tür stand. Solche Leute sind einfach nicht lernfähig. Noch so eine Chaotenrunde würde ich nicht für ihn machen. Da konnte doch der Ganove gleich herhalten.

Ich fummelte mit den Schlüsseln weiter. Ich war für das Erdgeschoss, das zweite und dritte Obergeschoss zuständig. Alles gut, aber in der zweiten Etage ging nichts. Ich nahm die Kiste und ging ins erste Obergeschoss zu den fremden Einheiten. Die Schlüssel passten in beiden Wohnungen.

Wieder hoch in meine, die zweite Etage. Offensichtlich waren dort komplett andere Zylinder eingebaut.

Ich überprüfte die Unterlagen, die Teilungsgenehmigung und die Notarverträge. Alles war klar und deutlich formuliert. Dieser Spinner hatte die Etagen verwechselt und die falschen Wohnungen in Besitz genommen. Dumm und Dümmer. Ich überlegte und entschied schnell. Die Rechtslage war klar. Ich war vom Eigentümer beauftragt, sein Eigentum zu betreuen, falsche Schlüssel hin oder her. Der Fehler des Ganoven war nicht mein Problem.

Sicherheitshalber hängte ich einen Zettel an die Türen:

Bitte bei der Hausverwaltung melden!

Und her mit dem Schlüsseldienst. Gesagt, getan, die ›falschen Wohnungen‹ wurden geöffnet.

Ich betrat vorsichtig die erste falsch besetzte Wohnung. Tatsächlich – ein Schreibtisch, ein Schrank, ein Blumentopf, ein paar Stühle, ein Kopierer, ein improvisiertes Büro. Hier sah nichts nach Sanierung oder Renovierung aus. Ich setzte mich an den Schreibtisch und zog die erste Schublade auf. Jede Menge Unterlagen zu Steuersparmodellen. In der zweiten Schublade waren die Unterlagen schon interessanter. Vorladungen zu Gerichtsverfahren, Unmengen von Mahnbescheiden gegen seine Person, Feststellungsbescheide vom Finanzamt und Anschreiben verschiedener Gerichtsvollzieher, sogar ein alter Haftbefehl. Spannend, alles Unterlagen, die eindeutig sein dubioses Geschäftsgebaren unterstrichen.

Ich wollte so schnell wie möglich verschwinden, schließlich konnte dieser Ganove jederzeit auftauchen.

Den Kopierer startete ich, um das eine oder andere verräterische Dokument zu kopieren und für mich als Sicherheit einzubehalten.

Mit breitem Grinsen stellte ich mir sein Gesicht vor, wenn er seinen blöden Fehler bemerken würde.

Zwei Tage später klingelte das Telefon. Er brüllte los: »Was bilden Sie sich eigentlich ein, bei mir einzubrechen?«

»Ich und Einbruch, wie denn das? Vorsicht. Bei solchen Unterstellungen sollten wir gleich die Polizei hinzuziehen. Das lasse ich nicht auf mir sitzen, das habe ich gar nicht nötig. Besser ich rufe die Polizei an.« Gewollt klang ich fast weinerlich. Mein schadenfreudiges Gesicht konnte er schließlich nicht sehen.

»Sie sind in mein Büro eingebrochen!«

Betont sachlich entgegenete ich auf seine Anschuldigung: »Bei den hohen Beträgen, die Sie hier bewegen, sollten Sie wenigstens bis acht zählen können. Sie haben die Einheiten oder besser, die Etagen, verwechselt. Machen Sie erst mal Ihre Hausaufgaben, ehe Sie hier große Töne spucken. Sie sind in meine Etage eingebrochen. Die Polizei sollte unbedingt eingebunden werden. Ich habe im Auftrag meines Eigentümers seine Wohnungen gesichert. Augen auf beim Studium der Kaufverträge. Klassischer Anfängerfehler.« Langsam bremste ich mich. »Aber dennoch halte ich Ihre Schlüssel gegen Unterschrift zur Übergabe bereit. Übrigens, interessante Lektüre vor Ort.«

Er wirkte zwar verunsichert, polterte jedoch weiter: »Das geht Sie gar nichts an. Lassen Sie ja die Finger von meinem Schreibtisch.«

»Kein Problem, ich will geschäftlich nichts mit Ihnen zu tun haben. Müsste ja aufpassen, dass nichts an meinen Fingern kleben bleibt.«

»Was für eine Frechheit. Ich komme sofort und hole die Schlüssel.«

»Ich bin nicht Ihr Befehlsempfänger. Sofort schon gar nicht. Meine Mitarbeiterin Tina wird unsere Einheiten, die Sie widerrechtlich besetzt haben, morgen früh um acht öffnen. Dann können Sie ausräumen. Einen Schlüssel für diese Einheiten werden Sie natürlich nicht erhalten. Sie quittieren ausschließlich die Schlüssel für das erste, Ihr Obergeschoß und Schluss.«

Genau so wurde es vollzogen.

Leider sind die Prognosen meines Käufers bezüglich der zwei von dem Ganoven vermittelten Einheiten eingetroffen. Das Steuersparmodell der Käufer scheiterte wenige Jahre später. Ich habe beide Käuferparteien kennengelernt. Sie suchten den Kontakt zu mir und wollten meinen Rat.

Ich konnte nicht helfen. Es war viel zu spät. Einer Verkäuferin und einer Putzfrau hatte der Ganove das für ihn so profitable Geschäft aufgeschwatzt. Beide scheiterten an den Verpflichtungen gegenüber der Bank. Die zwei Einheiten standen ewig leer und wurden irgendwann schlecht vermietet. Dieser Ganove hatte trotz seiner Vertragsverpflichtungen weder saniert noch renoviert.

Mein Eigentümer erwarb Jahre später beide Einheiten in den Zwangsversteigerungsverfahren, für kleines Geld.

Dieser Ganoventyp lief mir noch einmal über den Weg. Es handelte sich um ein Einfamilienhaus auf dem Dorf. Ich sollte es für einen Geschäftsführer, gebürtig aus den alten Bundesländern, verkaufen. Der hatte hier über 15 Jahre lang gearbeitet, bis es ihn wieder in seine alte Heimat zurück zog.

Der Eigentümer war bereits umgezogen und hatte mir die Schlüssel für Besichtigungen überlassen. Das Haus stand leer. Mehrere Besichtigungstermine hatten nicht zum Erfolg geführt. Nicht zuletzt, weil die Kaufpreisvorstellungen zu überzogen waren.

Eigentlich hatte ich vor, meinen Maklervertrag zu lösen, wenn es seitens des Eigentümers nicht zu vernünftigen Einsichten kommen sollte. Das Eigenheim war bis unter das Dach mit Schulden belastet und ein realistischer Kaufpreis würde die Bankverpflichtungen keinesfalls tilgen. Der Preis musste früher oder später unbedingt entscheidend nach unten korrigiert werden. Für den Eigentümer keine existentielle Problematik, da er in Lohn und Brot stand und die Restsumme per separatem Kreditvertrag durchaus tilgen konnte. Wie diese Überschuldung des Hauses zustande kam, wollte ich nicht wissen. Mir waren gewisse unseriöse Möglichkeiten für ein solches Prozedere nicht unbekannt.

Negativ wirkten sich noch andere Dinge auf meine Verkaufs-aktivitäten aus. Die gesamten Außenarbeiten am Haus waren unvollendet. Der Putz fehlte und die Terrassenanlage war ein einziges Provisorium. Ansonsten war diese Immobilie nicht uninteressant. Idyllisch im Grünen für Freunde der Natur geeignet, mit einem vernünftigen Grundriss.

Bei einer Besichtigung mit einem jüngeren Ehepaar an einem Vormittag stand plötzlich der Ganove in Unterhose im Wohnzimmer. Ich war baff: »Was machen Sie denn hier?!«

Er total verschlafen und genauso verwundert: »Ich wohne hier. Hab die Schlüssel seit vorgestern.«

Vor meinen Interessenten wollte ich keine Auseinandersetzung und beschwichtigte zunächst: »Das klären wir gleich. Erstmal mache ich mit den Interessenten meine Runde durch das Haus, dann sprechen wir beide. Vielleicht ziehen Sie sich inzwischen etwas an.«

Ich überspielte die peinliche Situation und führte das Ehepaar durchs Haus. Ich hatte einen Makler-Allein-Auftrag und war mit dem Schlüssel ausdrücklich vom Eigentümer autorisiert. Wie in Gottes Namen hatte es dieser Typ geschafft, hier einzuziehen? Die Interessenten waren verärgert, aber nicht wegen dem Mann in Unterhose. Sie hielten den Kaufpreis berechtigterweise für überzogen und verabschiedeten sich schnell. Das war mir ganz recht, denn so konnte ich mich ausführlich meinem Kontrahenten widmen.

Der war inzwischen angezogen und saß in der Küche: »Kaffee meine Liebe?«

»Was soll das? Was wollen Sie hier?«

»Wohnen und meinem Freund helfen. Ich werde das Haus aufwerten. Während ich hier wohne, werde ich den Außenputz anbringen und die Terrasse pflastern.«

»Das ich nicht lache, wo ist der Haken?«

»Sie werden das Haus ohne meine Außenarbeiten nie zu dem vorgegebenen Preis verkaufen können. Das ist doch auch Ihnen klar?«

Er hatte Recht, aber ich wollte das nicht diskutieren. Er musste etwas anderes im Schilde führen. Außenarbeiten gegen freie Miete, da sah ich kein Potential für seine hohen Gewinnansprüche. Ich musste ihn irgendwie provozieren, um den wirklichen Grund herauszubekommen. Gut, ich trank einen Kaffee mit dem Ganoven: »Vielleicht sollte ich meinen Maklervertrag kündigen und Sie übernehmen den Job.«

Seine Augen blitzten interessiert auf: »So wird es kommen. Ich werde eine ganze Weile hier wohnen, bis der Bank klar ist, dass aus dem Verkauf nichts wird. Mein Freund wird das nicht ewig durchhalten können. Irgendwann steht die Zwangsversteigerung an und dann komme ich und mache der Bank ein Übernahmeangebot für den Kredit.« Er lehnte sich genüsslich zurück. »Ist schön hier, nicht?«

»Sie haben wieder Ihre Hausaufgaben nicht gemacht. Hier ist nichts zu holen. Das Haus ist überschuldet. Nicht eine Bank, sondern zwei Banken stehen im Grundbuch. Die Verkaufssumme wird die Bankschulden in keinem Fall decken.«

Er wirkte irritiert: »Wie jetzt, welche Differenz?«

»Hat Ihnen Ihr Kumpel bei der Schlüsselübergabe wohl nicht richtig erklärt? Sie sollen das Haus aufwerten und nur deshalb dürfen Sie hier wohnen, ran an den Außenputz und die Terrasse. Wäre kein so schlechter Deal für meinen Auftraggeber, wenn Sie wirklich ausnahmsweise Ihre Versprechungen einhalten würden. Wie sich das gegen die imaginäre Miete rechnen soll, ist mir nicht klar, aber das ist nicht mein Problem. Schönen Tag noch.« Ich ließ ihn mit einem dummen Gesicht sitzen.

Natürlich setzte ich mich sofort mit meinem Auftraggeber in Verbindung. Er war überzeugt von seinem optimalen Deal: »Ich will Sie als Makler, unbedingt. Das muss seriös laufen, vor allem mit den Banken. Mein Kumpel soll die Bude kurzfristig aufwerten, mehr nicht. Hat er mir versprochen. Alles andere in drei Wochen, dann bin ich wieder vor Ort. Bis dahin sollte der schon einiges an den Außenanlagen gemacht haben. Ich will das Haus so schnell wie möglich verkauft haben. Also bis in drei Wochen.«

So viel Geduld hatte ich beim Verkauf eines Hauses allemal. Schnellschüsse waren sowieso die Ausnahme. Ich war neugierig, wie dieser Ganove das Ding schaukeln würde. Mein Auftraggeber war kein Dummer. Mal sehen, wie das ausgehen würde.

Ganz einfach. Der Ganove zog wenige Tage später aus, ohne einen Handschlag für seinen Kumpel gemacht zu haben. Als mein Auftraggeber vor Ort auftauchte, war der Ganove nicht zu erreichen. Das Schlüsselbund lag mit einem Briefchen auf dem Tisch des Einfamilienhauses:

Sorry, bin auswärts auf Dienstreise. Zu viel zu tun.
Kann die Außenarbeiten nicht kurzfristig einschieben.
Melde mich, Gruß!

Der Verkäufer stimmte nach einigem Hin und Her einem vernünftigen Preis zu. Wenige Wochen später war das Haus verkauft.

WOHNUNGSÜBERGABEN

Wohnungsübergaben sind der ewig strittige Punkt unserer Tätigkeit.

Bei Wohnungsübernahmen kommt es selten zu Streitereien.

Der Mieter freut sich auf sein neues Zuhause, schließlich hat er es sich selbst ausgesucht. Mängel werden entspannt gezeigt und abgestellt. Die meisten kleinen Probleme zeigen sich in den ersten Tagen nach dem Einzug. Eine Steckdose funktioniert nicht, die Gegensprechanlage ist defekt, die Terrassentür klemmt. Jede Hausverwaltung weiß, jetzt muss schnell und seriös gearbeitet werden. Das schafft Vertrauen und ist die Grundlage für eine komplikationslose Zusammenarbeit. Dabei ist es wichtig, das Übergabeprotokoll so ausführlich wie nur möglich zu gestalten. Oft ist dieses Schriftstück wichtiger als der Mietvertrag selbst.

Wir beschreiben den genauen Wohnungszustand: Tapete, Farbe der Tapete, Zustand des Badezimmers, ob renoviert wurde oder es sogar ein Erstbezug nach Umbau ist, die Anzahl der Schlüssel, einfach alles. Denn all das kann nach Jahren, beim Auszug, zu Streitereien führen, die nicht selten vor Gericht landen.

Jeder Mieter erwartet ein sauberes, intaktes Heim. Das ist sein verbrieftes Recht, ohne jeden Zweifel. Aber wie verhält sich genau dieser Mieter bei seinem Auszug? Plötzlich ist alles anders. Beim Auszug zeigt jeder seinen wahren Charakter, und der Zustand der Wohnung sagt einiges über diesen aus.

Ist der Mieter sorgsam mit der Wohnung umgegangen oder hat er es geschafft, ein Objekt in nur zwei Jahren zu ruinieren? Bei der Antwort auf die Frage, gibt es zumindest keinerlei soziale Unterschiede, egal ob arm oder reich. Es ist und bleibt eine reine Charakterfrage.

Was mich am meisten nervt, sind die Schlaumeier bei den Übergaben: »Ich habe mich im Internet belesen, das muss ich alles gar nicht machen ...«

Und dann gibt es noch die Drohenden: »Mein Onkel ist Rechtsanwalt, der wird mich vertreten.«

Der Gesetzgeber macht es uns allen nicht einfach. Ständige Korrekturen zum Thema Schönheitsreparaturen und deren vielschichtige Interpretationen sorgen für genügend Konfliktstoff. Es dauert eine gewisse Zeit, bis wirklich alle Medien für eine verständliche Aufklärung sorgen.

Wir Hausverwalter dürfen diese Problematik vor Ort ausbaden, im Auftrag unserer Eigentümer. Und wir beugen vor. Kurz vor Übergabe der Wohnung bekommt der Mieter eine nette schriftliche Information, wie er die Wohnung zu übergeben hat, entsprechend der aktuellen Rechtslage. Keiner soll ins offene Messer rennen und Streit kann so im Vorfeld verhindert werden.

Natürlich kommt kein Hauseigentümer persönlich zur Wohnungsübergabe. Es könnte Ärger geben und dafür hat er schließlich einen Hausverwalter. Im Zweifelsfall macht er dann diesen für eine fehlerhafte Übergabe verantwortlich: »Dann müssen eben Sie Ihre Haftpflichtversicherung aktivieren. Den Kratzer im Parkett haben Sie schließlich übersehen.«

Das stimmte auch noch. Aber der Mieter hatte genau dort seinen Wischeimer platziert. Er wollte sich angeblich aus der Wohnung ›herauswischen‹ und ich war darauf reingefallen. Aber das passiert alles nur einmal. Heute schiebe ich jeden Eimer und jeden Karton durch die Wohnung, um den Zustand des Fußbodens zu kontrollieren.

Vorbeugend besuche ich seit Jahren Seminare und lasse mich in Sachen aktueller Mietrechtsprechung schulen. Das ist immer sehr spannend. Dort treffe ich nur auf Verwalter, eine Veranstaltung unter meinesgleichen. Immer wieder erfahre ich neueste Spielformen von Auseinandersetzungen, die urkomische und tieftraurige Kapitel füllen würden.

Schönheitsreparaturen sind stets ein zentrales Thema und lösen oft stundenlange Dispute aus.

Dabei ist es doch so einfach. Das Wort Schönheit erklärt sich selbst. Ist die Wand noch schön, ist alles gut. Sind Bohrlöcher zu sehen, liegt eine Beschädigung vor und muss beseitigt werden. Gut, ganz so einfach ist es leider doch nicht, auch wenn es dem schon sehr nahekommt.

Genau deshalb gibt es ja auch tausende Gerichtsurteile, in denen die Vielfalt der Entscheidungen interpretiert werden muss. Was unseren Alltag nicht unbedingt einfacher macht, aber den Juristen und Gerichten Arbeit für alle Zeiten sichert.

Die Übergabe einer Vierraumaltbauwohnung stand an. Die Mieter, ein Lehrerehepaar und zwei kleine Kinder, erwarteten mich. Der Termin wurde von ihnen vorgeschlagen.

Ich lief zunächst durch alle Zimmer. Sofort sank meine Laune in den tiefsten Keller. Kribbelbunte Wände in den Kinderzimmern, mit Motiven aus dem Märchenreich. Weder Bad noch Küche waren sauber, Haare in den Abflüssen und meine

Schuhe klebten bei jedem einzelnen Schritt. Die farbliche Gestaltung der Wohnräume war mehr als gewöhnungsbedürftig. Ich hielt das sechs Jahre alte Übergabeprotokoll in der Hand. Die Wohnung wurde damals frisch gemalert in Weiß übergeben. Mängel waren nicht gelistet. Ich versuchte es freundlich: »Sie sind noch nicht fertig geworden? Wieso?«

Der Mann legte sofort aggressiv los: »Mehr werden wir nicht machen.«

»Bei allem Respekt, das übermächtige Dunkelrot im Wohnzimmer können Sie doch keinem Nachmieter zumuten. Genauso verhält es sich mit der Gestaltung der Kinderzimmer. Es könnte doch sein, dass mit den neuen Mietern gar keine Kinder einziehen. Das müssen Sie schon verstehen.«

Seine zwei Zwerge tanzten im Flur, beide im Kindergartenalter. Ich versuchte zu beschwichtigen: »Ist ja nicht so schlimm, wir machen einen weiteren Termin. Sie bringen die Wände in Ordnung. Auch die circa 30 Bohrlöcher im Arbeitszimmer müssen fachgerecht geschlossen werden. Und es wäre schön, wenn Bad, Küche und Fußböden gereinigt werden würden. Die Fensterbretter haben Sie sicher auch nicht geschafft. Es ist ja noch Zeit. Der nächste Mieter zieht erst in zwei Monaten ein und ich lasse Ihnen einfach einen Schlüssel da, bis Sie fertig sind.«

Er kam auf mich zu, baute sich vor meinem Gesicht auf. Sein eigenes Gesicht wurde ganz weiß und seine Augäpfel traten hervor. Er fing an zu brüllen: »Was bilden Sie sich denn ein? Wer glauben Sie, wer Sie sind, dass Sie mir Vorschriften machen können?«

Ich war baff. Das hatte ich hier in diesem Umfeld, mit Frau und zwei kleinen Kindern, nun doch nicht erwartet. Selbst seine Ehefrau schien erschrocken. Eines der Kinder fing an zu weinen. Ich bin kein ängstlicher Mensch. Aber es war überraschend. Ich blieb ruhig vor ihm stehen und versuchte eine Deeskalation: »Wo ist denn das Problem? Sie haben doch noch genügend Zeit, die Wohnung in Ordnung zu bringen. Machen Sie das und schon ist die Kuh vom Eis.«

Er nahm sein Gesicht nicht aus meinem und wurde ausfällig: »Sie blöde Kuh kennen wohl die Gesetze nicht? Ich muss gar nichts machen. Mein Bruder ist Anwalt. Den hetze ich Ihnen auf den Hals.«

Seine Frau zog ihn von mir weg und versuchte ihr Bestes: »Jetzt beruhige dich, die Frau tut dir doch gar nichts. Wir werden das schon regeln.«

Er hörte nicht auf: »Die Tante kann mich mal.«

Mir war klar, hier ging nichts mehr. Inzwischen weinte auch das zweite Kind. Ich trat in den Hausflur, die Frau folgt mir. Ich sprach leise zu ihr: »Wir brechen hier ab. Sie haben meine Einwendungen gehört.«

Ich musste mich ja nicht beschimpfen lassen. »Lesen Sie Ihren Vertrag, lassen Sie sich von seinem Bruder beraten. Rufen Sie mich an, wenn die Nacharbeiten beendet sind.«

Ich verschwand im Treppenhaus. Immerhin bekam ich noch mit, dass er mit seiner Frau lautstark diskutierte. Auf der Straße atmete ich durch. Das war meines Erachtens knapp vor Gewalt.

Zum nächsten Termin bestand ich auf anwesende Zeugen, auf beiden Seiten. Das und sicherheitshalber alle Mängel, die ich festgestellt hatte, übermittelte ich dem Ehepaar vorab. Quasi als ordentliche Diskussionsgrundlage für seinen Bruder, den ich natürlich als hilfreichen Berater benannte.

Zwei Wochen später gab es den zweiten Termin vor Ort. Ich hatte Tina im Schlepptau. Mal sehen, wen die Gegenseite aufbieten würde. Noch ehe ich überhaupt die Wohnung richtig betreten hatte, stürzte die gegnerische Zeugin freudestrahlend auf mich zu: »Sie sind das?« Sie drehte sich zu dem Ehepaar um. »Mit der habt ihr Ärger? Das ist doch nicht euer Ernst? Wir haben acht Jahre lang in ihrer Verwaltung gewohnt. Alles war immer friedlich.«

Ein schadenfrohes Grinsen konnte ich nicht verhindern. Das Ehepaar wirkte betreten. Dann mal los. Alle Mängel waren abgestellt. Ich schwätzte freundlich mit der ›gegnerischen‹ Zeugin und notierte nebenbei alle Zählerstände. Fertig. Wir verabschiedeten uns. Hoffentlich war das ein Ausrutscher von diesem Typen, zumindest wünsche ich das ihm, seiner Frau und vor allem seinen Kindern.

Dann gab es da noch die Wohnungsübergabe mit einem jungen, säumigen Mieter türkischer Herkunft. Ein kleines Kerlchen mit reichlich Imponiergehabe. Als ich ihn Wochen zuvor auf der Straße auf seine rückständigen Mieten ansprach, zeigte er mir seine Zahnlücken: »Hab ich im Mund investiert.«

Das war offensichtlich dringender als die Mietzahlungen. Vielleicht würde ich zur Übergabe das Ergebnis seiner Investitionen zu Gesicht bekommen. Samstag früh um zehn war der Termin angesetzt. Ich kam allein. Er hatte doch tatsächlich sieben Kumpels aufgeboten, die mich wohl verschrecken sollten. Ich lächelte in die Männergruppe: »Hast du so große Angst vor einer alten Frau?«

Er wollte furchtsam wirken: »Brauche ich Zeugen gegen dich.«

Ich grinste in die Menge: »Wie man sieht, habe ich Angst und zittere am ganzen Körper.«

Seine Jungs fingen an zu lachen. Sofort wurde ich mutig und zeigte entschlossen auf die Kerle: »Ihr seht, ich bin alt und gebrechlich.« Ich hinkte demonstrativ durchs Zimmer. »Aber jetzt möchte ich mit ihm alleine sein. Nicht wahr? Die Übergabe klären. Vor mir hat er doch sicher keine Angst oder?« Ich deutete ein ängstliches Körperzittern an.

Einer der Jungs sah dem Zahnlosen zum Verwechseln ähnlich. »Du bist sein Bruder?«, fragte ich.

Der nickte.

»Du darfst bleiben, zu meinem Schutz. Alle andern gehen bitte.«

Die Kumpels verließen lachend die Wohnung.

Meine Körpersprache und auch mein Ton änderten sich: »Glaubst du wirklich mich hier vorführen zu können? Was ist mit deinen offenen Mieten? Wann bekomme ich das Geld? Das mit den Zähnen war wohl ein Witz, siehst immer noch recht bescheiden aus.«

Er konterte frech: »Du bist Faschist und hast was gegen Ausländer. Ich zeige dich an.«

»Gute Idee, dann werde ich meine türkischen, pakistanischen und afghanischen Mieter um Hilfe bitten, die kennen mich alle schon lange. So respektlos wie du hier mit einer alten Frau umgehst, das wird sich schnell herumsprechen. Deinen Arbeitgeber kenne ich gut. Der sollte auch Bescheid wissen. Den rufe ich morgen wegen der noch offenen Mieten an. Du behauptest immer, er schuldet dir noch deinen Lohn. Dann kann er den direkt an mich überweisen. Abtretung nennt sich das.«

Sein Bruder zerrte ihn beiseite und rede Türkisch auf ihn ein. Er wandte sich an mich: »Du bekommst dein Geld, versprochen, in Raten.« Sie unterschrieben eine Ratenzahlungsvereinbarung auf dem Übergabeprotokoll. Unten trafen sie auf die wartende Meute. Ich schaute aus dem Fenster und winkte allen noch freundlich zu.

Eine ehemalige Schulkameradin mietete von mir eine kleine Wohnung. Sie hatte dort zwei Jahre gewohnt. Dann wurde sie arbeitslos und zog zurück zu ihren Eltern.

Ich kam zur Übergabe. Sie war noch in der Wohnung beschäftigt und packte Kartons. Ich sah keinen Grund zur Eile und grüßte sie freundlich. Ihr Vater kam aus dem Nebenzimmer. Als er mich sah, rannte er auf mich zu, drückte mich mit einem Arm an die Wand und schlug mir die Faust in die Magengrube. Er zischte mir ins Gesicht: »Du kapitalistisches Mistschwein, Ausbeuterin.«

Meine Bekannte, seine Tochter, war genauso erschrocken wie ich. Der Schlag hatte gesessen, im wahrsten Sinne des Wortes blieb mir die Luft weg. »Papa, lass sie sofort los.«

Ich rang nach Luft und torkelte aus der Wohnung, aus dem Haus, auf die andere Straßenseite. Kopf nach unten und durchatmen. Es dauerte, bis ich wieder richtig Luft bekam. Nach einigen Minuten ging es wieder. Der Schmerz verlor sich, die Wut war schlimmer. Ich war kurz vorm Heulen. Ein alter Mann, den ich seit Jahrzehnten kannte, hatte mich kalt und unerwartet erwischt.

Wenig später traf ich Tina im Büro. »Du siehst blass aus.«

»Stell dir mal vor, was mir gerade passiert ist.« Ich erzählte die ganze Story.

Tina kannte den Rentner: »Der war doch Lehrer, glaube ich. Der hat dich geschlagen? Du musst zur Polizei und den anzeigen, das ist Körperverletzung.«

In diesem Moment tauchte auch meine alte Schulkameradin total verheult im Büro auf: »Bitte keine Anzeige, das lässt er nur an mir aus. Es tut mir unendlich leid, bitte entschuldige.«

Tina mischte sich jetzt ein: »Na dann erst recht, klingt nach einem prinzipiellen Problem.«

»Was war denn nun eigentlich der Grund?«, blaffte ich sie an.

Sie wurde ganz kleinlaut: »Die Betriebskostenabrechnung beinhaltete eine Nachzahlung von 40 €. Das hat ihn auf die Palme gebracht. Er hatte nie gewollt, dass ich überhaupt zu Hause ausziehe.«

Ich schüttelte mit dem Kopf: »Deswegen ist er so ausgerastet? Unvorstellbar, was ist denn bei euch zu Hause los?«

»So schlimm ist es nicht. Ich werde nicht geschlagen. Da sind nur diese Vorwürfe, weil ich daheim ausgezogen bin.«

Und ich durfte das ausbaden. Sie bettelte. Ich verzichtete auf die Anzeige.

Als ich ihn Monate später zufällig in der Stadt traf, zischte er mich erneut an: »Kapitalistenschwein!«

Mehr als ein lautes Lachen hatte ich für ihn nicht übrig.

Wohnungsübergaben, denen die Trennung bzw. das Ende einer Beziehung zugrunde liegt, gibt es recht häufig.

Es war die Übergabe eines älteren Pärchens. Er war aus einer jahrzehntelangen Ehe ausgebrochen und sie hatte zugegriffen. Sie war eine ehemalige Sekretärin, aufgetakelt und sehr dominant. Er war ein sympathischer Typ, ein Handwerker. Gerade ein Jahr hatte das Glück gedauert. Dann war er zurück zu seiner Frau geflüchtet. Diese nahm ihn auch tatsächlich wieder auf. Glück gehabt.

Die Sekretärin hatte um einen Termin vor Ort gebeten. Sie war allein. Die Kündigungszeit umfasste die üblichen drei Monate. Die Wohnung war bereits leer. Sie war bei ihrer Schwester untergekrochen und bestand auf eine Übergabe vor Ablauf der regulären Kündigungsfrist.

»Ich kann versuchen, schnell einen Nachmieter zu finden, aber das entbindet Sie bis dahin nicht von ihrer Vertragspflicht.«

Sie wurde frech: »Sie sind nur der Verwalter. Ich könnte die Kündigung vordatieren.«

Ich schüttelte entsetzt den Kopf: »Das ist Betrug.«

Die Sekretärin antwortete ziemlich dreist: »Jetzt haben Sie sich mal nicht so, das ist schließlich nicht Ihr Geld.«

»Wir brechen hier ab. Ich und auch Sie, wir können uns um einen solventen Nachmieter kümmern. So lange müssen Sie bezahlen. Wir machen die Übergabe bei Vertragsende.«

»Sie können doch wenigstens die Schlüssel nehmen.«

»Nein danke, ich werde mich an die Gesetze halten. Ich bin hier als Treuhänder für das Eigentum anderer tätig. Basta.«

Sie hielt mich am Arm fest. Meine Augenbrauen waren schon am Anschlag: »Was soll das?«

»Da ist noch etwas. Wenn die Betriebskostenabrechnung kommt, schicken Sie diese bitte nur an mich. Er muss nicht wissen, dass wir etwas zurückbekommen. Wir waren sparsam, die Monate des Leerstandes nicht zu vergessen.«

Was für ein durchtriebenes Miststück. Nicht mit mir: »Sie sind beide mein Vertragspartner und kommen demzufolge zusammen zum Übergabetermin, sonst ist das nicht rechtens.«

Zu diesem Termin, am Ende der Vertragslaufzeit, sind beide anwesend. Sie hatte ihn vorprogrammiert.

Er schnauzte mich an: »Sie haben uns finanziell richtig geschröpft.«

Das schluckte ich locker. »Darf ich noch Ihre beiden aktuellen Adressen bekommen? Mir liegt die Betriebskostenabrechnung vor. An wen darf ich denn die enorme Rückzahlung überweisen?«

»An mich«, kam es aus beiden parallel geschossen.

»Bitte einigen Sie sich und teilen Sie mir das schriftlich mit. Hier ist das Protokoll der Übergabe, beide Unterschriften sind zwingend notwendig.«

Ich hatte die Schlüssel, das Protokoll war unterschrieben und ich schob sie elegant aus der Wohnung. An dem lauten Disput, wem das Geld wohl zustände, konnten alle Hausbewohner teilnehmen.

Ich glaube, er hatte Glück gehabt und das Zauberwort war Schadensbegrenzung.

Ein anderes junges Paar zog aus.

Doch nicht sie kamen zur Übergabe, sondern die Mutter der

jungen Frau. Sie war bevollmächtigt. Ich kannte sie aus DDR-Zeiten. Sie war eine nicht unwichtige Person in einer Behörde der Stadtverwaltung, inzwischen sicher Rentnerin. Wir waren damals mehrfach aneinandergeraten. Sicherlich dachte sie, dass sie die Übergabe mit ihrer eigenen routinierten Autorität durchführen könnte. Falsch. Mich beeindruckte das jedenfalls nicht.

Die Wohnung war vor Einzug der jungen Leute gemalert worden. Ein neuer Teppichboden wurde verlegt. Jetzt sah alles böse aus. Der Belag war von Zigarettenglut durchlöchert. Die Wände waren fleckig, die Türen zum Teil beschädigt, der Sanitärbereich nicht gereinigt.

Sie startet sofort ein Frontalangriff: »Das ist hier nicht gerade die beste Wohngegend, so in der Nähe des Bahnhofs. Deswegen sind die Kinder hier auch weg. Sie haben etwas Besseres verdient.«

»Das hat doch nichts mit dem jetzigen Zustand der Wohnung zu tun. Glauben Sie, dass das Umfeld auf genau diese Wände abgefärbt hat? So sieht es zumindest aus.«

Ich hielt ihr das Übergabeprotokoll unter die Nase: »Es war alles neu. Heute, nach nicht einmal drei Jahren, ist alles runtergeritten.«

Sie wurde patzig: »Jetzt haben Sie sich mal nicht so. Seien Sie froh, dass Sie überhaupt anständige Mieter hatten, die pünktlich gezahlt haben. Das bisschen hier«, sie zeigte auf den Fußboden, »werden Sie schon verkraften.«

Ich konterte umgehend: »Anständige Mieter ist ja wohl relativ. Wir haben in den letzten Monaten dreimal die Polizei holen müssen. Häusliche Gewalt ist Ihnen sicherlich ein Begriff? Die anderen Mieter im Haus können ein Lied davon singen, was sich hier in der Wohnung abgespielt hat. Kein Wunder, dass Ihre jungen Leute heute nicht selbst aufgetaucht sind. Vielleicht ist es Ihrem Schwiegersohn peinlich, dass er ständig von Ihrer Tochter verprügelt wird.«

Sie bekam vor Wut einen roten Kopf: »Sie spinnen wohl?«

Ich suchte ein Protokoll aus der Tasche: »Hier sind die Tagebuchnummern der Polizeieinsätze. Können Sie ja hinterfragen. Ich empfehle Ihnen, Ihre Tochter therapieren zu lassen. Andere im Haus sehen das nicht anders. Die Wohnung wird in Ordnung gebracht. Hier ist die Telefonnummer vom Fußbodenverleger. Malern müssen Sie natürlich auch und saubermachen bitte nicht vergessen. Nächste Woche, in acht Tagen um die gleiche Zeit, sind die jungen Leute hier und übergeben vertragsgerecht. Auf Wiedersehen.« Ich drehte mich um und verließ diesen Saustall.

Die Wohnung wurde nachgebessert. Die Übergabe fand ohne die jungen Leute statt. Der Schlüssel steckte. Die Verbrauchsdaten lagen auf dem Waschtisch, alles vertragsgerecht. War die Scham vor der Konfrontation dann doch so groß gewesen?

Eine Kampfübergabe stand an. Ein böser Bube, tätowiert von oben bis unten, ein stadtbekannter Schläger, zog aus. Ich nahm einen meiner Handwerker mit und überdachte noch mal alle möglichen Verteidigungsstrategien, die ich mir inzwischen in einem Selbstverteidigungskurs angeeignet hatte. Lockerer Schritt, Körperspannung, Arm leicht angewinkelt und den Standardsatz im Kopf: ›Bitte tue mir nichts.‹

Das Klischee wurde bedient. Im Achselhemd öffnete er die Tür. Wir traten vorsichtig ein. Ich war überrascht, beinahe geschockt. Die Wohnung war in einem blitzeblanken Zustand und obendrein auch frisch gemalert - ohne Fehl und Tadel. Immer diese blöden Vorurteile.

Genauso einfach ist es. Versetzen Sie sich in die Lage des neuen Mieters, der die Wohnung beziehen soll. Streiten Sie nicht sinnlos. Versuchen Sie, Ihre Vorstellungen auch anderen zuzugestehen.

ZWANGSRÄUMUNGEN

Während meiner langjährigen Tätigkeit musste ich einige Zwangsräumungen miterleben. Ein sehr tragisches Kapitel. Schon wenn ich morgens aufwachte, wusste ich, es wird ein schlimmer Tag. Es lief nie wie im Fernsehen, mit Krawall und Action. Es waren leise, bedrückende Tage.

Einer Räumung geht ein langwieriger Prozess voraus. Alles beginnt mit ausfallenden Mietzahlungen. Mahnungen werden geschrieben und nach zwei fehlenden Mietzahlungen folgt dann die Kündigung.

Mahnungen laufen fast immer ins Leere. Mieter in einer solchen Misere öffnen keine Post mehr. Oft finden wir Waschkörbe voll ungeöffneter Briefe in den Wohnungen, meist gleich neben der Wohnungstür.

Das Veranlassen einer Zwangsräumung bringt viel bürokratischen Aufwand mit sich. Anwalt, Gericht, Gerichtsvollzieher. Alles Voraussetzungen, um den säumigen Mieter loszuwerden. Und das dauert.

Aber eines ist sicher, nie tauchen die Wohnungseigentümer zu einer Zwangsräumung auf. Die schicken lieber den Hausverwalter – mich.

»Warum bezahle ich denn eine Hausverwaltung? Das ist

schließlich Ihr Job.« Klar, keiner will persönlich dem menschlichen Leid ins Gesicht sehen.

Zwangsräumungen finden prinzipiell vormittags statt. Es gibt immer eine Menge Beteiligte: den Gerichtsvollzieher, den Schlüsseldienst, manchmal das Ordnungs- und das Jugendamt, den Umzugsdienst und natürlich mich.

Ich habe in den Jahren eine Reihe von Gerichtsvollziehern kennengelernt. Es waren angenehme Menschen. Ruhig, sanft, einfühlsam, immer sachlich, versuchten sie sich erfolgreich in Deeskalation.

Es gibt mehrere Möglichkeiten, eine Zwangsräumung durchzusetzen. Die sogenannte ›Berliner Räumung‹ ist für den Vermieter die kostengünstigste Variante. Die Tür wird geöffnet, das Schloss wird getauscht und Schluss. Eine Sache von wenigen Minuten, vorausgesetzt der Mieter ist nicht anwesend. Ich bekomme den Schlüssel, unterschreibe das Protokoll und bin mit der Wohnung allein.

In der Regel finde ich ein Chaos vor. Wohnungen voller Müll, oft bis zu einem Meter hoch. Manche Details wage ich nicht zu beschreiben, zu eklig. Ich fotografiere Zimmer für Zimmer, um den Eigentümer auf eine immense Kostenwelle vorzubereiten.

Vorwürfe sind vorprogrammiert: »Wer hat denn eigentlich diesen Mieter ausgesucht? Das waren doch Sie oder?«

Klar, die Schuldfrage ist schnell geklärt. Der Gesetzgeber verlangt, den Schrott zu katalogisieren, möglicherweise nachweisbar zu verwerten oder einzulagern. Könnte ja sein, dass der Mieter irgendwann wieder auftaucht und nach seinem wertvollen Eigentum schreit. Einer schreit jedenfalls ganz sicher, der Eigentümer und zwar laut und deutlich durch das Telefon nach seinem Geld!

Ein junger Mann hatte eine Wohnung angemietet. Seine Mutter arbeitete im Krankenhaus. Ich kannte sie aus der Schulzeit. Zum Räumungstermin war niemand in der Wohnung. Es sah schlimm aus. Ich informierte den Eigentümer.

»Die Bilder sind die reinste Katastrophe. Wie soll ich je mein Geld wieder reinbekommen?«

»Wie hätten Sie es gern? Soll ich das Problem lösen und beräumen? Oder möchten Sie selbst ...?«

»Natürlich Sie, ist ja Ihr Mieter gewesen. Aber achten Sie auf die Ausgaben, nicht zu teuer. Und schauen Sie nach verwertbaren Sachen. Ich mache vor Gericht vom Vermieterpfandrecht Gebrauch. Sie müssen den Verlust unbedingt minimieren.«

Ich musste gar nichts. Und in Tränen brach ich für ihn nicht aus. Jeder hat mal Pech. Einen Mietausfall in einer von seinen sechs Wohnungen im Haus, das wird er schon verkraften. Muss er sich den nächsten Porsche eine Nummer kleiner kaufen.

»Was ist nun? Wollen Sie selbst vorbeikommen? Ich sehe hier nichts Verwertbares, alles Sperrmüll. Dokumente und Unterlagen des Mieters müssen wir sichern und einlagern, das ist aufwendig genug. Wenn etwas fehlt, könnten Sie verklagt werden.«

»Ich doch nicht, höchstens Sie. Sie machen das, aber wie gesagt, nicht zu teuer.«

Ich rief die Mutter des Mieters an. Es war immer gut, ein Familienmitglied einzubeziehen. Das diente letztlich der Schadensbegrenzung. Sie war beschämt. Immerzu entschuldigte sie sich bei mir: »Was ist nur aus meinem Jungen geworden?«

Ich beruhigte sie: »Es ist nicht Ihre Schuld. Wir sollten gemeinsam überlegen, wie wir retten, was zu retten ist. Haben Sie Kontakt zu Ihrem Jungen?«

»Er wohnt jetzt bei mir, aber er ist sehr aggressiv und launisch, auch zu mir. Die Drogen ...«

Ich überlegte laut: »Ich mache Ihnen einen Vorschlag. Nächste Woche wird geräumt. An diesem Tag sind Sie dabei und suchen alles Brauchbare und die Dokumente aus dem Durcheinander. Ihr Junge kann dabei sein. Das wird ganz ruhig über die Bühne gehen. Dafür sorge ich. Sie bestätigen mir, dass ich den Rest entsorgen darf. Die Mietrückstände klärt das Gericht, das ist nicht meine Aufgabe. Sie hätten wenigstens einen saubereren Schlussstrich. Einverstanden?«

Ich wollte die Angelegenheit so unkompliziert wie möglich abschließen. Sie kam zur Beräumung, allein. Während sie die brauchbaren Sachen herausfischte, weinte sie. Die Frau konnte einiges retten, Mobiliar, Kleidung und auch Unterlagen. Das Gericht klärte den Rest, die Wohnung wurde neu vermietet. Seit diesem Tag sieht sie auf der Straße weg, wenn wir uns begegnen.

Eine Räumung war besonders tragisch.

Auf das Klingeln der Gerichtsvollzieherin reagierte niemand. Der Schlüsseldienst öffnete. Der Mieter saß still im Wohnzimmer auf der Couch. Mir wurde schlecht, eine direkte Konfrontation. Jemanden persönlich auf die Straße zu setzen, war nun wirklich nicht mein Ding.

Die Wohnung war ordentlich, gepflegt und geschmackvoll, aber nicht wertintensiv eingerichtet. Alles voller militärischer Andenken. An der Wand hingen Urkunden und Fotos von Uniformierten, oft mit Untertiteln. Der Mieter war ein ehemaliger Afghanistansoldat. Unmassen von Militärspielzeug waren vorhanden. Die Einrichtung müsste ich verwerten und gegen die Mietrückstände rechnen.

Der Kerl stand vor dem Nichts.

Ich nahm die Gerichtsvollzieherin beiseite: »Können wir da nichts machen? Soll er doch das ganze Zeug mitnehmen.«

Sie schüttelte mit dem Kopf:»Tut mir leid. Das ist jetzt Ihr Problem. Bei einer Berliner Räumung darf er offiziell nichts mitnehmen. Die Schlösser sind getauscht. Er darf eine Tasche mit persönlichen Sachen packen und mehr nicht.«

Der Soldat saß still und artig auf dem Sofa. Die Gerichtsvollzieherin schrieb das Protokoll.

Ich setzte mich zu ihm. Leise redete ich auf ihn ein:»Haben Sie einen Familienangehörigen, der Ihnen helfen könnte?«

Er nickte:»Vielleicht mein Bruder.«

»Können wir den anrufen?«

Beinah apathisch reichte er mir das Telefon. Ich sprach lange mit seinem Bruder. Der war bereit zu helfen. Wir verabredeten uns und er beräumte einen Großteil der Wohnung. Der Ex-Soldat kam bei ihm unter. Ich erfuhr, dass er nach seinem Einsatz im Ausland nie wieder Fuß gefasst hatte. Vielleicht gelang es der Verwandtschaft, ihn wieder auf die Beine zu bringen.

Für den Eigentümer hätte die Verwertung des Mobiliars sowieso keinen Gewinn gebracht, sondern nur Unkosten. Auch hier ging es um Schadenbegrenzung für beide Vertragsseiten.

Und das auf Kosten meines schlechten Gewissens, Augen auf bei der Berufswahl.

Die komplette Beräumung einer Wohnung ist für den Vermieter die teuerste Version, für den Hausverwalter die einfachste.

Eine Spedition wird zum Termin gebucht. Diese transportiert das Mobiliar ab und lagert es ein. Dazu muss der Eigentümer einen nicht unwesentlichen Vorschuss leisten, meist tausende Euro.

Mein Aufwand reduziert sich auf rein organisatorische Dinge.

In einem konkreten Fall fand ich eine Wohnung vor, die vollständig und hochwertig eingerichtet war. Es sah so aus, als ob die Mieter nur mal kurz zum Einkaufen waren. Nur persönlichen Sachen wie Papiere fehlten. Unsere Recherche ergab, dass es sich um professionelle Mietnomaden handelte. Die Möbel waren alle auf Kredit gekauft. Alle Unterlagen waren beim Einzug gefälscht gewesen. Gehaltsnachweise, Vermieterbescheinigungen, alles wurde bei Vertragsschluss vorgelegt. Glücklicherweise hatte in diesem Fall aber der Vermieter die Familie selbst ausgesucht.

Ich habe eine Zwangsräumung unter der Beteiligung von Kindern erlebt. Das war haarsträubend. Zwingend für eine solche Situation war die Anwesenheit des Jugend- und Ordnungsamtes.

Der Gerichtsvollzieher klingelte. Die Mutter öffnete und zuckte nur mit den Schultern. Zwei kleine, bildhübsche Kinder schauten mich mit großen Augen an. Vielleicht drei und fünf Jahre alt.

Die Mitarbeiterin des Jugendamts übernahm sofort die Regie: »Wo können Sie mit den Kindern hin? Gibt es einen Vater, eine Oma?«

Die Oma wurde angerufen und war nach einer halben Stunde vor Ort. Die Schuldnerin, also die Mutter der beiden Kleinen, packte desinteressiert ein paar Kindersachen zusammen. Die Oma nahm das kleine Mädchen mit. Mehr schaffe sie in ihrem Alter nicht, entschuldigte sie sich bei uns. Der fünfjährige Junge blieb zurück. Begeistert zerrte er mich ins Kinderzimmer und führte mir sein Spielzeug vor. Er hatte blonde Löckchen und sah aus wie ein Engel.

Die Mitarbeiterin des Ordnungsamtes protokollierte die Zusammenhänge. Parallel wurde die Mutter vom Jugendamt befragt: »Wo kommen Sie mit dem Jungen unter?«

»Bei einer Freundin.«

»Bei welcher Freundin? Die Adresse bitte!«

Die Mutter reagierte trotzig: »Ohne den Jungen, den holt sein Vater, der kann sich auch mal kümmern.«

Ich war schockiert, dass sie so unbeteiligt wirkte, keine Emotionen.

Die Frau vom Jugendamt kommentierte: »Gut, dann können die Kollegen vom Ordnungsamt ja gehen.« Ich wollte wissen, warum? »Auf Kosten der Stadt können wir eine Wiedereinweisung für vier Wochen in diese Wohnung veranlassen, wenn die Kinder nicht untergebracht sind.«

Wenige Minuten später tauchte der Vater auf. Er würdigte die Mutter keines Blickes. Ich verließ die Wohnung und wartete auf dem Flur. Mit dem Jungen auf dem Arm und einer Reisetasche in der Hand, kam er mir entgegen. Ich hielt ihn auf: »Kann ich Sie bitte sprechen?« Er nickte und zeigte sich kooperativ.

»Was ist mit den Sachen der Kinder und den Möbeln? Könnten Sie nicht alles, was von Wert ist, holen? Den Rest entsorge ich, kostenfrei.«

Wir verabredeten einen Termin.

Die Frau verließ ohne Worte, ohne Kinder, nur mit einer Reisetasche die Wohnung.

LEBENSERWARTUNG

Die Mitarbeiter des Jugendamtes sind eine praktische Hilfe im Umgang mit Mietern, die Kinder haben. Unsere guten Erfahrungen aus vielen Jahren sprechen für sich.

Leider spiegelt sich dieses positive Bild in den Medien nicht wider. Dort werden nur negative Beispiele zur Schau gestellt. Schade, es ist ein harter Job.

Ich wartete auf einen Interessenten für eine Besichtigung in einem Mehrfamilienhaus. Eine kleine Zweiraumwohnung im Dachgeschoss.

Ein Mann mittleren Alters begrüßte mich. Sein Kind, um die vierzehn Jahre alt, saß neben ihm im Rollstuhl. Ich wollte nicht unhöflich sein: »Die Wohnung ist leider nicht barrierefrei.«

»Das ist nicht das Problem. Meine Tochter wird die Wohnung am Tag nicht verlassen. Abends und am Wochenende bin ich da.«

Ich war skeptisch: »Und wenn tagsüber ein Problem auftaucht?«

»Wir haben einen Piepser, das geht schon. Können wir jetzt besichtigen?«

Das Haus gehörte einem höheren Beamten, einem Oberpostrat aus den alten Bundesländern. Er war launisch, gierig und meckerte über alles. Der Leerstand dieser Wohnung gab schon mehrfach Anlass zu Diskussionen.

Wir erreichten die Wohnung mit dem Fahrstuhl, kein Problem. Die kleine Stufe an der Wohnungstür überwanden die zwei mühelos. Auch in der Wohnung klappte alles wunderbar. Ein sehr gut eingespieltes Team. Er ging sehr liebevoll mit seiner Tochter um. Sie sprachen leise miteinander.

»Nur zwei Zimmer?«, fragte ich.

»Ja, mehr können wir uns nicht leisten. Ich habe eine Schlafcouch für das Wohnzimmer. Meine Kleine bekommt selbstverständlich ihr eigenes Zimmer. Wir würden die Wohnung gerne nehmen. Ich bringe meine Tochter nach Hause und würde später im Büro vorbeikommen. Ist das in Ordnung?«

»Natürlich.« Eine umgehende Zusage war selten. Und es waren angenehme Leute. Der Eigentümer würde endlich Ruhe geben.

Im Büro nahm der Vater Platz: »Es gibt ein kleines Problem. Ich selbst befinde mich im Insolvenzverfahren. Ich verdiene gut, aber der Teil über dem Freibetrag wird weggepfändet. Meine Chefin bezahlt mir die Überstunden und Zuschläge cash. Ich habe die Kaution und die erste Miete in bar mit und bringe das Geld jeden Monat persönlich vorbei.«

Oh je, diese Informationen würden dem Vermieter mit Sicherheit nicht gefallen. Er sah meine Sorgenfalten.

»Meine Tochter bezieht eine staatliche Unterstützung und wir haben das Kindergeld, das wird nicht gepfändet.«

Seine offene Art gefiel mir, alle Probleme legte er gleich auf den Tisch.

Trotzdem fragte ich nach: »Wo haben Sie vorher gewohnt?«

»Ich hatte mit meiner Frau ein Einfamilienhaus. Sie hat uns verlassen, die Krankheit meiner Tochter hat sie zu sehr gestresst. Ich konnte allein den Kredit nicht mehr bedienen, ihr Gehalt hat gefehlt. Wir müssen aus dem Haus raus, es ist versteigert worden. Wenn ich keine Lösung für uns beide finde, muss meine Tochter ins Heim. Das möchte ich in jedem Fall verhindern. Wir haben doch nur noch uns.«

O.k., das war nicht so einfach. Der Eigentümer wollte maximale Sicherheit, Leerstand hin oder her, dass wusste ich. »Ich rede mit dem Eigentümer. Rufen Sie mich morgen an. Ich versuche etwas.«

Das Telefongespräch war das schlimmste, was ich in diesem Job je erlebt hatte. Gehalt und Kindergeld hatte ich benannt, der Betrag wäre mehr als ausreichend gewesen. Die Problematik mit der Insolvenz und den monatlichen Barzahlungen erwähnte ich nicht.

Den Eigentümer störte die Behinderung des Kindes.

»Im Rollstuhl sagten Sie? Was hat denn dieses Mädchen für eine komische Krankheit? Wie ist denn die Lebenserwartung bei einer so schweren Krankheit? Kann sich der Mann später die Wohnung alleine überhaupt leisten?«

Mir blieb die Luft weg. Ich hätte den Hörer einfach aufknallen sollen. Stattdessen wurde ich frech: »Sie jammern doch immer wegen Ihres Leerstandes. Überlegen Sie mal, was Sie mich alles gerade gefragt haben. Nach der Lebenserwartung eines Kindes? Ein solides Einkommen, staatliche Unterstützung und Kindergeld. Was wollen Sie denn noch?«

»Gut, das geht dann natürlich auf Ihre Kappe, verstanden?« Er knallte den Hörer auf.

Ich war außer mir. Was machte ich hier eigentlich? Für welche Idioten arbeitete ich? »Tina, check die Kündigungsfrist dieser Hausverwaltung. Wir werden den Vertrag nicht verlängern. Aus, basta. Jetzt erst recht, dann eben auf meine Kappe. Der Mann bekommt seinen Vertrag. Wir machen das.

Wenn der blöde Oberpostrat die erste Miete auf dem Konto hat, wird er sich schon beruhigen.«

Die beiden zogen ein und es lief alles wie besprochen. Er brachte monatlich die Miete in bar.

Zwei Jahre später blieb plötzlich die Miete aus. »Tina, hast du ihn angerufen?«

Meine Mitarbeiterin zuckte mit den Schultern: »Es geht keiner ran. Vielleicht sind sie im Urlaub.«

»Hat der Eigentümer die Miete schon angemahnt?«

»Noch nicht.«

»Geben wir dem Vater noch etwas Luft.«

Die Telefonate blieben erfolglos. Ich ging vorbei und klingelte. Keine Reaktion.

Ich dachte nach und rief im Büro an: »Tina, such doch mal den Gehaltsnachweis von dem Vater heraus. Ich ruf in seiner Firma an. Mahnungen bringen uns hier nicht weiter.«

Der Vater arbeitete als Metallbauer. Ich erreichte seine Chefin. Sie klang sehr traurig: »Sie wissen nicht, was passiert ist? Unser Kollege ist plötzlich verstorben, Herzinfarkt. Hier bei uns auf der Arbeit. Er war ein guter Mann und ein anständiger Mensch. Er hat sich immer rührend um seine Tochter gekümmert. Sie ist jetzt im Heim. Das Jugendamt ist zuständig.«

Ich war schockiert. Was mache ich denn jetzt? In der Kleinstadt kannte man sich. Ich rief beim Jugendamt an. Die zuständige Mitarbeiterin war sehr freundlich: »Grüß dich, wir waren doch zusammen in der Schule, Parallelklasse, erinnerst du dich? Ja, wir betreuen das Mädchen.«

»Klar erinnere ich mich. Dann kannst du mir bestimmt unkompliziert helfen. Du bist für das Mädchen zuständig? Wie komme ich an die Wohnung ran? Die muss beräumt werden.

Die zweite Miete ist schon offen und ich kriege jede Menge Ärger mit dem Eigentümer.«

Meine Schulkameradin erklärte: »Das dauert, wir müssen erst mal checken, was alles aus der Wohnung dem Mädchen gehört. Die Papiere, die Möbel und so weiter. Das geht nicht so schnell.«.

»Ja, aber ich kann doch helfen und alles organisieren. Du hast die Schlüssel?«

»Habe ich. Lass uns einen Termin vor Ort machen, dann sehen wir weiter.«

Wir trafen uns wenig später. Die Wohnung war aufgeräumt. Nur im Kühlschrank muffelte es.

Ich ergriff das Wort: »Der Eigentümer kann bei ausbleibenden Mieten von seinem Vermieterpfandrecht Gebrauch machen.« Entschuldigend rollte ich die Augen. »Ein unangenehmer Mensch, der sehr hinter dem Geld her ist. Der zweite Monat ohne Mieteingang läuft bereits. Wir werden das Mobiliar verkaufen und gegen die offenen Mieten verrechnen müssen. Ich habe mich für die Zwei verbürgt, sie waren so sympathisch. Die Kaution wird nicht ausreichen, wenn sich das hier hinzieht.«

Sie schüttelte den Kopf: »Nee, so geht das nicht. Alles was dem Mädchen gehört, werden wir abholen. Sie hat ein Einzelzimmer in einem Heim und darf ihren Hausrat mitbringen. Platz genug hat sie. Ihr Eigentum ist geschützt.«

Vorsichtig sehe ich mich um: »Das ist doch gut. Was ist mit den Papieren, Wertsachen, Schmuck, Uhren und Büchern?«

»Das haben wir schon mit ihr zusammen herausgeholt. Von wirklichem Wert ist in der Wohnung nichts, außer ein bisschen Technik wie Fernseher, Musikanlage, Waschmaschine etc.«

Ich überlegte. Die Beräumung würde kosten. Das gäbe ein riesiges Theater mit dem Vermieter: »Warte mal, was hast du gesagt? Alles was der Kleinen gehört, bleibt ihr? Tue mir und ihr einen Gefallen. Lass mir einfach einen Wohnungsschlüssel da. Ich muss Fotos für den Eigentümer machen. Ich unterschreibe dir auch den Empfang.«

Sie war einverstanden: »Aber nichts aus dem Kinderzimmer entfernen. Der Rest interessiert mich nicht. Wir bestellen ein Auto und holen die Sachen ab. Ich mache Druck. Morgen weiß ich wann. Ich kümmere mich.«

Sofort griff ich zum Handy und rief eine Bekannte an: »Hör mal, ich habe hier ein Wohnzimmer mit Schlafcouch und Schränken, einem Teppich und mehr. Du kennst doch bestimmt jemanden, der so etwas gebrauchen könnte?«

Meine Bekannte hatte einen Draht zu Leuten mit sozialen Problemen und würde das organisieren. Die Beräumung wollte ich auf dem kleinen Dienstweg klären. Eine Firma würde ein Vermögen kosten und an die Vorwürfe des geldgierigen Vermieters wollte ich gar nicht denken. Ich musste die Mietverluste mit der Kaution verrechnen können. Eine Stunde später war meine Bekannte vor Ort.

Ich erklärte ihr: »Wir nehmen jetzt alle wertvollen Sachen, wie den Fernseher, die Soundanlage, das Schränkchen und noch ein paar Sachen und bringen sie in das Kinderzimmer. Den alten Fernseher aus dem Kinderzimmer stellen wir ins Wohnzimmer. Wir tauschen alles aus. Alle hochwertigen Sachen kommen ins Kinderzimmer.«.

»Warum? Und was ist mit der Waschmaschine?«

»Die Sachen, die ihr gehören, darf sie behalten. Die Waschmaschine kann nicht mit ins Heim. Die werden wir verkaufen, das ist schon veranlasst. Das Mobiliar des Vaters kannst du verwerten. Dafür beräumst du die Wohnung kostenlos, Sperrmüll ist schon bestellt.«

Zum Termin der Beräumung des Kinderzimmers war das Mädchen im Rollstuhl dabei.

Sie schaute mich erstaunt an: »Ganz schön voll, mein Zimmer.«

Ich grinste sie an: »Ja, mir wurde gesagt, alles was hier drinsteht, gehört dir.« Ich zwinkerte, sie verstand und nickte freudig.

Die Beräumungstruppe vom Kinderheim arbeitete schnell und effektiv. Die Sachen des Mädchens wurden aufgeladen. Ich wartete allein mit ihr im leeren Wohnzimmer. Ich nahm einen Umschlag aus der Tasche: »Wir haben die meisten Sachen deines Vaters verschenkt, nur Weniges konnten wir verkaufen. Aber die Schlafcouch, die Waschmaschine und einen Schrank, dafür haben wir noch etwas bekommen. Hier ist der Erlös. Rede nicht darüber, sonst bekomme ich Ärger.«

Ich drückte ihr den Umschlag mit knapp 500 Euro in die Hand. Sie war sichtlich überrascht.

Ich verabschiedete mich von dem Mädchen: »Alles Gute für dich. War ein guter Typ, dein Vater. Schade.«

Dem Eigentümer teilte ich das Ableben des Mieters mit. »Ich habe die Wohnung kostenneutral beräumen können. Für den Mietausfall haben Sie ja die Kaution auf dem Konto.«

Ich konnte es mir nicht verkneifen: »Ach ja, Ihre Frage nach der Lebenserwartung war berechtigt. Nur, dass es nicht das Mädchen getroffen hat, sondern den Vater. Ein Herzinfarkt. Er war ungefähr in Ihrem Alter.«

Dieses Mal knallte ich den Hörer auf.

Der Hausverwaltervertrag lief Ende des Jahres aus und wurde von uns nicht verlängert.

KALTE ABREISE

Wir verwalten zwei Hotels. Hier ist der Aufwand eher übersichtlich. Die Pächter der Hotels klären in der Regel die Probleme selbst. Die Eigentümer der Objekte wohnen weit entfernt und erwarten die pünktliche Überweisung der monatlichen Pacht. Wir sind eher für besondere Angelegenheiten zuständig. Unsere Aufgabe ist der optimale Kontakt zu den örtlichen Behörden, dem Bauamt, dem Brandschutzamt und der Lebensmittelüberwachung, um die Betriebsbereitschaft des Hotels zu sichern. Wir sorgen dafür, dass alle aktuellen Auflagen der Behörden umgesetzt werden.

Wie so oft, fing alles mit einem Anruf an.

Die Mitarbeiterin der Spätschicht des Hotels, klingelte auf meinem Handy durch. Ich saß in meiner Stammkneipe und hatte mir den üblichen Feierabendschoppen bestellt. Ein Anruf des Hotels um diese Zeit war ungewöhnlich. Sie fing an zu stottern: »Wir haben eine Leiche im Haus. Die Polizei ist schon unterwegs. Wir können unseren Chef nicht erreichen, donnerstags spielt der immer Fußball.«

Dass der Chef donnerstags Fußball spielte, wusste ich.

»Was für eine Leiche?«

»Ein Hotelgast liegt tot im Bett. Können Sie kommen? Einer muss doch den Hut aufhaben und ich bin nur die Spätschicht.«

»O.k., ich komme.« Wehmütig schaute ich auf mein Weinglas. »Bitte kaltstellen, ich muss mal kurz weg.«

Zu Fuß brauchte ich zehn Minuten zum Hotel.

Die Polizei parkte bereits vor dem Haus. Im Office saß mit hochrotem Kopf die Mitarbeiterin, die mich angerufen hatte.

Sie zeigte aufgeregt auf den Fahrstuhl: »Die Polizei ist oben. Der Notarzt auch. Wollen Sie ...?«

»Nee, will ich nicht. Um Gottes Willen, nein. Wir warten hier, bis alle nach unten kommen. Welche Etage?«

»Im Dach. Das ist meine erste kalte Abreise und ich bin schon so lange im Job.«

»Wie bitte?«

»Na, ›kalte Abreise‹, so heißt das im Hoteljargon. Wenn ein Hotelgast abreist, ist das eine Abreise, wenn er bleibt, ist er ein Bleiber. Und ein verstorbener Hotelgast ist eben eine kalte Abreise.«

Ich schüttelte den Kopf: »Behalten Sie die Fachbegriffe heute Abend lieber für sich. Es klingt respekt- und pietätlos. Was sollen denn die Polizisten denken? Wie haben Sie überhaupt gemerkt, dass der Gast nicht mehr lebt? Es ist doch ein Mann?«

»Ja, ein Stammgast. Er ist, nein er war, ein Tagschläfer. Der arbeitete nachts in einer Industriefirma und richtete Maschinen ein. Die Firma rief mich an und fragte, wo er denn bleibe. Ich sollte im Zimmer nachschauen. Da bin ich hoch. Ich habe die Tür geöffnet und leise gerufen. Er hat mit dem Rücken zur Tür gelegen und sich nicht gerührt. Das habe ich auch seiner Firma telefonisch durchgesagt. Die haben mich nochmals hochgeschickt. Ich sollte ihn mal richtig rütteln. Also bin ich wieder hoch ins Zimmer und ging ums Bett herum. Seine Augen waren geschlossen. Ich habe ihn dann vorsichtig an der Schulter angefasst. Der war schon vollkommen kalt. Sag ich doch, eine kalte Abreise. Und das in meiner Spätschicht. Ich komme doch niemals pünktlich hier raus.«

Ich beruhigte sie: »Ich bin ja auch noch da.«

In diesem Moment kam Bewegung in die Lobby. Ein Polizist verließ den Fahrstuhl und parallel tauchte der Bereitschaftsdienst der Kriminalpolizei auf. Die Beamten tuschelten einen Moment miteinander und kamen auf uns zu: »Wer ist hier verantwortlich?«

Die Spätschicht zeigte prompt mit dem Finger auf mich. Ich stellte mich vor und erklärte: »Der Chef des Hauses ist heute telefonisch nicht zu erreichen. Ich stehe Ihnen gerne für Fragen zur Verfügung.«

Die Kriminalbeamten winkten ab: »Wir kümmern uns erst mal um die Leiche, dann sehen wir weiter.«

Der Polizist zeigte auf den Fahrstuhl: »Mein Kollege sichert oben das Zimmer. Ich gehe voraus.«

Wir waren wieder allein. »Und weiter? Was haben Sie gemacht, als Sie gemerkt haben, der Mann ist tot?«

»Ich habe mir fast in die Hose gemacht. Dann habe ich versucht, den Chef anzurufen, aber der ist heute beim Sport. Also habe ich die Bullen angerufen und dann sind Sie mir eingefallen. Die Polizei war blitzschnell da. Die haben den Notarzt angerufen, der ist übrigens auch oben.«

Schadensbegrenzung nach außen war notwendig. »Sind viele Gäste im Haus? Wir sollten dafür sorgen, dass es keinen großen Aufstand gibt. Und die Firma des Toten, weiß die schon Bescheid?«

Sie griff sich an den Kopf: »Ach Gott, die wissen noch gar nichts. Glücklicherweise ist sonst niemand im Dachgeschoss, die anderen Gäste sind auf ihren Zimmern. Bisher hat niemand etwas mitbekommen. Die meisten sind sicher schon im Bett.«

Entschlossen entschied ich: »Wir warten ab, was die Beamten sagen, dann werden wir handeln.«

Es dauerte eine Weile, dann kamen die Polizisten mit dem Notarzt aus dem Fahrstuhl. Der Arzt nickte mir kurz zu: »Ich hab hier nichts mehr zu schaffen …« und verschwand.

Die Polizisten gesellten sich zu uns.

»Kaffee?«

»Gern.«

»Wie geht das jetzt weiter?«

»Die Kripo untersucht die Leiche, sieht nach plötzlichem Herztod aus. Der Mann ist einfach eingeschlafen, wohl schon vor Stunden. Wenn Fremdeinwirkung ausgeschlossen wird, kann die Leiche abtransportiert werden.«

»Wer veranlasst das?«

Der Polizist beruhigte mich: »Das klären die Kollegen von der Kripo. Es gibt für solche Fälle einen Bereitschaftsdienst. Das entsprechende Bestattungsunternehmen wird informiert, keine Ahnung, wer dran ist. Werden Sie schon sehen. Halten Sie sich aus allem raus. Sie kennen doch den Spruch, wer die Musik bestellt, muss sie bezahlen.«

Ich nickte verständig. Die Polizisten tranken den Kaffee und verabschiedeten sich.

Die Hotelmitarbeiterin wurde ungeduldig: »Ich hab schon seit 25 Minuten Feierabend. Ich will heim. Eine kalte Abreise in meiner Schicht, ich kann es immer noch nicht fassen.«

Wieder musste ich sie beruhigen und versuchte sie abzulenken: »Passiert schließlich nicht jeden Tag, da haben Sie zu Hause eine ganze Menge zu erzählen. Wie alt war der Gast?«

»Keine 50 Jahre alt.«

In diesem Moment klingelte das Telefon. Zunächst meldete sich die Spätschicht vorschriftsmäßig am Apparat, reichte mir dann allerdings umgehend den Hörer weiter. Sie flüsterte: »Seine Firma!«

Auch das noch, immer ich. Die Anruferin war besorgt: »Unserem Kollegen ging es letzte Nacht schon nicht gut, Kreislaufprobleme. Wir sind in Sorge, haben Sie nachgeschaut?«

Ich stellte mich vor und erklärte, was passiert war. Die Frau am Telefon war natürlich geschockt. Der Hotelgast war ein Familienvater. Wir hatten keine Informationen über seiner Familie, sie schon. Jemand musste seiner Frau die traurige Nachricht schonend beibringen. Seine Heimatstadt war hunderte Kilometer entfernt. Nach einigen Minuten der Besinnung, war die Frau bereit, das zu übernehmen.

Ich atmete tief durch: »Bitte warten Sie, bis ich mehr Details weiß, vor allem, welches Beerdigungsunternehmen ihn abholen wird.« Ich notierte ihre Telefonnummer und versprach, schnellstmöglich weitere Informationen zu übermitteln.

Einige Minuten später kam einer der Kripobeamten aus dem Fahrstuhl: »Der Kollege wartet oben, bis das Beerdigungsinstitut da ist, ich schreibe so lange das Protokoll.« Er beruhigte uns: »Kein Fremdeinwirken, einfach eingeschlafen, Sekundentod. Er hat keine Körperflüssigkeiten verloren, er hat es sicher nicht mal gemerkt. Haben Sie seine Daten?«

Wir hatten alles bereitgelegt. Seinen Namen und den Namen der Firma, für die er arbeitete. Ich informierte ihn über das Telefongespräch mit der Firma.

Er war nicht sauer: »Dann bleibt mir das erspart. Ist besser, wenn das jemand vor Ort macht, das mit der Familie. Die Sachen von dem Toten nehmen wir komplett mit. Hier sind unsere Kontaktdaten und die vom Beerdigungsinstitut.«

Er schrieb und wir warteten. Ich telefonierte inzwischen mit der Frau in der Firma, um sie über notwendige Details zu informieren. Sie hatte bereits die Ehefrau des Verstorbenen gesprochen: »Die Familie wird morgen zu Ihnen gereist kommen, sie melden sich dann im Hotel.«

Gut, das wäre dann Sache des Hotelchefs. Ich war ja nur für ihn eingesprungen.

Eine junge Frau mit sehr hohen Schuhen, ganz in Schwarz, betrat die Lobby. Ich konnte nicht anders: »Och, Lisbeth Salander.«

Die Hotelmitarbeiterin konnte mir nicht folgen: »Wer? Kennen Sie die?«

»Nee, die sieht aus wie eine Figur aus einem Kriminalroman.«

Der Kripobeamte, der zuhörte, schaute kurz hoch und grinste. Er kannte wohl die Millennium-Trilogie von Stieg Larsson.

Lisbeth war vom örtlichen Beerdigungsinstitut, reichlich tätowiert und auf High Heels unterwegs. Will sie etwa die Leiche allein transportieren? Am Ende vielleicht noch mit meiner Hilfe? Mit leicht slawischem Akzent erkundigte sie sich nach dem Toten. Der Kripobeamte begleitete sie nach oben. Wenige Minuten später kamen die Beamten nach unten und verabschiedeten sich.

Einer zwinkerte mir zu: »Lisbeth macht den Rest, wir sind fertig.«

Die Frau vom Beerdigungsinstitut verschwand nach draußen.

Ich lief hinterher: »Entschuldigung, könnten wir die Leiche nicht vom Hof her abtransportieren? Also nicht durch die Lobby? Dass muss ja nicht jeder mitbekommen.«

Sie schaute auf ihre Uhr: »Es ist fast Mitternacht. Passiert doch nichts mehr. Die Bürgersteige sind längst hochgeklappt.«

Wo sie recht hatte … Glücklicherweise war sie nicht allein. Ihr Kollege tauchte auf. Eine einfache fahrbare Trage wurde ausgeklappt und vor den Fahrstuhl gestellt. Die passt doch nicht in den Fahrstuhl? Lisbeth gab den Ton an: »Wir packen ihn in einen Sack und stellen ihn in den Fahrstuhl. Das geht schneller.«

Oje, wenn jetzt ein anderer Gast auftaucht, ich schaute mich um. Doch wir hatten Glück. Im Sack kam die Leiche stehend nach unten, rauf auf die Trage und raus aus dem Haus. Das wars.

Die Hotelmitarbeiterin und ich atmeten auf: geschafft!

Wir schlossen die Rezeption ab. Sie eilte endlich nach Hause. Ihre erste ›kalte Abreise‹. Meine auch.

ALTERS-WG

Für mich ein schwieriges Kapitel. Fast alle in meinem Alter, um die 60, machen sich Gedanken. Was wird aus mir, wenn ich alt werde? Auch ich!

Die Grundgedanken sind immer die gleichen. Niemand möchte im Alter einsam und allein dahinvegetieren oder den Kindern zur Last fallen.

Ich war jahrelang Mitglied eines Vereins, der sich genau dieser Problematik stellte. Ich liebte diese phantasievollen Gespräche mit Freunden. Was wäre, wenn wir im Alter alle zusammenziehen würden? Gute Musik hören, schöne Wanderungen machen, bei bestem Wein über die Welt sinnieren. Die Träume immer auf höchstem Niveau.

Wir sahen uns schon in einer alten Villa mit Bibliothek und Töpferscheibe und einem Kräuter- und Blumengarten. Für jeden etwas zur Selbstverwirklichung, einen umweltfreundlichem Gemeinschaftsfuhrpark und natürlich die jährlich stattfindenden Highlights wie Weihnachten und Sommerfeste, mit Familien und der Nachbarschaft. Das alles stellten wir uns vor wie in diesen seichten Fernsehkomödien – mit Rentnerband in Starbesetzung.

Zunächst ist das Wort ›alt‹ für mich relativ geworden. Meine Oma wurde fast 100 Jahre alt, meine Mutter ist über 80. Was sind da schon meine schlappen 60?

Das wäre mal eine Idee für ein Mehrgenerationenhaus: 60, 80, 100, durchfinanziert von Renten- und Krankenkasse. Ein Vorhaben mit enormem Sparpotential. Wenn meine Kinder die Altersprogression unserer Familie fortsetzen, schaffen wir es mindestens in drei Generationen ins Rentenalter!

Ich halte die Planung für eine Alters-WG zu einem frühen Zeitpunkt nicht unbedingt für falsch, nach meinen aktuellen Erfahrungen aber für absolut fragwürdig.

Vor Jahren habe ich diese Idee mit Freunden akribisch verfolgt. Wir trafen uns über einen Zeitraum von fast zehn Jahren, um die gemeinsame Zukunft im Alter zu planen. Zweimal im Jahr diskutierten und stritten wir, wie das genau aussehen würde. Ich bin vor einigen Jahren ausgestiegen und habe meine Einstellung zu diesem Vorhaben grundlegend verändert. Im Nachhinein hat mir diese Zeit viel gebracht, vor allem die Erkenntnis, wie ich es auf keinen Fall anpacken werde. Ich will keinen Verein, keine gemeinnützige Organisation, keine umständliche Eigentumsform, keine Agenda, keine Satzung und schon gar keine Gremien.

Meine Erfahrungen in der Familie und konkrete Erlebnisse in der Hausverwaltung haben meine Einstellung verändert. Aber es sind meine Erfahrungen, und ich wünsche allen, die eine Alters-WG planen, das Allerbeste. Sicher schaffen es auch meine Freunde, ihr Rentnerdasein nach ihren gemeinsamen Vorstellungen zu gestalten, aber ohne mich.

Aufgrund meiner langjährigen Mitarbeit am Projekt Alters-WG griff ich mutig und naiv den Vorschlag eines Gewerbemieters auf. Ein mobiler Pflegedienst hatte für seine Tagespflege

Räumlichkeiten in einem großen, denkmalgeschützten Wohn-komplex, einer alten, sanierten Schule, gemietet.

Der Inhaber des Pflegedienstes regte die Einrichtung von Wohngruppen an. Das Objekt war baulich geradezu prädestiniert für ein solches Vorhaben. Die Raumstruktur des Hauses zwang den Architekten die Gestaltung von großen Wohneinheiten auf. Das Haus war zentral gelegen, mit einem wunderschönen Innen-hof, mitten in der Innenstadt.

Eine Wohneinheit, mit zwei Bädern und einer zusätzlichen To-ilette, war seit Monaten frei und bestens geeignet, ein solches Unterfangen zu starten. Die technischen Voraussetzungen wa-ren gegeben. Die Wohneinheit war barrierefrei und bot Platz für drei Bewohner. Eine große Gemeinschaftsküche, helle, freund-liche Zimmer und ausreichend Sanitäreinrichtungen sollten ideal für dieses Experiment gewesen sein.

Ja, heute nenne ich es ein Experiment. Alle beteiligten Partei-en standen hinter der Idee. Der Eigentümer war bereit, umfang-reich zu investieren. Der Pflegedienst rekrutierte aus seiner Ta-gespflege drei mögliche Mieter. Diese kannten sich seit Monaten untereinander. Die Wohnung war neben dem Gewerbebereich des Pflegedienstes gelegen, mit Zugang zum Innenhof. Die äl-teren Herrschaften konnten jederzeit gemütlich draußen sitzen und das begrünte Umfeld genießen.

Mit den möglichen Mietern und deren Familienangehörigen wurden ausführliche Gespräche geführt. Das Wohnmodell wur-de vorgestellt und Mietvertragsentwürfe wurden vorgelegt. Alle waren von der Idee angetan, natürlich auch aus Kostengründen.

Die zwei Frauen und ein Mann wohnten allesamt noch in eige-nen Wohnungen. Zweifelsfrei würde der finanzielle Aufwand für ein WG-Zimmer die Rentner und ihre Familien enorm entlasten. Die Mieter, deren Familienangehörige und wir fingen an, unsere Idee zu feiern. Die Verträge wurden unterschrieben.

Nach dem Einzug der Mieter gestalteten wir gemeinsam mit dem Pflegedienst ein öffentliches Hoffest, einen Tag der offenen Tür. Schließlich sollte das Projekt noch weiterentwickelt werden. Das Ergebnis war eine Warteliste für weitere Interessenten. Wir planten bereits den Umbau anderer Wohneinheiten.

Die ersten Monate ließ sich die WG gut an. Die drei Personen verstanden sich. Die Sanitärräume, zwei Bäder mit WC und eine zusätzliche, separate Toilette, ermöglichten die notwendige Individualität bei der Körperpflege. Meines Erachtens nach die wichtigste Voraussetzung für ein harmonisches Miteinander. Die große Gemeinschaftsküche war gemütlich gestaltet, inklusive eines großen Flachbildschirms. Der Vermieter hatte sich die Einrichtung der Wohnung in Abstimmung mit dem Pflegedienst einiges kosten lassen. Die WG-Mitglieder hatten sich ihre Zimmer mit Hilfe ihrer Familien ansprechend mit eigenen Möbeln eingerichtet.

Der Pflegedienst funktionierte gut. Die älteren Herrschaften hatten zu diesem Zeitpunkt eine geringe Pflegestufe, die sich vor allem auf die körperliche Pflege beschränkte. Die Mahlzeiten wurden durch die Angestellten der Tagespflege abgesichert.

Bei unseren wöchentlichen Besuchen fanden wir die Alten oft plaudernd vor. Sie spielten Karten, sahen gemeinsam fern und machten den Eindruck einer friedlichen Gemeinschaft. Das Durchschnittsalter der WG lag damals bei 81 Jahren. Das Modell schien zu funktionieren.

Eines Tages erhielt ich einen Anruf vom Pflegedienst: »Sie sollten vorbeikommen, es gibt Ärger in der WG.«

Wir hatten die wesentlichen Eckpunkte des Zusammenlebens im Mietvertrag fixiert. Das beinhaltete nicht nur die anteiligen Kosten, sondern auch festgelegte Verhaltensregeln für die Gemeinschaftsflächen. Die Regeln wurden moderat gestaltet. Wir wollten keinesfalls den Eindruck einer totalen Bevormundung erzielen.

Ich besuchte die Herrschaften. Der Mann legte sofort los: »Wir haben Streit, welchen Radiosender wir zum Frühstück hören.«

Ich dachte, ich höre nicht richtig. Die zwei Frauen und der Mann stritten sich über einen Radiosender? Die Harmonie fing an zu bröckeln. In Sachen Frühstücksmusik konnte ich ja noch vermitteln. Aber im Laufe der nächsten Wochen taten sich weitere Diskrepanzen auf. Ein Sammelsurium von hochgepuschten Vorkommnissen. Ich versuchte die Ursachen dieser Entwicklung zu ergründen. Meines Erachtens nach waren es die grenzenlose Langeweile und ein sich weiter auseinanderentwickelnder Gesundheitszustand der Bewohner.

Eine der Damen zog sich komplett aus der Gemeinschaft zurück. Bei ihr verstärkte sich die beginnende Demenz schnell, zu schnell. In diesem Zustand verwechselte sie oft die Zimmer und störte die Privatsphäre ihrer Mitbewohner. Auch konnte sie krankheitsbedingt keine Eigentumsunterschiede mehr realisieren. Bei einem meiner Besuche trug sie das Herrenjackett ihres Nachbarn, was diesen natürlich in Rage brachte.

Wir mussten reagieren. Der Pflegedienst wurde zur Aussprache gebeten. Es stellte sich heraus, dass der falsche Radiosender nur die Spitze des Eisbergs war. Die Pflegekräfte berichteten über zunehmende Auseinandersetzungen unter den Bewohnern, auch von kleinen Tätlichkeiten.

Der Chef des Pflegedienstes wirkte geläutert: »Wir haben die Situation falsch eingeschätzt. Bis dato hatten wir mit den Leuten nur Erfahrungen in der ambulanten Pflege. Die Betreuung der WG geht weit über das ertragbare und wirtschaftliche Maß der Pflegestufen hinaus.«

Ich war erschrocken. Hier kündigten sich größere Probleme für die Zukunft an: »Sie wissen, dass die nächste Wohnung vor der Fertigstellung steht!«

Er fing an sich zu winden: »Ja, aber wir haben bisher nur Betreuungsverträge für die jetzigen Mieter. Außerdem ist eine zwangsweise Bindung an einen Pflegedienst nicht erlaubt. Dann würden wir per Gesetz unter die sogenannte Heimstättenverordnung fallen. Wenn sich hier nichts Gravierendes ändert, werden wir weitere Verträge zur Betreuung ablehnen.«

Ich widersprach sofort: »Moment mal, Sie haben doch die ganze Sache initiiert und machen jetzt einen Rückzieher? Diese Mieter haben Sie ausgewählt.«

Er blockte: »Ja, aber die aktuellen Erfahrungen lassen uns zweifeln. Die eine ältere Dame kommt nächsten Monat ins Heim, auf eine Demenzstation. Dann müssen wir das WG-Zimmer laut Vertrag neu belegen. Wie sollen wir das machen, wenn die zwei verbleibenden Bewohner eine Neue oder einen Neuen ablehnen? Das geht über unsere Möglichkeiten. Hauptproblem ist der zunehmend unterschiedliche Gesundheitszustand der Mieter.«

Ich beschwichtigte: »Das sehe ich ein. Es sind noch zu wenig Leute im Haus. Die Schnittmenge gemeinsamer Interessen fehlt. Deswegen wollen wir ja wachsen. Wir schimpfen uns schließlich ›betreutes Wohnen‹, also müssen wir uns Gedanken machen und die Betreuung besser gestalten. Die grundsätzliche Idee der Alters-WG ist gut.«

Er lachte mich aus: »Ja, aber die ganze Arbeit bleibt an uns hängen.«

Ich versuchte es weiter: »Ist das nicht genau Ihr Job? Im Mietvertrag ist für Sie ein nicht unerheblicher finanzieller Obolus für die Betreuung fixiert. Wir haben das Projekt gemeinsam gestartet, mit erheblichem finanziellem Aufwand. Und nochmal, die Initiative ging von Ihrem Pflegedienst aus.«

Er nickte: »Das stimmt, aber wir sehen uns überfordert. Es gibt ja noch andere Pflegedienste und Sie sind nicht zwingend nur an uns gebunden. Überlegen Sie mal, die Bewohner tauchen fast stündlich hier bei uns im Büro auf und halten meine Leute von der Arbeit ab. Wir sind kein Heim und auch keine Rund-um-die-Uhr-Betreuung.«

Er holte tief Luft: »Ich weiß, noch sind wir vertraglich gebunden. Das werden wir auch erfüllen. Wir haben unseren aktuellen Betreuungsfällen den freien Platz angeboten. Ein älterer Herr steht auf der Warteliste. Dieser ist zwar unter gerichtliche Betreuung gestellt, aber eigentlich unkompliziert. Sein Betreuer hat das Zimmer besichtigt und ist einverstanden. Hier sind die Daten. Sie können den Vertrag vorbereiten.«

Ich schüttelte den Kopf: »Moment mal, so schnell? Wie soll das gehen? Kennen unsere Zwei diesen neuen Herren? Sind die einverstanden? Sonst sind doch die nächsten Probleme vorprogrammiert.«

»Wir kennen den Mann seit zwei Jahren aus der Tagespflege. Und in der Kurzzeitpflege hatten wir ihn auch, ein pflegeleichter Senior.«

Ich war skeptisch: »Das müssen wir einfühlsam organisieren. Vielleicht ein gemeinsames Kaffeetrinken und so weiter. Ein richtiges Kennenlernprogramm.«

Der Chef der Pflege lächelte mich an: »Dann machen Sie mal. Wir haben dafür keine Zeit.«

Mit riesigem Zeitaufwand organisierte ich den friedlichen Übergang. Die alte Dame zog ins Heim. Der Herr übernahm ihr Zimmer. Der Betreuer vom Gericht half beim Umzug. Wir organisierten eine kleine Willkommensparty mit Häppchen und Sektchen. Beste Stimmung. Es glückt, dachte ich.

Schon einen Monat später kam die erste Beschwerde der einzigen Dame der WG: »So geht das nicht. Der Neue rennt in Unterhose in der Wohnung herum. Der hat überhaupt kein Schamgefühl. Die Toilettentür schließt er nicht ab und reinlich …« Sie winkte ab.

Sofort beruhigte ich sie: »Ich kümmere mich, ich spreche mit ihm.«

Ich rief den Betreuer an und wir verabredeten uns in der WG. Unser ›Neuer‹ saß in Unterhose auf dem Sofa in der Gemeinschaftsküche. Als ich vorsichtig die Einwendungen der Mitbewohnerin vortrug, lachte er mich aus: »Ach, die Alte, die soll sich mal um sich selbst kümmern.«

Er zeigte auf seinen Betreuer und sich selbst einen Vogel: »Fragen Sie den, ich habe einen Jagdschein, balla, balla und so. Mir kann keiner was. Stimmt doch, Chef?«

Der Betreuer nickte. Ich holte tief Luft. Wieder ein Problem und vermutlich noch größer. Wir bettelten beide und er versprach Besserung.

Beim Verlassen des Hauses passte uns der dritte Mieter auf der Straße ab: »Nur weil das hier recht preisgünstig für mich ist, heißt das nicht, dass ich mit Irren zusammenleben will. Dieser durchgeknallte Typ hält sich an keine Regeln, und die Alte regt sich den ganzen Tag darüber auf und streitet mit ihm. Ich habe mit meinen Kindern gesprochen. Ich komme bei denen unter. Ich brauchte gar nicht zu betteln. Die waren neulich zum Kaffee hier und haben ›die Unterhose‹, so heißt er bei mir, rumtanzen sehen. Denen ist die Kinnlade runtergefallen. Da ziehe ich lieber zu meinen Kindern. Die Kündigung wird schon in der Post sein und Tschüss.« Er winkte mir abfällig zu.

Ich schnauzte den Betreuer an: »Was haben Sie mir da für ein Ei ins Nest gelegt? Das ist nicht fair.«

Der zuckte nur mit den Schultern: »Was ist schon fair? Ich kann da jetzt auch nichts mehr machen. Da müssen wir jetzt durch.«

»Wir und durch! Das bleibt alles an mir hängen.«

Ich ließ den Betreuer einfach stehen. Der hatte seinen Problemfall los, übergeben an mich. Ich war sauer. Der Vermieter würde verrücktspielen, aber lieber ein Ende mit Schrecken …

Der Rentner zog zu seinen Kindern. Die freche Unterhose provozierte weiter, Tag und Nacht, mit Erfolg. Der Streit mit der älteren Dame eskalierte wenige Wochen später, sie wechselte ins Altersheim. Die WG war gescheitert.

Der Eigentümer cancelte das ganze Projekt: »Rufen Sie beim Jugendamt an. Kinderreiche Familien in großen Wohnungen gehen auch, und da bekommen wir das Geld vom Amt. Und lassen Sie mich zukünftig mit den alten Leuten in Ruhe.«

Somit war wenigstens die Schuldfrage geklärt: natürlich ich. Ja, aber ich blieb auf der Unterhose mit nur einem Mietvertrag sitzen.

Er fing an, von Zimmer zu Zimmer zu ziehen. Obwohl die anderen Einheiten abgeschlossen waren, wusste er sich Zutritt zu verschaffen. Sein Betreuer ließ sich verleugnen. Alle Bemühungen, den Verrückten loszuwerden, verliefen ins Leere. So hatte der Alte eine riesige Wohnung mit allem Drum und Dran für sehr kleines Geld. Der Pflegedienst betreute ihn zwar, aber neue Mitbewohner konnten sie nicht rekrutieren. Das wollte der Hauseigentümer nicht mehr.

Es dauerte fast zwei Jahre, bis er durch einen gesundheitlichen Umstand gezwungen wurde, in ein Heim zu wechseln.

Sicherlich war dieses Erlebnis nicht repräsentativ, aber ich kann gerne auf diese Friede-Freude-Eier-Mentalität verzichten.

Wir hoffen, dass wir alle zur gleichen Zeit vergesslich und hilfsbedürftig werden und uns dann auch noch gegenseitig unterstützen können. Und Alzheimer bekommt natürlich niemand von uns.

Aus meiner Sicht sind die Schicksale der Menschen nicht auf ewig verbunden, schon gar nicht im Alter. Wir müssen Partner und Freunde loslassen können. Manche wollen das nicht. Gut, ihre Entscheidung. Aber jeder ›Alte‹ sollte die Chance haben, auch allein würdig weiter zu leben.

Zur Pflege anderer Menschen muss man geboren sein. Den anderen auszuhalten, sein Leiden, sein Jammern, seine Beschimpfungen, sein Sterben, ist eine Kunst. Nicht viele sind dazu überhaupt in der Lage. Und nur aus freundschaftlichen Gefühlen heraus ...? Das erste, was auf der Strecke bleibt, ist man selbst, die Liebe oder die Freundschaft. Sicher gibt es positive Ausnahmen. Aber wer kann das vorher beurteilen? Noch sind wir, die Sechzigjährigen, die Jungen. In unserer Generation gibt es nicht viele Erfahrungen mit Alters-WGs, in meinem Umfeld jedenfalls nicht.

Mein Resümee: Ich kann mich auch im Alter mit Freunden treffen, ohne mit ihnen die gleiche Küche oder den gleichen Flur zu teilen. Vielleicht in einem Haus mit separaten Wohneinheiten, das würde gehen. Gern auch mit einem Gemeinschaftsraum, aber dann bitte nicht mit zu vielen Regeln. Das Grundprinzip sollte Freiwilligkeit und gegenseitiger Respekt sein, auch im Alter. Wenn ich nicht mehr selbst bestimmen kann, hoffe ich auf meine Kinder, die für alle Beteiligten, nicht nur für mich, eine richtige Entscheidung treffen mögen.

Meine verstorbene Oma hat das selbst geschafft und sich mit neunzig Jahren in ein Objekt »betreutes Wohnen« auf dem Dorf eingemietet. Das Haus war klug organisiert, ein kleiner Teil betreutes Wohnen, der größere Teil Pflegeheim.

Nach einigen Jahren musste sie gesundheitsbedingt in den Heimbereich wechseln. Es war ihre eigene Entscheidung und sie war richtig. Sie wurde fast neun Jahre liebevoll und gut betreut. Sie hat dort gesungen, gefeiert, Karten gespielt, Ausflüge gemacht und jeden Tag frisch gebackenen Kuchen bekommen. Den einzigen Makel, das fehlende Kaufhaus vor der Tür, hat sie nach und nach verschmerzt, besser vergessen.

Sie hatte nette und weniger nette Mitbewohner, vor allem aber Pfleger und Betreuer, die sich professionell und mit Herz ihrer angenommen haben.

Vor vielen Jahren las ich durch Zufall in der Klatschpresse, dass ein bekanntes Schauspielerehepaar, Nadja Tiller und Walter Giller, gemeinsam in eine Seniorenresidenz gezogen sind, in verschiedene Wohneinheiten. Ich dachte damals, wie befremdlich für ein Ehepaar. Aus heutiger Sicht sehe ich das anders: Wie klug haben diese zwei ihre Zukunft geplant. Respekt!

ERBEN

Erben beginnt nach dem Tod, dachte ich. Falsch, viele potentielle Erben tauchen früher auf, um den Kuchen zu verteilen.

In einem konkreten Fall war ich auf absurde Weise damit konfrontiert. Eine ältere Frau kam zu uns ins Büro. Sie war eine Geschäftsfrau im Ruhestand, die schon früher mit unserem Büro zu tun hatte. Sie hatte Vertrauen zu uns und trug ihr Anliegen vor:

»Ich besitze eine alte Villa in der Südstadt. Ich kann das nicht mehr allein bewältigen. Die Mieter im Erdgeschoß benehmen sich unmöglich und bezahlen ihre Miete nicht, obwohl die nicht hoch ist. Dazu kommt, dass die Mauer meines Nachbarn saniert wurde. Jetzt hat mich die Stadtverwaltung angeschrieben und mich aufgefordert, meine Mauer umgehend instandzusetzen. Es gab in unserer Straße vor zwei Monaten ein Unglück, eine Mauer in der Nachbarschaft stürzte ein. Sie haben es bestimmt in der Zeitung gelesen. Autos wurden demoliert. Glücklicherweise ist niemand verletzt worden. Und wir Eigentümer haben jetzt den Ärger. Ich bin 75 Jahre alt und soll die Sanierung durchführen. Ich selbst komme noch gut zurecht. Aber mit den Behörden und den Baufirmen, das geht über meine Kraft.«

»Haben Sie niemanden in der Familie, der Sie unterstützen und beraten kann?«

»Nein. Wir hatten keine Kinder. Mein Mann ist schon vor Jahren gestorben. Es gibt nur noch meine Neffen und die kümmert das nicht. Die wollen nur erben und deshalb, dass ich verkaufe. Ich soll ins Heim. Aber so weit ist es noch nicht. Ich liebe meinen Garten und bin gut zu Fuß. Nur der Ärger, der ist mir zu viel. Können Sie mir nicht helfen?«

Ich zögerte: »Manchmal ist eine Veränderung das Richtige. Wir werden alle nicht jünger. Da sind ja auch noch die vielen Treppen zu Ihrem Hauseingang. Wie groß ist denn Ihr Grundstück?«

»20 Meter breit an der Straßenseite. Die Mauer ist an einigen Stellen fünf Meter hoch.«

»Ist da jemals etwas gemacht worden?«

»Nein. Es ist viel kaputt. Laut Stadtverwaltung sogar einsturzgefährdet.« Sie griff in ihre Handtasche und legte ein Schreiben vor. »Ich habe eine Frist bekommen. Zum Jahresende muss ich mit der Sanierung begonnen haben. Sonst sind mir kostenpflichtige Maßnahmen angedroht worden. Den Aufgang hat mir das Amt schon gesperrt. Meine Mieter und ich benutzen den Nachbareingang. Aus diesem Grund zahlen meine Mieter auch nicht mehr. Das ist ihre Begründung.«

Ich ahnte, um welches Haus es sich handelte. »Die Sanierung wird ein Vermögen kosten.«

Die alte Dame zog das nächste Schreiben aus ihrem Handtäschchen: »Ja, da haben Sie Recht. Ich habe hier einen Kostenvoranschlag. Allein für Mauer und den Aufgang 250.000 Euro. Die habe ich nicht und einen Kredit will mir die Bank aufgrund meines Alters nicht mehr geben. Die haben gesagt, ich soll einfach verkaufen. Aber die wollen mir keinen Käufer suchen. Sie waren da und haben gesagt, die Sanierung ist möglicherweise teurer als ein zu erzielender Verkaufspreis.«

Aha, das hatten unsere Mitbewerber von der Bank schon abgecheckt. Wir waren bereits die zweite Wahl, klar bei zu vielen Problemen lockt keine schnelle Provision.

Sie ließ nicht locker: »Sie haben meinem verstorbenen Mann geholfen. Ich weiß nicht weiter, bitte helfen Sie mir auch.«

Mein Helfersyndrom erwachte: »Ich bringe Sie jetzt nach Hause und sehe mir vor Ort alles an. Wir überlegen uns etwas. Vielleicht finden wir einen Weg.« Dankbar drückte sie meine Hand.

Ich besichtigte mit ihr das gesamte Grundstück. Die Situation war schlechter als beschrieben. Eine halsbrecherische Konstruktion von Brettern verband ihr Grundstück mit der Nachbarschaft. Mit Gepäck oder einem Kinderwagen war das Haus nicht ohne Gefahr zu erreichen. Deshalb die kurzfristigen Auflagen. An der alten Villa war lange nichts gemacht worden. Eine Komplettsanierung war unausweichlich.

Die junge Familie im Erdgeschoss war zu Hause. Sie saßen genüsslich auf einer Schaukel auf der Terrasse.

Ich brachte die Dame in ihre Wohnung im ersten Stock, mit der Bitte, kurz auf mich zu warten: »Ich spreche mal mit den jungen Leuten und komme gleich wieder.«

Ich stellte mich dem jungen Paar vor und wollte wissen, wie sie die gesamte Situation sahen. Sie wirkten abgeklärt: »Wir haben große Probleme, die Wohnung überhaupt zu erreichen. Das haben Sie doch selber gesehen. Das ist kreuzgefährlich.«

»Ist das ein Grund, überhaupt keine Miete zu zahlen? Ich verstehe Sie nicht. Wenn das alles hier für Sie so schlimm ist, warum suchen Sie sich nicht eine normale Wohnung?«

Die junge Frau zuckte nur mit der Schulter: »Was solls. Hier ändert sich nichts. Die Alte ist hemmungslos überfordert. Irgendwann suchen wir uns was Neues. Eine Sanierung mit uns gibt es auf keinen Fall.«

Ich verstand. Die alte Dame und die Situation wurden ausgenutzt. Sicher war der Zustand unhaltbar. Aber die jungen Leute hatten sich offensichtlich mit der Situation eingerichtet und nahmen Vor- und Nachteile mietfrei hin. Über 100 m² Wohnraum mit Garten und Terrasse in einer einmalig schönen Lage. So schlimm konnte es gar nicht sein.

Ich besichtigte die Wohnung der alten Dame im ersten Obergeschoss. Sofort fiel mir der traumhafte Blick über die gesamte Innenstadt auf. Die Lage des Objekts war einzigartig. Der Zustand des Hauses und die Bedingungen auf dem Grundstück waren es nicht. Ich verabschiedete mich.

Im Büro konnte ich Tina nichts Erfreuliches berichten: »Die Lage ist schlimmer als erwartet. Die Mauer und der Aufgang schlucken sicher den Großteil eines möglichen Verkaufspreises. Vielleicht ist noch ein bisschen Luft nach oben. Falls man klug kalkuliert. Die alte Dame könnte das keinesfalls richten. Über den Nachbarn und die provisorisch gebaute Hühnerleiter kommt man kaum auf das Grundstück. Die jungen Leute zahlen nichts, haben aber eine schöne Wohnlage. Wenn die wirklich ausziehen, findet sie nie wieder einen Mieter. Nicht unter diesen Bedingungen.«

»Deshalb geht da keiner ran. Dann müssen wir auch absagen. Keine Ahnung, wie sie aus der Nummer rauskommt. Das muss innerhalb der Familie geklärt werden. Nicht durch einen Makler.«

»Ja, ich schlaf nochmal drüber. Vielleicht fällt mir etwas ein.«

Und das tat es. Ich erinnerte mich an einen jungen Handwerker. Der nervte mich regelmäßig im Büro und wann immer sonst er mir zufällig über den Weg lief. Er war fleißig und handwerklich geschickt: »Wenn du mal eine stark sanierungsbedürftige Villa hast, ruf mich an. Ich habe nicht viel Bares. Aber arbeiten kann ich und handwerklich bekomme ich das schon auf die Reihe.«

Vielleicht gab es doch noch eine Möglichkeit, der alten Dame zu helfen. Ich rief den nervigen Typ an: »Hör mal, steht dein Interesse an einer alten Villa, stark sanierungsbedürftig, noch?«

»Und ob, hast du endlich was für mich? Aber denk dran, riesige Summen an Bargeld oder Kredit kann ich nicht stemmen.«

»Vielleicht. Aber ein schwieriges Objekt mit Haken und Ösen.«

»Wo?«

»Ich müsste dir erst mal die Details erklären.«

»Sag erst mal wo, dann komme ich zu dir ins Büro.«

Ich nannte ihm die Adresse der alten Villa. Eine Stunde später tauchte er im Büro auf.

»Erzähl, was ist los. Ich war schon auf dem Grundstück. Ziemlich halsbrecherisch, die Mauer und die Treppenanlage.«

»Stimmt, das Haus gehört einer alten Dame. Die hat uns um Hilfe gebeten.« Ich erklärte ausführlich die gesamte Situation. Wir verabredeten für den nächsten Tag einen Besichtigungstermin.

Abends rief er mich an: »Ich bin noch mal dort gewesen. Die Mauer ist nicht das Problem, da hätte ich schon Möglichkeiten. Was ist mit der Villa, mit den Leuten, die drin wohnen?«

Ich lachte: »Warte bis morgen. Dann weißt du mehr.«

Am nächsten Tag stand er mit einem kleinen Blumenstrauß aufgeregt vor dem Grundstück: »Ich will bei der Oma einen guten Eindruck hinterlassen.«

Wir erkletterten den Hang vom Nachbarn aus. Ich stellte ihn der alten Dame vor. Der Handwerker war nicht zu bremsen. Er überreichte ihr das Sträußchen und umgarnte die Dame, ohne Unterbrechung. Ich hatte ihm im Büro schon die Eckpunkte meines Planes vorgestellt. Die Dame sollte in ihrer Villa wohnen bleiben, gesichert durch ein Innenwohnsitzrecht. Der Kerl sollte ihr einen kleinen monatlichen Obolus zahlen, dessen Höhe noch zu bestimmen war.

Mein Kunde sah seine lang erwartete Chance und strengte sich an. In der Wohnung nahm er sie einfach in den Arm: »Ich habe keine Oma mehr. Dann werden Sie jetzt meine Oma.«

Erst war sie verblüfft. Doch so nach und nach beim Rundgang durch Haus und Garten fasste sie Vertrauen. Das war Liebe auf den ersten Blick. Ich wurde komplett zur Nebensache. Er hatte ihr gleich das Du angeboten. Überschwänglich schilderte er sein Vorhaben. Seine Arme ruderten durch die Luft. Hier wird das und dort kommt jenes. Er malte die Zukunft sehr bunt und die Dame freute sich von Minute zu Minute mehr.

»Erst bringe ich die Mauer in Ordnung und den Aufgang zum Haus. Mit den Mietern komme ich schon klar. Ich saniere das Erdgeschoß und ziehe hier selbst ein. Dann kann ich mich auch besser um dich kümmern.«

Das ging mir doch zu schnell und ich grätschte dazwischen: »Nicht so schnell. Lassen wir die Dame erst mal darüber schlafen. Dann müssen wir alle Details sauber formulieren.«

Wir trennten uns und verabredeten einen Termin im Büro. Ich brauchte Zeit, um einen Vertrag vorzubereiten. Als ich am nächsten Tag ins Büro kam, saß die alte Dame schon bei Tina, viel zu früh. Tina grinste nur. Die Dame plapperte sofort los: »Der Junge war gestern Abend noch mal bei mir. Er ist wirklich ein Guter. Ich spüre das. Ich habe ja selbst keine Kinder. Aber so einer wäre der Richtige. Ich überschreibe ihm das Haus. Dafür kann ich wohnen bleiben und er kümmert sich um die Auflagen der Stadt und saniert Mauer und Aufgang. Auf seine Kosten.«

Ich bremste sie: »Stopp mal. Nicht so schnell. Das muss in einem vernünftigen Vertrag notariell fixiert werden. Nicht das es hinterher Ärger gibt.« Hier waren klare Ansagen nötig: »Erstens: Er muss die Mauer und den Aufgang zeitnah und professionell sanieren. Die Stadt muss das Vorhaben genehmigen und überwachen, steht in den Auflagen. Es muss eine Statik berechnet und eine Ausführungsplanung vorgelegt werden. Zweitens: Das Innenwohnsitzrecht muss grundbuchmäßig gesichert werden. Drittens: Ein monatlicher Obolus ist Quatsch. Wir legen einen akzeptablen Kaufpreis fest. Der kann sicherlich nicht sehr hoch sein. Die Sanierung der Mauer muss gegen einen möglichen Verkaufspreis kalkuliert werden. Die Zahlen müssen offengelegt werden. Es muss eine positive Differenz übrigbleiben. Sonst sieht alles wie ein großes Gemauschel aus. Also alles wird sauber geklärt und dem Notar zur Einarbeitung in den Vertrag vorgelegt.«

Die alte Dame war einverstanden und bedankte sich überschwänglich: »Ich habe gewusst, dass Sie mit helfen werden. Ich habe es gewusst.« Fröhlich tippelte sie aus dem Büro gen Heimat.

Gut, ich rechnete und telefonierte mit dem zukünftigen Enkel. Es gab ein langes Hin und Her. Er musste den kleinen Kaufpreis bei der Bank besorgen. Es dauerte, aber seine Bank spielte mit und sagte die Finanzierung zu. Der Notar entwarf den Vertrag. Alle Versprechungen und Beträge waren sauber formuliert.

Der Beurkundungstermin stand an. Ich kam mit dem Käufer. Wir warteten im Foyer. Die alte Dame tauchte nicht auf. Ich wurde unruhig. Was war schiefgelaufen? Vielleicht hätten wir sie abholen sollen?

Plötzlich kam der Notar aus seinem Büro: »Kommen Sie herein. Die Dame sitzt schon eine Weile bereit. Wir haben noch schnell einen Kaffee getrunken und beim Schwatzen die Zeit vergessen. Es kann losgehen.«

Aufatmen. Der Vertrag wurde beurkundet. Alle am Tisch waren zufrieden. Die alte Dame bekam einen Enkel, der ein marodes Haus und ich einen Obolus für meine Arbeit.

Der junge Mann startete mit Euphorie und Tatendrang. Schon nach kurzer Zeit lagen erste Ergebnisse vor. Die Statik für die Mauersanierung wurde eingereicht. Absprachen mit dem Bauamt fanden statt. Der Baubeginn war terminiert. Die Mieter im Erdgeschoß hatten bereits ihren Auszug signalisiert. Alles war am Laufen. Die alte Dame und ihr neu gewonnener Enkel verstanden sich zunehmend besser. Sie wirkten nach außen wie richtige Verwandte. Rührend! Ich war zufrieden mit der Situation, mit mir und dem gelungenen Geschäft.

Einige Wochen später erhielt ich einen aufgeregten Anruf: »Ich habe eine Klage am Hals. Ich schicke dir alles per Fax. Ich bin fix und fertig. Ich komme morgen früh ins Büro. Die wollen das Haus zurückhaben. Was glaubst du, was ich schon alles veranlasst habe?« Er knallte den Hörer auf. Die, wer waren denn die? Ich wartete das Fax ab und studierte die Klage. Das konnte doch nicht wahr sein. Mein Handwerker wurde beschuldigt, sich das Haus unter der Vorspiegelung falscher Tatsachen erschlichen zu haben. Der Kaufpreis wäre viel zu niedrig gewesen.

Die Klage hatten die Neffen der alten Dame eingereicht. Laut der Klage war die alte Dame unter Vormundschaft gestellt worden. Ich war wütend. Alles nachdem die liebe Verwandtschaft vom Verkauf erfahren hatte. Lauter erlogene und unsachliche Beschuldigungen. Wir hätten eine Demenz der alten Dame ausgenutzt. Sie wäre gar nicht mehr Herr ihrer Sinne gewesen und hätte die Villa verschenkt. Alles in diese Richtung.

Versuche, die alte Dame zu erreichen, liefen ins Leere. Weder öffnete sie die Tür, noch ging sie ans Telefon. Ihrem neuen Enkel wurde gleich mal ein Kontaktverbot ausgesprochen.

Die Neffen klagten auf Rückabwicklung des Notarvertrages. Sie wollten mit allen juristischen Mitteln gegen ihn vorgehen. Es waren Anschuldigungen wie Nötigung und Betrug gefallen. Ich wurde auch benannt – als Steigbügelhalter eines Betrügers.

Ich schüttelte den Kopf und sagte zu Tina: »Die brauchen doch nur den Notar zu fragen. Die Frau war glockenklar und dankbar. Der Deal war für beide Seiten optimal. Sie war richtig glücklich. Das können wir alles nachweisen und rechnerisch belegen. Kein Neffe war vorher zu sehen gewesen oder hatte sich gekümmert.«

Tina war skeptisch: »Täusch dich mal nicht. Vergiss nicht, vor Gericht und auf hoher See sind wir alle in Gottes Hand. Da bleibt immer ein Risiko. Wer weiß, was diese Neffen alles auffahren werden.«

Ich rief unseren Anwalt an. Der sollte sich um die Klage kümmern. Mein Name wurde schließlich auch genannt.

Den Gerichtstermin nahm mein Anwalt alleine wahr. Damals wäre ich noch viel zu emotional gewesen. Nach der Verhandlung rief er mich an: »Keine Chance. Die alte Dame wurde im Rollstuhl in den Gerichtssaal gefahren. Sie hat uns gar nicht wahrgenommen. Ein Neffe rechts, ein Neffe links. Gesagt hat sie nichts. Dein Kumpel wurde förmlich zum Schwerverbrecher gemacht und es wurden alle Tatsachen verdreht. Pausenlos hat ihm der gegnerische Anwalt mit drastischen Anzeigen gedroht. Das ging alles in den strafrechtlichen Bereich. Er hat Angst bekommen und einer Rückabwicklung des Vertrages zugestimmt.«

Ich konnte es nicht fassen. Natürlich zahlte ich mein Honorar sofort zurück. Das war nur fair. Schließlich hatte ich den Deal eingefädelt und war auch noch stolz darauf gewesen. Trotzdem blieb der junge Kerl auf jede Menge Kosten sitzen. Er schluckte das und hat mir nie einen Vorwurf gemacht.

Diese gierigen Neffen. Sich nicht kümmern und dann alles besser wissen.

Einige Tage nach der Verhandlung saß die alte Dame weinend bei mir im Büro. Ohne Rollstuhl, wie immer zu Fuß: »Ich habe nichts mehr zu sagen. Das machen jetzt andere. Ich soll ins Heim. Der Junge war so ein guter, sagen Sie ihm das. Es tut mir unendlich leid.« Traurig verließ sie das Büro.

Die Mauer wurde von den Neffen saniert. Die Villa stand lange leer und zum Verkauf, zu einem utopisch hohen Preis. Ob der die Sanierungskosten abgedeckt hat, wage ich zu bezweifeln. Die alte Dame war inzwischen im Heim.

Erben beginnt nach dem Tod oder?

ANFANG UND ENDE

Nun ein sehr persönliches letztes Kapitel.

Mein Vater gründete die Firma, die ich heute führe, zur Wendezeit. Er war Buchhalter und leidenschaftlicher Kaufmann. Er begann als Unternehmensberater. Geschuldet der Tatsache, dass er Gott und die Welt und die hiesigen Grundstückslandschaften kannte, wurde er mit Aufträgen überrannt. Vor allem von Alteigentümern, die ihre gerade aufgrund von Restitution zurückerhaltenen Häuser maximal verscherbeln wollten.

Parallel frönte er seiner Leidenschaft, dem Bauen, und wurde auch zum Bauträger.

Was genau war und ist ein Bauträger? Ein Bauträger realisiert ein komplettes Bauvorhaben, beginnend mit dem Ankauf des Grundstücks über die Fertigstellung des Gebäudes bis hin zum gewinnbringenden Verkauf.

Nach der Wende waren die steuerlichen Anreize in den neuen Bundesländern sehr groß. Das löste einen enormen Investitionsschub aus. Ein äußerst glücklicher Umstand für die von der DDR hinterlassene marode Bausubstanz.

Es gab sehr viele Unternehmen, die sich auf diesem Geschäftsfeld versucht haben, große und kleine, Dilettanten und Profis. Viele haben ihren Käufern Sack und Seele versprochen, hohe Vermietungsgarantien und maximale Renditen. Die meisten dieser Zusagen lösten sich via Konkursverfahren in Luft auf. Wegen irrwitziger Prognosen und falscher Kalkulationen kamen viele Bauträger und ihre Käufer unter die Räder. Selbst bekannte Leute aus dem Showbusiness waren plötzlich pleite. Immobilienmogule standen vor Gericht, Bankvorstände mussten reihenweise zurücktreten.

Mein Vater betrieb das Bauträgergeschäft eher im kleinen Rahmen. Er sanierte vor allem marode Villen und realisierte wenige Neubauten. Glücklicherweise hat sein Buchhaltergeist immer Oberhand behalten. So brachte er mit vernünftigen Preisen und guten Projekten die Firma durch diese Goldgräberzeiten. Er war nicht so gierig wie die Großen. Seine Verkaufspreise waren vergleichsweise angemessen. Da seine Kunden zufrieden waren, durften wir die Häuser verwalten und konnten auf dieser Basis eine solide Hausverwaltung aufbauen.

Ich begann erst später, für das Unternehmen zu arbeiten. Es hatte meinen Vater zehn Jahre Überredungskünste gekostet, mich für seinen Job zu begeistern.

Mein erster Arbeitstag war der erste April, kein Scherz. Meine Eltern waren im Urlaub und ich sollte schalten und walten, wie ich wollte. Ich wollte schon, aber wie? Ich hatte keine Ahnung und hörte schon das kleinstädtische Geschwätz: »Beruf Tochter, was will man da schon erwarten?«

Ein gewisser Ehrgeiz trieb mich an und ich wollte es den Zweiflern auch irgendwie zeigen. Also galt es: »Aufpassen und lernen!« Aber es war niemand da, von dem ich lernen konnte. So saß ich gelangweilt an meinem neu eingerichteten Schreibtisch.

Glücklicherweise nahte die Rettung in Person eines jungen Mannes. Tina war damals schon für meinen Vater tätig und schickte ihn in mein Büro: »Kundschaft!« Mein erster Kontakt hatte meine volle Aufmerksamkeit.

»Ich brauche einen Laden. Textilbranche, nicht zu teuer. So um die 100 m² groß. Können Sie mir helfen?«

Brust raus: »Natürlich!«

Ich würde meinen ersten Kunden keinesfalls enttäuschen. Geschäftig schrieb ich seine Daten auf: »Ich werde mich umgehend bei Ihnen melden.«

Was sollte ich tun? Meine Vernetzung war nicht annähernd mit der meines Vaters zu vergleichen. Nach langem Überlegen fiel mir ein Bekannter ein. Er hatte ein Haus, nicht gerade in einer 1a-Lage, aber immerhin in der Innenstadt. Der Laden war von außen einsehbar, bestückt mit einem Haufen undefinierbarem Gerümpel. Vielleicht brauchte er Geld?

Ich rief ihn an: »Hör zu, ich habe jemanden für deinen Laden. Er zahlt gut, es muss aber schnell gehen.«

Mein Bekannter stöhnte nur: »Der Laden ist mein Lager. Das wird nichts.«

»Schade, dann wird jemand anders monatlich die 3000,– DM bekommen.« Die Summe war frei erfunden, aber irgendwie musste ich ihn ja aus der Reserve locken.

»So viel? Nicht schlecht, komm vorbei.«

Wenige Minuten später war ich vor Ort. Der Laden sah wüst aus, voller Kartons.

»Wo soll das Zeug hin? Hast du einen Lagerraum für mich?«

»Garage, Keller, deine Wohnung. Irgendwo wirst du schon Platz haben.«

Er lachte laut: »Du willst das Geschäft deines Lebens machen und ich soll mich drehen?«

»Umgekehrt. Du bekommst in den nächsten Jahren einen Haufen Miete und ich besorge ein paar Leute. Zusammen werden wir den Laden in einen akzeptablen Zustand versetzten. Also los.«

Innerhalb von drei Tagen hatten wir das Geschäft beräumt und geputzt. Einige der Helfer zahlte ich notgedrungen aus meiner Tasche. Es ging um Tempo. Der Kunde hätte sonst sein Glück woanders finden können. Auf keinen Fall.

Die Besichtigung des Mietinteressenten lief erfolgreich. Dem Deal stand nichts im Wege. Nicht ganz für die angesagte Summe, aber mein Bekannter war einverstanden. Der Mieter unterschrieb den Vertrag und zahlte mir umgehend mein Vermittlungshonorar.

Erhobenen Hauptes präsentierte ich meinem Vater nach seinem Urlaub den Kontoauszug. Meine nicht unerheblichen privaten Eigenleistungen verschwieg ich. Seine Worte: »Nicht schlecht für den Anfang!«, machten mich stolz. Warum nur hatte ich mich so zickig gehabt, in das Unternehmen einzusteigen? So leicht konnte ich mein Geld nirgends verdienen. Dachte ich wirklich.

Die Realität holte mich schnell ein. Es blieb in den folgenden Monaten mein einziger Abschluss. Ich langweilte mich im Büro, machte Besichtigungen und fuhr den Chef zu auswärtigen Kunden. Bei langen Autofahrten wurde ich unterrichtet: »Du kannst ruhig ein bisschen schneller fahren. Wir müssen in einer Stunde in Frankfurt sein, also los. Jetzt haben wir Zeit, die aktuellen Geschäfte durchzusprechen.«

Mit dem Kalender auf dem Schoss ging er detailliert alle Vorgänge und die aktuellen betriebswirtschaftlichen Zahlen durch. Fahren, zuhören, rechnen und antworten. Ich kam mir vor wie in meinen Prüfungen aus der Hochschulzeit.

Mein Vater war ein sehr fleißiger Mensch. Das Klischee eines Maklers erfüllte er nie. Er trug weder Kettchen, noch eine Rolex. Dafür war er stets mit Taschenrechner und seinem ledernen Kalender bewaffnet, wo alles, wirklich alles, eingetragen war.

Viele Menschen glauben keinen Makler zu brauchen – ihr gutes Recht. Aber später bitte nicht heulen, wenn der Vertrag platzt oder es zu jahrelangen Abwicklungsproblemen kommt und kein Geld fließt.

Wer checkt die Bonität des Käufers? Wer veranlasst die Einsicht in das Grundbuch oder Baulastenverzeichnis? Wer fragt nach Altlasten? Wer vermittelt bei Problemen mit den Banken?

Mein Vater bereitete jeden Vertrag akribisch vor und war schon sehr detailverliebt, dies besonders in seinem Schriftverkehr.

So nach und nach tastete ich mich an den Job heran. Ich studierte Verträge und hospitierte bei Vertragsverhandlungen. Parallel suchte ich mir eine eigene Spielwiese. Ich baute die zeitaufwendige Hausverwaltung auf. Ab und zu betreute ich auch Maklerprojekte. Besonders ältere Herrschaften landeten in meinem Büro. Ich mochte die Alten. Sie konnten interessant erzählen. In mir sahen sie ein willkommenes Opfer für ihre Lebensweisheiten:

»Loyalität zahlt sich aus, aber es dauert, habe Geduld!«

»Die Hälfte von allem, was du verdienst, gehört dem Finanzamt!«

»Wer die Musik bestellt, muss sie bezahlen!« Und so weiter und so weiter.

Es waren meist bodenständige Typen, gestandene Mannsbilder, die mit spitzem Stift und klarem Verstand ihre Steuervorteile im Osten suchten und auch fanden.

Ich hatte das Glück, für viele interessante Menschen zu arbeiten. Für Handwerker, Künstler, Politiker, Vereine, Industriebosse, für Arme und Reiche, für alle möglichen Leute aus unserer Stadt und der großen, weiten Welt.

Aber manchmal frage ich mich, warum ich diesen Job noch mache? Ich bin über 60 und könnte mich durchaus anderen Herausforderungen stellen. Gerade die Hausverwaltung ist nervig, stressig, geradezu aufreibend und oft undankbar. Viele meiner Berufskollegen geben den Beruf auf, lange bevor sie 20 Dienstjahre erreicht haben.

Und natürlich nervt zusätzlich die typisch deutsche Struktur-krake. Immer wieder müssen wir Lehrgänge belegen, Zertifi-kate erbringen und Kontrollmechanismen nachweisen. Massen von Menschen sind in Deutschland in Lohn und Brot, die die Arbeit anderer doppelt und dreifach kontrollieren. Jedes Jahr-zehnt, ein Drittel mehr bürokratischer Aufwand. So ist es nicht verwunderlich, dass unser Steuerberater um seine berufliche Zukunft nicht fürchten muss.

Trotzdem schaffe ich es, mit Freude ins Büro zu gehen. Schuld ist unser Betriebsklima und natürlich Tina. Wir arbeiten fast 30 Jahre zusammen. Es wird von Jahr zu Jahr entspannter. Wir wissen, was wir aneinander haben.

Geschuldet einer gewissen Unerfahrenheit und dem Druck hoher Kredite, war ich in den Anfangsjahren oft ungerecht und ungeduldig. Ich habe gelernt. Vor allem ihre Arbeit zu schätzen. Mit ihrer permanenten Freundlichkeit steuert sie das Büro durch den Alltag. Fachlich kompetent, reagiert sie selbstständig und pragmatisch. Sie könnte den Job auch ohne mich bewältigen – sicher, aber manchmal ist es für die Situation förderlich, wenn sie die Gute und Verständnisvolle gibt und ich den Hardliner.

Doch oft frage ich mich, ob wir nicht den Tätigkeitsbereich wechseln sollten. Ich habe da sehr konkrete Vorstellungen. Ein Büroraum mit einer roten Couch, dezentem Licht und berau-schender Musik. Als erfahrene Lebensberaterinnen könnten wir hier und da schon hilfreich eingreifen.

Einen Raum würden wir kalt und unpersönlich gestalten, für die Eheberatungen. Zwei Tische, streng getrennt durch eine bruchsichere Glasscheibe, Restbestände aus der langverges-senen (?) Corona-Zeit.

Und natürlich die Wünschelrutengänge. Immer am ersten Mitt-woch des Monats, für schlappe 3000, egal in welcher Währung.

Gerne werden wir auch als Ermittler tätig, natürlich nur auf Honorarbasis. Aber wir beide sind teuer, sehr teuer. Und wer kann sich schon zwei so erfahrene Detektive leisten?

Schuldnerberatung käme nicht in Frage. Aus unserer langjährigen Erfahrung wissen wir, in der Regel ist diesen Leuten leider nicht zu helfen. Das überlassen wir lieber den ewigen Idealisten.

So bleiben wir doch, wie der Schuster, bei unseren Leisten und bewirtschaften das Büro so lange, wie wir gesund sind und zusammen Freude an der Arbeit haben.

Denken Sie positiv, wenn Sie das nächste Mal zum Telefon greifen und die Nummer Ihrer Hausverwaltung wählen wollen.